RECLAM-BIBLIOTHEK

Marina Zwetajewa (1892–1941).
„Meine Mutter, Marina Iwanowna Zwetajewa, war klein – einen Meter dreiundsechzig, sie hatte die Figur eines ägyptischen Knaben – breite Schultern, schmale Hüften, schlanke Taille. Die jugendliche Rundlichkeit wich bald und für immer ins rassig Hagere; sehnig und schmal Fuß- und Handgelenk, ihr Gang beschwingt und rasch, ihre Gesten leicht und ungestüm – ohne Heftigkeit.
Gezügelt und beherrscht unter Leuten, wenn sie fühlte, daß sie gesehen oder gar beobachtet wurde. Dann wurden ihre Gesten behutsam karg, aber befangen war sie nie.
Die strenge aufrechte Haltung: auch über den Schreibtisch gebeugt, behielt sie das ‚stählerne Rückgrat'. ...
Ihre Stimme war mädchenhaft hoch, hell, kräftig.
Sie sprach kurz, ihre Antworten waren Formeln.
Sie konnte zuhören; nie bedrängte sie ihren Gesprächspartner, aber im Streit war sie gefährlich: auf Disputen, Diskussionen und Erörterungen warf sie, ohne die Grenzen eisiger Höflichkeit zu verlassen, ihren Opponenten mit einem blitzschnellen Ausfall zu Boden.
Sie konnte glänzend erzählen ...“

Ariadna Efron: Wie sie war

Marina Zwetajewa

ZWISCHEN UNS – DIE DOPPELKLINGE

Gedichte
russisch · deutsch

Prosa

RECLAM VERLAG LEIPZIG

Aus dem Russischen übertragen
von Elke Erb u. a.

Chronik, Nachwort und Bibliographie von Fritz Mierau
Anmerkungen von Elke Erb und Fritz Mierau

ISBN 3-379-01508-3

Dieser Ausgabe liegen zugrunde: *Marina Zwetajewa, Gedichte · Prosa. Russisch und deutsch; Reclam Verlag Leipzig 1987, 1989, 1990 (herausgegeben von Fritz Mierau)* und *Marina Zwetajewa, Das Haus am Alten Pimen. Eine Auswahl; Reclam Verlag Leipzig 1989 (übersetzt und herausgegeben von Elke Erb)*

Wir danken Frau Dr. Ingrid Schäfer für ihre Unterstützung.

Reclam-Bibliothek Band 1508
1. Auflage, 1994
Reihengestaltung: Hans Peter Willberg
Umschlaggestaltung: Petra Lurette Oberberg und Ute Puder
unter Verwendung eines Holzschnittes von Karl Schmidt-Rottluff:
„Russischer Wald" (1918)

Besitzer des Werkes: Städtische Kunstsammlungen Chemnitz
Fotografin: May Voigt, Chemnitz
Printed in Germany
Druck und Binden: Elsnerdruck, Berlin
Gesetzt aus Garamond-Antiqua

O die Verluste ins All, Marina, die stürzenden Sterne!
Wir vermehren es nicht, wohin wir uns werfen, zu welchem
Sterne hinzu! Im Ganzen ist immer schon alles gezählt.
So auch, wer fällt, vermindert die heilige Zahl nicht.
Jeder verzichtende Sturz stürzt in den Ursprung und heilt.

Rainer Maria Rilke: Elegie an Marina Zwetajewa-Efron,
9. 6. 1926

Я тебя отвоюю у всех земель, у всех небес,
Оттого что лес – моя колыбель, и могила – лес,
Оттого что я на земле стою – лишь одной ногой,
Оттого что я о тебе спою – как никто другой.

Я тебя отвоюю у всех времен, у всех ночей,
У всех золотых знамен, у всех мечей,
Я закину ключи и псов прогоню с крыльца –
Оттого что в земной нočи́ я вернее пса.

Я тебя отвоюю у всех других – у той, одной,
Ты не будешь ничей жених, я – ничьей женой,
И в последнем споре возьму тебя – замолчи! –
У того, с которым Иаков стоял в ночи.

Но пока тебе не скрещу на груди персты, –
О, проклятие! – у тебя остаешься – ты:
Два крыла твои, нацеленные в эфир, –
Оттого что мир – твоя колыбель, и могила – мир!

15 августа 1916

СТИХИ О МОСКВЕ

4

Настанет день, – печальный, говорят! –
Отцарствуют, отплачут, отгорят, –
Осту́жены чужими пятаками, –
Мои глаза, подвижные, как пламя.
И – двойника нащупавший двойник –
Сквозь легкое лицо проступит – лик.

О, наконец тебя я удостоюсь,
Благообразия прекрасный пояс!

Ich reiß dich aus jeder Erde, aus jedem Himmel,
Denn der Wald ist mir Wiege, und mein Grab der Wald,
Denn ich steh auf der Erde mit einem Fuß, nur mit
einem,
Denn ich will dir singen wie niemand zuvor, wie keine.

Ich reiß dich aus allen Nächten und allen Zeiten,
Aus Fahnen von Gold, aus Schwertern und brennenden
Leitern,
Ich werf die Schlüssel weg, ich jag den Hund von der Tür,
Sichrer als mit allen Hunden bist du in der Nacht mit mir.

Ich reiß dich von allen, und von jener einen auch,
Du wirst niemandes Mann sein, ich niemandes Frau,
Und im letzten Kampf nehm ich dich – und schweig! –
Jenem, der Jakob die Stärke des Engels zeigt.

Aber bevor ich dir auf der Brust die Finger verschränk,
Bleibst du – o Fluch! – bei dir, du, keiner Geschenk:
Deine zwei Flügel, weit in den Äther gestellt –
Denn die Welt ist dir Wiege, und dein Grab – die Welt!

15. August 1916

VERSE ÜBER MOSKAU

4

Der Tag wird kommen, einst der Trauertag
Dann fordern, glänzen, weinen sie nicht mehr
Die Augen, kalt geworden von den Münzen
Und eben noch wie Flammen flatternd, schwer.
So wie ein Zwilling seinen Bruder fand
Schaut Antlitz durch Gesichtes Wand.

O endlich liegst du mir bereit
Herrlicher Gürtel der Ehrbarkeit!

А издали – завижу ли и вас? –
Потянется, растерянно крестясь,
Паломничество по дорожке черной
К моей руке, которой не отдерну,
К моей руке, с которой снят запрет,
К моей руке, которой больше нет.

На ваши поцелуи, о живые,
Я ничего не возражу – впервые.
Меня окутал с головы до пят
Благообразия прекрасный плат.
Ничто меня уже не вгонит в краску.
Святая у меня сегодня Пасха.

По улицам оставленной Москвы
Поеду – я, и побредете – вы.
И не один дорогою отстанет,
И первый ком о крышку гроба грянет, –
И наконец-то будет разрешен
Себялюбивый, одинокий сон.

И ничего не надобно отныне
Новопреставленной болярыне Марине.

11 апреля 1916

СТИХИ К БЛОКУ

1

Имя твое – птица в руке,
Имя твое – льдинка на языке.
Одно-единственное движенье губ.
Имя твое – пять букв.
Мячик, пойманный на лету,
Серебряный бубенец во рту.

Камень, кинутый в тихий пруд,
Всхлипнет та́к, как тебя зовут.

Doch werde ich von fernher euch erblicken?
Verstört und betend zieht mit klagender Gebärde
Der Pilgerzug auf schmalem schwarzem Pfad
Zu meiner Hand hin, die ich nicht verweigern werde
Zu meiner Hand, die kein Verbot betrübt
Zu meiner Hand hin, die es nicht mehr gibt.

An euren Küssen, Lebende
Hab ich das erste Mal nichts auszusetzen.
Denn mich hat eingehüllt von Kopf bis Zeh
Das Tuch der Ehrbarkeit. Nichts kann verletzen
Und nichts mehr treibt mir Röte ins Gesicht.
Mir scheinet schon von Ostern her das Licht.

Durch Moskaus Straßen, die der Zar verließ
Werd fahren: ich, und werdet gehen: ihr.
So mancher bleibt auf diesem Weg zurück
Der erste Brocken bricht am Sarge mir
Ach, endlich endet unterm Wolkenbaum
Der eigensüchtige einsame Traum.

Und nichts braucht mehr seit dieser Frist
Bojarin Marina, die so gegangen ist.

11. April 1916

GEDICHTE AN BLOK

1

Dein Name: Vogel in der Hand;
Dein Name: Eiskorn, der Zung eingebrannt;
Knappe Bewegung der Lippen, jetzt, hier:
Dein großer Name, Buchstaben, vier,
Aus dem Flug gefangenes Bällchen und
Die Silberschelle innen im Mund.

Steine, geworfen in einen Teich ...
Dich rufen: ihrem Aufseufzen gleich.

В легком щелканье ночных копыт
Громкое имя твое гремит.
И назовет его нам в висок
Звонко щелкающий курок.

Имя твое, – ах, нельзя! –
Имя твое – поцелуй в глаза,
В нежную стужу недвижных век.
Имя твое – поцелуй в снег.
Ключевой, ледяной, голубой глоток.
С именем твоим – сон глубок.

15 апреля 1916

АХМАТОВОЙ

1

О муза плача, прекраснейшая из муз!
О ты, шальное исчадие ночи белой!
Ты черную насылаешь метель на Русь,
И вопли твои вонзаются в нас, как стрелы.

И мы шарахаемся, и глухое: ох! –
Стотысячное – тебе присягает. – Анна
Ахматова! – Это имя – огромный вздох,
И в глубь он падает, которая безымянна.

Мы коронованы тем, что одну с тобой
Мы землю топчем, что небо над нами – то же!
И тот, кто ранен смертельной твоей судьбой,
Уже бессмертным на смертное сходит ложе.

В певучем граде моем купола горят,
И Спаса светлого славит слепец бродячий ...
– И я дарю тебе свой колокольный град,
Ахматова! – и сердце свое в придачу.

19 июня 1916

Näher und näher: dein Name verhallt
Im Klappern der Hufe nächtens im Wald.
Es nennt ihn metallisch das leise Klick
Des Hahns an der Schläfe –

Dein Name (ach, daß ichs missen muß!),
Dein Nam': auf geschloßnen Augen ein Kuß,
Auf reglosem Lid, auf zartestem Weh;
Dein ruhmvoller Name: Kuß auf den Schnee,
Eisblauer Quell – Schluck aus Händen konkav.
Mit deinem Namen: Schlaf, tiefer Schlaf.

15. April 1916

FÜR ACHMATOWA

1

O Muse der Klage, wie du ist keine so schön!
O du behextes Geblüt, weißer Nacht entbunden!
Den Schneesturm schwarz läßt auf Rußland du niedergehn,
Und wie Pfeile schlagen deine Schreie uns Wunden.

Da stehn, Erstarrende, wir, und ein dumpfes: Ach,
Hunderttausendfach, legt ab seinen Eid dir, Anna
Achmatowa! Dieser Name, ein schwerer Hauch,
Der tief hinunterfällt, die Tiefe, sie nennt kein Name.

Wir tragen Kronen aus Stolz, daß mit dir wir hier
Die Erde stampfen und atmen denselben Himmel.
Und wer den Pfeil deines tödlichen Schicksals spürt,
Tritt schon unsterblich dereinst in das Sterbezimmer.

Die Kuppeln sind meiner klingenden Stadt erstrahlt,
Dem lichten Erlöser lobsingt eines Blinden Kehle.
Mein Gut, ich schenk es dir, nimm meine Glockenstadt,
Achmatowa, – und dazu meine Seele.

19. Juni 1916

ЦЫГАНСКАЯ СВАДЬБА

Из-под копыт –
Грязь летит!
Перед лицом –
Шаль, как щит.
Без молодых
Гуляйте, сваты!
Эй, выноси,
Конь косматый!

Не́ дали воли нам
Отец и мать –
Целое поле нам –
Брачная кровать!

Пьян без вина и без хлеба сыт –
Это цыганская свадьба мчит!

По́лон стакан.
Пуст стакан.
Гомон гитарный, луна и грязь.
Вправо и влево качнулся стан:
Князем – цыган!
Цыганом – князь!
Эй, господин, берегись – жжет!
Это цыганская свадьба пьет.

Там, на во́рохе
Шалей и шуб –
Звон и шорох
Стали и губ.
Звякнули шпоры,
В ответ – мониста.

Скрипнул под чьей-то рукою
Шелк.
Кто-то завыл, как волк,
Кто-то – как бык – храпит.
Это цыганская свадьба спит.

25 июня 1917

ZIGEUNERHOCHZEIT

Unterm Huf
Fliegt der Dreck!
Das Gesicht
Schalverdeckt.
Sauft allein
Hochzeitswerber!
He, lauf zu
Zottiges Pferd!

Hindern uns
Mutter, Vater
Wird das Feld
Unser Lager!

Satt ohne Brot, ohne Wein berauscht –
Zigeunerhochzeit, die vorüberbraust!

Voller Becher.
Leerer Becher.
Gitarren, Mond – die Straße: Schlamm.
Linksum, rechtsum schwankt der Zecher:
Der Edelmann – Zigeuner!
Der Zigeuner – Edelmann!
He, feiner Herr, paß auf, es brennt –
Zigeunerhochzeit trinkt und schlemmt!

Dort, der Haufen
Pelze, Schals –
Geräusche von
Lippen, Stahl.
Sporenklirren –
Kettenklingen.

Knistert eine Hand seidenen
Stoff.
Heult einer wie ein Wolf.
Schnaubt einer wie ein Stier –
Zigeunerhochzeit, vom Schlaf regiert.

25. Juni 1917

ГЛАЗА

Привычные к степям – глаза,
Привычные к слезам – глаза,
Зеленые – соленые –
Крестьянские глаза!

Была бы бабою простой –
Всегда б платили за постой –
Всё эти же – веселые –
Зеленые глаза.

Была бы бабою простой –
От солнца б застилась рукой,
Качала бы – молчала бы,
Потупивши глаза.

Шел мимо паренек с лотком …
Спят под монашеским платком
Смиренные – степенные –
Крестьянские глаза.

Привычные к степям – глаза,
Привычные к слезам – глаза.
Чтó видели – не выдадут
Крестьянские глаза!

9 сентября 1918

Другие – с очами и с личиком светлым,
А я-то ночами беседую с ветром.
Не с тем – италийским
Зефиром младым, –
С хорошим, с широким,
Российским, сквозным!

Другие всей плотью по плоти плутают,
Из уст пересохших – дыханье глотают …
А я – руки настежь! – застыла – столбняк!
Чтоб выдул мне душу – российский сквозняк!

DIESE AUGEN

Steppen sind solchen Augen bekannt,
Und sie haben von Tränen gebrannt,
Diese grünen, salzenen
Augen vom Land.

Wäre ich eine einfache Frau –
Für Quartier bezahlten genau
All diese grünen, die lachenden
Bauern-Augen vom Land.

Eine einfache Frau auf dem Land,
Beschirmte ich mich mit der Hand
Und wiegte mich, schwiege
mit gesenkten Lidern.

Kam vorüber ein Händler mit Tand …
Schlafend unter dem Nonnenstirnband
Die besonnenen, grünen, friedlichen,
Diese Augen vom Land.

Augen, denen die Steppe bekannt,
Augen, denen die Tränen bekannt …
Was es weiß, gibt nicht preis
Solchen Augengrüns Land.

9. September 1918

Andre – dem Auge des süßesten Gatten,
Ich, nachts, neig dem Wind mich und Wolkenschatten,
Nicht den Zephyren,
Italisch und lind,
Dem wahren breit-weiten
Russischen Wind.

Andere schweifen, das Fleisch, über runde
Fleische, ziehn Atem aus dorrendem Schlunde …
Ich – offnen Arms, die Erstarrte, Lots Weib,
Feg mir, Wind Rußlands, das Herz aus dem Leib!

Другие – о, нежные, цепкие путы!
Нет, с нами Эол обращается круто.
– Небось, не растаешь! Одна – мол – семья! –
Как будто и вправду – не женщина я!

2 августа 1920

Кто создан из камня, кто создан из глины, –
А я серебрюсь и сверкаю!
Мне дело – измена, мне имя – Марина,
Я – бренная пена морская.

Кто создан из глины, кто создан из плоти –
Тем гроб и надгробные плиты …
– В купели морской крещена – и в полете
Своем – непрестанно разбита!

Сквозь каждое сердце, сквозь каждые сети
Пробьется мое своеволье.
Меня – видишь кудри беспутные эти? –
Земною не сделаешь солью.

Дробясь о гранитные ваши колена,
Я с каждой волной – воскресаю!
Да здравствует пена – веселая пена –
Высокая пена морская!

23 мая 1920

Вчера еще в глаза глядел,
А нынче – всё косится в сторону!
Вчера еще до птиц сидел, –
Все́ жаворонки нынче – вороны!

Я глупая, а ты умен,
Живой, а я остолбенелая.
О вопль женщин всех времен:
«Мой милый, что́ тебе я сделала?!»

Andre – gebettet in nestwarme Wohnung,
Ich – nein, Äolus verweist jede Schonung:
„Zerbrechen, Werteste? Wir – ein Gespann!"
Als wäre ich wirklich nicht Frau – ein Mann …

2. August 1920

Einen schuf er aus Stein und den andern aus Erde
Und aus funkelndem Silber mich!
Verrat ist mein Werk – und mein Name Marina;
Vergänglicher Meer-Schaum bin ich.

Einen schuf er aus Lehm – aus der Rippe den andern.
Ein Sarg grenzt, ein Grab ihre Welt …
Doch ich bin getauft im Taufstein des Meeres
Und im Flug unaufhörlich zerschellt!

Und keinerlei Herz fängt und keinerlei Reuse
Meinen trotzigen Eigensinn ein.
Nie werde – so sieh meine wildwirren Locken,
Das Salz der Erde ich sein.

Zerteil ich mich auch an granitenen Knien,
Mit den Wellen ich wiedersteh!
Es lebe der Gischt – das fröhliche Schäumen,
Der hohe Schaum auf der See.

23. Mai 1920

Gestern sah er mir ins Auge noch,
Heut, ach, kann ich seinen Blick nicht fangen.
Gestern blieb er bis zum Morgen doch,
Heut schrein Raben, dort wo Lerchen sangen.

Du bist klug, ich töricht; sieh mich an:
Stein bin ich und kann dich nicht geleiten.
„Liebster, sag, was hab ich dir getan!"
O du Schrei der Frauen aller Zeiten.

И слезы ей – вода, и кровь –
Вода, – в крови, в слезах умылася!
Не мать, а мачеха – Любовь:
Не ждите ни суда, ни милости.

Увозят милых корабли,
Уводит их дорога белая …
И стон стоит вдоль всей земли:
«Мой милый, что́ тебе я сделала?»

Вчера еще – в ногах лежал!
Равнял с Китайскою державою!
Вра́з обе рученьки разжал, –
Жизнь выпала – копейкой ржавою!

Детоубийцей на суду
Стою – немилая, несмелая.
Я и в аду тебе скажу:
«Мой милый, что́ тебе я сделала?»

Спрошу я стул, спрошу кровать:
«За что, за что терплю и бедствую?»
«Отцеловал – колесовать:
Другую целовать», – ответствуют.

Жить приучил в само́м огне,
Сам бросил – в степь заледенелую!
Вот что *ты*, милый, сделал мне!
Мой милый, что́ тебе – я сделала?

Всё ведаю – не прекословь!
Вновь зрячая – уж не любовница!
Где отступается Любовь,
Там подступает Смерть-садовница.

Само́ что́ дерево трясти! –
В срок яблоко спадает спелое …
– За всё, за всё меня прости,
Мой милый, – что́ тебе я сделала!

14 июня 1920

Liebe: nur ein Stiefkind sind wir dir.
Ach, erwartet nicht Gericht noch Gnade.
Tränen gelten nur wie Wasser dir,
Blut und Tränen wählst du dir zum Bade;

Schiffe führen die Geliebten fort,
Ziehen fort auf ihrer weißen Bahn.
Und ein Stöhnen eilt von Ort zu Ort:
„Liebster, sag, was hab ich dir getan?"

Gestern kniete er vor mir. Im Spiel
Hat er Königsnamen mir gegeben.
Jäh tat er die Hand auf, aus ihr fiel
Eine rostge Münze nur: das Leben.

Mich, die Kindesmörderin, verklagen
Vor Gericht die, die mich mutlos sahn,
Selbst noch in der Hölle werd ich sagen:
„Liebster, sprich, was hab ich dir getan?"

Stuhl und Bett, euch will ich nochmals fragen:
„Wofür dulde, wofür leide ich?"
„Ausgeküßt. – Du wirst aufs Rad geschlagen;
Eine andre küßt er und nicht dich."

Ach, du lehrtest mich, im Feuer leben,
Warfst mich dann auf eisger Steppe Plan.
Das, Geliebter, hast du mir gegeben.
„Liebster, sag, was hab ich dir getan?"

Nicht die Deine mehr, weiß ich zu sehen.
Widersprich mir nicht: kein Blick, kein Du.
Will die Liebe lieblos von uns gehen,
Tritt der Tod, der Gärtner, auf uns zu.

Ja, von selbst, was schüttelst du die Zweige? –
Fällt die Frucht, will ihre Zeit sich nahn.
Ach, verzeih – das Leben geht zur Neige –
Alles, Liebster, was ich dir getan.

14. Juni 1920

С. Э.

Писала я на аспидной доске,
И на листочках вееров поблеклых,
И на речном, и на морском песке,
Коньками пó льду и кольцом на стеклах, –

И на стволах, которым сотни зим …
И, наконец, – чтоб было всем известно! –
Что ты любим! любим! любим! любим! –
Расписывалась радугой небесной.

Как я хотела, чтобы каждый цвел
В векáх со мной! под пальцами моими!
И как потом, склонивши лоб на стол,
Крест-накрест перечеркивала имя …

Но ты, в руке продажного писца
Зажатое! ты, что мне сердце жалишь!
Непроданное мной! *внутри* кольца!
Ты – уцелеешь на скрижалях.

18 мая 1920

Знаю, умру на заре! На которой из двух,
Вместе с которой из двух – не решить по заказу!
Ах, если б можно, чтоб дважды мой факел потух!
Чтоб на вечерней заре и на утренней сразу!

Пляшущим шагом прошла по земле! – Неба дочь!
С полным передником роз! – Ни ростка не наруша!
Знаю, умру на заре! – Ястребиную ночь
Бог не пошлет по мою лебединую душу!

Für S. E.

Auf Schiefertafeln schrieb ichs, ließ die Hand
Es auf die Fältchen welker Fächer schreiben,
Schriebs in den Fluß- und in den Meeressand,
Aufs Eis mit Schlittschuhn, mit dem Ring auf Scheiben, –

In Bäume, die schon hundert Jahre leben.
Und mit dem Regenbogen setzte ich
Die Unterschrift, es allen preiszugeben,
Ans Firmament: Ich liebe, liebe, liebe dich!

Wie wünschte ich, daß jeder mit mir blühte –
An meinen Fingern! – ewig, ohnegleichen!
Und dann: wie ich, die Stirn gesenkt, mich mühte,
Mit einem Kreuz den Namen auszustreichen.

Du, der in eines Schreibers Hand Gelegte,
Stichst mir ins Herz – sie preßt dich, käuflich, feil!
Du, nicht von mir verkauft, der *in* den Ring Geprägte!
Bleibst auf den Tafeln des Gesetzes heil.

18. Mai 1920

Ich weiß, daß ich sterben werde beim Himmelrot!
Bei welchem, mit welchem – das ist nicht auf Wunsch zu
entscheiden.
Ach, käm meine Fackel löschen doch zweimal der Tod,
Beim Morgenrot und beim Abendrot ging ich, mit beiden!

Tochter des Himmels! die das Diesseits tanzend verbracht
Mit der Schürze voll Rosen! – und ohne nur eine zu
knicken!
Ich weiß, himmelrot ist mein Tod. – Keine Habichtsnacht
Auf meine Schwanenseele wird Gott mir schicken.

Нежной рукой отведя нецелованный крест,
В щедрое небо рвануся за последним приветом.
Прóрезь зари – и ответной улыбки прорéз …
– Я и в предсмертной икоте останусь поэтом!

Декабрь 1920

МАЯКОВСКОМУ

Превыше крестов и труб,
Крещенный в огне и дыме,
Архангел-тяжелоступ –
Здорово, в веках Владимир!

Он возчик, и он же конь,
Он прихоть, и он же право.
Вздохнул, поплевал в ладонь:
– Держись, ломовая слава!

Перец площадных чудес –
Здорово, гордец чумазый,
Что камнем – тяжеловес
Избрал, не прельстясь алмазом.

Здорово, булыжный гром!
Зевнул, козырнул – и снова
Оглоблей гребет – крылом
Архангела ломового.

18 сентября 1921

Sanft weise ich das Kreuz ungeküßt zurück,
In den Himmel zu stürzen, noch einmal zu grüßen den
Spender.
Seinem roten Riß – eines Antwort-Lächelns Schnitt ...
– Poet bleibe ich noch im letzten Röcheln vorm Ende!

Dezember 1920

FÜR WLADIMIR MAJAKOWSKI

Höher als Kreuz und Schlot,
Gekreuzigt in Rauch und Flimmer,
Erzengel Lastgaul, hoch –
Gruß dir, ewig Wladimir!

Er ist Fuhrmann und Pferd,
Er ist Kopfstand und Gesetzbuch.
Er schnauft und krempelt das Hemd:
„Halt dich fest, schwerlastiger Dreckruhm!"

Angeber, dreckiger, grüß dich!
Sänger der Wunder der Straßen –
Ungeblendet von allen Brillanten
Nahmst du als Stein den Lastzug.

Pflastersteindonnrer, he!
Er gähnt, röhrt dich voll – und wieder
Schwenkt er die Deichsel, des
Überlasterzengels Flügel.

18. September 1921

РОЛАНДОВ РОГ

Как нежный шут о злом своем уродстве,
Я повествую о своем сиротстве …

За князем – род, за серафимом – сонм,
За каждым – тысячи таких, как он,

Чтоб, пошатнувшись, – на живую стену
Упал и знал, что – тысячи на смену!

Солдат – полком, бес – легионом горд,
За вором – сброд, а за шутом – всё горб.

Та́к, наконец, усталая держаться
Сознаньем: перст и назначеньем: драться,

Под свист глупца и мещанина смех –
Одна из всех – за всех – противу всех! –

Стою и шлю, закаменев от взлёту,
Сей громкий зов в небесные пустоты,

И сей пожар в груди тому залог,
Что некий Карл тебя услышит, Рог!

Март 1921

ROLANDS HORN

So wie der Narr von seinem Buckel spricht
Geb ich von meiner Einsamkeit Bericht.

Der Fürst hat Sippschaft, Seraph Seraphim
In jedes Rücken Tausende gleich ihm

Lebend die Wand, an der er, schwankt er, steht
Für ihn stehn Tausend, so er untergeht

Es sagt ja der Soldat: mein Bataillon
Der Dämon spricht: mein Name ist Legion

Mit seinesgleichen sitzt der Dieb im Knast
Der Narr hat hinter sich doch seinen Ast:

Und ich, da ich nun, müde, nicht mehr mag
Den Willen: steh! und die Bestimmung: schlag!

Von Allen Eine, für sie, gegen sie
Es pfeift die Dummheit, feixt die Koterie

Ich steh und sende, die zu Stein sich schuf
In leeren Himmel diesen lauten Ruf.

Brand im Gebein ist das gewisse Pfand:
Ein Karl, der hört dich, du, mein Olifant.

März 1921

ГЛАЗА

Два зарева – нет, зеркала!
Нет, два недуга!
Два серафических жерла,
Два черных круга

Обугленных – из льда зеркал,
С плит тротуарных,
Через тысячеверстья зал
Дымят – полярных.

Ужасные! Пламень и мрак!
Две черных ямы.
Бессонные мальчишки – так –
В больницах: – Мама!

Страх и укор, ах и аминь …
Взмах величавый …
Над каменностию простынь –
Две черных славы.

Так знайте же, что реки – вспять,
Что камни – помнят!
Что уж опять они, опять
В лучах огромных

Встают – два солнца, два жерла,
– Нет, два алмаза! –
Подземной бездны зеркала:
Два смертных глаза.

2 июля 1921

AUGEN

Zwei Feuerscheine! – nein, zwei Qualen!
Nein, zweier Spiegel Grund!
Zwei Schlünde, die seraphisch strahlen,
Im schwarzgekohlten Rund:

Zwei Kreise – aus der Spiegel Eis
Und aus den Trottoiren,
Durch Säle, tausend Werst im Kreis,
So rauchen sie – polaren.

Schreckliche! Flamme! Dunkelheit!
Zwei schwarze Gruben.
Schlaflose Jungen – wie es schreit –
Mama! – in Klinikstuben.

Vorwurf und Angst, ein Ach und Amen …
Des Schwunges Königtum …
Laken aus Stein, und über ihnen
Ein zweifach schwarzer Ruhm.

Begreift doch, Ströme kehren um,
Und es gedenken Steine!
Begreift, aufgehen wiederum
In hohem Strahlenscheine

Zwei Sonnen wie zwei Schlünde, – nein,
Zwei Diamanten, klar! –
Verborgner Tiefen Spiegel: ein
Sterbliches Augenpaar

2. Juli 1921

ГЕОРГИЙ

С. Э.

1

Ресницы, ресницы,
Склоненные ниц.
Стыдливостию ресниц
Затменные – солнца в венце стрел!
– Сколь грозен и сколь ясен! –
И плащ его – был – ясен,
И конь его – был – бел.

Смущается Всадник,
Гордится конь.
На дохлого гада
Белейший конь
Взирает вполоборота.
В пол-ока широкого
Вслед копью
В пасть красную – дико раздув ноздрю –
Раскосостью огнеокой.

Смущается Всадник,
Снисходит конь.
Издохшего гада
Дрянную кровь
– Янтарную – легким скоком
Минует, – янтарная кровь течет.
Взнесенным копытом застыв – с высот
Лебединого поворота.

Безропотен Всадник,
А конь брезглив.
Гремучего гада
Копьем пронзив –
Сколь скромен и сколь томен!
В ветрах – высокó – седлецо твое,
Речной осокой – копьецо твое
Вот-вот запоет в восковых перстах

GEORG

An S. E.

1

Die Wimpern, die Wimpern
Zur Wange geschlagen.
Mit der Scheu der Nadelhaare
Verfinsterte – Sonnen im Pfeilkreis!
Wies droht und gleißt!
Sein Umhang – licht
Sein Pferd – weiß.

Verwirrt der REITER,
Bruststolz das Pferd.
Aufs leblose Untier
Blickt halb nur das Roß
Das schneeweiße.
Geteilten Augs, des großen
Hinterm Speere her
Ins Schlundrot – die Nüstern gekehrt –
Das schielende Feuerglosen.

Verwirrt der REITER,
Geneigt das Pferd.
Des toten Untiers
Niederes Blut
– Das bernsteindicke – meidets
Leichten Sprungs – das Bernblut strömt.
Erhobenen Hufs – von den Höhen
Des Schwanenrunds.

Klaglos der REITER,
Geekelt das Pferd.
Das fauchende Untier
Durchbohrte sein Speer –
Wie still er sitzt und matt!
Windhoch – dein Sattel
Ein Riedgras – dein Speer
Gleich schwirrt er in bleichen Fingern

У розовых уст
Под прикрытьем стрел
Ресничных,
Вспоет, вскличет.

– О, страшная тяжесть
Свершенных дел!
И плащ его красен,
И конь его бел.

Любезного Всадника,
Конь, блюди!
У нежного Всадника
Боль в груди.
Ресницами жемчуг нижет …
Святая инконка – лицо твое,
Закатным лучом – копьецо твое
Из длинных перстов брызжет.
Иль луч пурпуровый
Косит копьем?
Иль красная туча
Взмелась плащом?
За красною тучею –
Белый дом.
Там впустят
Вдвоем
С конем.

Склоняется Всадник,
Дыбится конь.
Все слабже вокруг копьеца ладонь.
Вот-вот не снесет Победы!
– Колеблется – никнет – и вслед копью
В янтарную лужу – вослед копью
Скользнувшему.
– Басенный взмах
Стрел …

Плащ красен, конь бел.

9 июля 1921

An rosigen Lippen
Geschützt
Von Wimpernpfeilen
Jauchzt er und singt.

O grausame Last
Vollendeten Streichs!
Der Umhang ist rot
Das Pferd – weiß.

Den lieblichen Reiter
Behüte, Pferd!
Dem zärtlichen Reiter
Sticht das Herz.
Perlen fädelt er mit den Wimpern …
Eine Ikone – dein Gesicht
Abendstrahl – dein Speer
Sprühend aus schlanken Fingern.
Ists gar der Blutstrahl
Der mäht mit dem Speer?
Oder die Wolke
Gewirbelt zum Mantel, dem roten?
Hinter der Röte
Weiß ein Haus.
Drin verschwinden
Zwiegeehrt
Reiter und Pferd.

Beugt sich der Reiter
Scheut das Pferd.
Schwächer wird die Hand am Speer.
Kaum kann er *den Sieg* ertragen!
– Er schwankt – und sinkt – dem Speere nach
In die Bernsteinlache
Entglitten.
– Märchenhaft
Ein Pfeilschweif …

Der Umhang rot, das Pferd – weiß.

9. Juli 1921

С. Э.

Не похорошела за годы разлуки!
Не будешь сердиться на грубые руки,
Хватающиеся за хлеб и за соль?
– Товарищества трудовая мозоль!

О, не прихорашивается для встречи
Любовь. – Не прогневайся на просторечье
Речей, – не советовала б пренебречь:
То летописи огнестрельная речь.

Разочаровался? Скажи без боязни!
То – выкорчеванный от дружб и приязней
Дух. – В путаницу якорей и надежд
Прозрения непоправимая брешь!

23 января 1922

Переселенцами –
В какой Нью-Иорк?
Вражду вселенскую
Взвалив на горб –

Ведь и медведи мы!
Ведь и татары мы!
Вшами изъедены
Идем – с пожарами!

Покамест – в долг еще!
А там, из тьмы –
Сонмы и полчища
Таких, как мы.

Полураскосая
Стальная щель.
Дикими космами
От плеч – метель.

Für S. E.

Nicht verschönt haben mich die Jahre unserer Trennung!
Wirst du nicht böse sein wegen der groben Hände,
Die sich strecken nach dem Salz und dem Brot?
– Die Schwielen der brüderlichen Müh und Not!

Oh, nicht feinmachen wird sich zum Wiedersehen
Die Liebe. – Sei nicht unwillig, wenn um den Alltag sich drehen
Die Worte, – hüte dich, verachte sie nicht:
Es sind die, die der Chronik Schußfeuer spricht.

Bist du enttäuscht? Du kannst es unbesorgt sagen!
Das ist – der aus Freundschaften, Neigungen ausgeschlagene
Geist. – In der Anker und Hoffnungen Halt
Des *Wahrnehmens* nicht mehr zu schließender Spalt!

23. Januar 1922

Als Übersiedelnde –
In welches New York?
Mit der Feindschaft des wütenden
Weltalls versorgt –

Sind wir doch die Bären,
Wir – die Tataren!
Die Läusevermehrer!
Mit Bränden heerfahrend.

Vorerst – auf Pump noch,
Doch dann – aus dem Dunkel
In Unzahl der Unhold,
Die Unsereins-Unzahl.

Der halbschlitzäugige
Stählerne Spalt.
Eines Zotteln schleudernden
Schneesturms Gestalt.

– Во имя Господа!
Во имя Разума!
Ведь и короста мы,
Ведь и проказа мы!

Волчьими искрами
Сквозь вьюжный мех –
Звезда российская:
Противу всех!

Отцеубийцами –
В какую дичь?
Не ошибиться бы,
Вселенский бич!

«Люд земледельческий,
Вставай с постелею!»
И вот с разстрельщиком
Бредет разстрелянный,

И дружной папертью,
– Рвань к голытьбе:
«Мир белоскатертный!
Ужо тебе!»

9 февраля [1922]

РАССВЕТ НА РЕЛЬСАХ

Покамест день не встал
С его страстями стравленными,
Из сырости и шпал
Россию восстанавливаю.

Из сырости – и свай,
Из сырости – и серости.
Покамест день не встал
И не вмешался стрелочник.

– Im Namen Gottes!
Im Namen der Vernunft!
Schamlos verrottet wir!
Aussatz übertrumpft!

Das wölfische Glimmen
Durchs Schneegestöberfell –
Und Rußlands Himmelsstern
Wider alle hell!

Als Vatermörder –
In welches Verenden?
Daß du nicht fehlschlügst,
Geißel der Menschheit!

„Bauer, steh auf,
Nimm deinen Lauf!"
Und mit dem Erschossenen
Treckt, der geschossen hat,

Zu der Bettlerhatz
Chor an der Kirchentür:
„Dein Tischleindeckdich, was?
Ich werde dir!"

9. Februar [1922]

MORGENDÄMMERUNG ÜBERM GLEIS

Noch eh der Tag aufsteht
In fahler Leidenschaft,
Errichte, aus Sumpf und Schwellen,
Ich Rußland aus meiner Kraft.

Aus Sumpf – und Sondenpfählen,
Aus Sumpf – und Siechgrau der Welt.
Noch eh der Tag aufsteht,
Der Wärter die Weichen stellt.

Туман еще щадит,
Еще в холсты запахнутый
Спит ломовой гранит,
Полей не видно шахматных …

Из сырости – и стай …
Еще вестями шалыми
Лжет вороная сталь –
Еще Москва за шпалами!

Так, под упорством глаз –
Владением бесплотнейшим –
Какая разлилась
Россия – в три полотнища!

И – шире раскручу:
Невидимыми рельсами
По сырости пущу
Вагоны с погорельцами:

С пропавшими навек
Для бога и людей!
(Знак: сорок человек
И восемь лошадей.)

Так, посредине шпал,
Где даль шлагбаумом выросла,
Из сырости и шпал.
Из сырости – и сирости,

Покамест день не встал
С его страстями стравленными –
Во всю горизонталь
Россию восстанавливаю!

Без низости, без лжи:
Даль – да две рельсы синие …
Эй, вот она! – Держи!
По линиям, по линиям …

12 октября 1922

Der Nebel ist noch mild.
Noch Ruhe vor den Hämmern
Hat der verhüllte Granit.
Die dunklen Schachfelder dämmern …

Aus Sumpf – und Silberschwarm …
Aus schillernden Lügenquellen
Brilliert der rabene Stahl –
Und Moskau jenseits der Schwellen!

So, unterm Starren der Augen –
Ins Körperlose geweitet –
Hat sich Rußland, schaut nur!
Dreifahnig ausgebreitet.

Und ich entrolls noch mehr:
Auf unsichtbaren Gleisen
Lasse ich, über den Sumpf,
Waggons mit Gebrannten reisen:

Mit den für immer Verbannten,
Für Gott, die ganze Erde!
(Ihr Signum: Vierzig Mann
Und acht – acht Pferde.)

So, umstellt von Schwellen,
Salutiert die Schranke der Ferne.
Aus Sumpf und Eichenschwellen,
Aus Sumpf – und Suchlaterne;

Noch eh der Tag aufsteht
In fahler Leidenschaft,
Errichte – am Horizont,
Ich Rußland aus meiner Kraft!

Ohne Niedrigkeit, ohne Falsch:
Zwei Linien, die ins Ferne weisen …
Da ist es, he! – Halt fest!
Auf den Gleisen, auf den Gleisen …

12. Oktober 1922

ПРОВОДА

5

Не чернокнижница! В белой книге
Далей донских навострила взгляд!
Где бы ты ни был – тебя настигну,
Выстрадаю – и верну назад.

Ибо с гордыни своей, как с кедра,
Мир озираю: плывут суда,
Зарева рыщут … Морские недра
Выворочу – и верну со дна!

Перестрадай же меня! Я всюду:
Зори и руды я, хлеб и вздох,
Есмь я и буду я, и добуду
Губы – как душу добудет бог:

Через дыхание – в час твой хриплый,
Через архангельского суда
Изгороди! – Все́ уста о шипья
Выкровяню и верну с одра!

Сдайся! Ведь это совсем не сказка!
– Сдайся! – Стрела, описавши круг …
– Сдайся! – Еще ни один не спасся
От настигающего без рук:

Через дыхание … (Перси взмыли,
Веки не видят, вкруг уст – слюда …)
Как прозорливица – Самуила
Выморочу – и вернусь одна:

Ибо другая с тобой, и в судный
День не тягаются …
Вьюсь и длюсь.
Есмь я и буду я, и добуду
Душу – как губы добудет уст

Упокоительница …

25 марта 1923

5

Der schwarzen Kunst unkundig, schärfte ich
Im weißen Buch des Don-Lands meinen Blick.
Wo du auch immer seist – ich finde dich,
Und durch mein Leiden hol ich dich zurück.

So wie von Zedern läßt mich auf die Erde,
Hinab mein Hochmut sehn: Die Schiffe ziehn,
Und Flammen gieren … Meerestiefen werde
Umpflügen ich – du kannst mir nicht entfliehn.

Komm, übertriff mein Leid! In allen Dingen,
Im Erz, im Brot, im Rot am Himmelsrand
Bin ich, die Lippen werde ich erringen
Wie Gott die Seele, die er überwand:

Noch durch den Atem in der Todesstunde,
Durch Dornen aus der Engel Strafgericht
Reiß ich dich los mit wundgerißnem Munde.
Ich lasse dich den Katafalken nicht.

Kein Märchen ists, was du von mir vernommen.
– Ergib dich! – Denn der Pfeil durchmaß den Kreis …
– Ergib dich! – Denn noch keiner ist entkommen
Dem, was ihn, handlos, zu ergreifen weiß:

Nur durch den Atem … (Und die Schultern beben;
Glimmer der Mund; die Lider ohne Blick …)
Wie der zu Endor muß mir Antwort geben
Samuel – doch allein kehr ich zurück.

Denn eine andre ist bei dir. Es zwinge
Keiner zum Streit am Tage des Gerichts.
Ich werde, wachse und erringe
Die Seele wie den Mund des Angesichts

Ruhbringerin …

25. März 1923

ПОЭТ

1

Поэт – издалека заводит речь
Поэта – далеко заводит речь.

Планетами, приметами ... окольных
Притч рытвинами ... Между *да* и *нет*
Он, даже разлетевшись с колокольни,
Крюк выморочит ... Ибо путь комет –

Поэтов путь. Развеянные звенья
Причинности – вот связь его! Кверх лбом –
Отчаятесь! Поэтовы затменья
Не предугаданы календарем.

Он тот, кто смешивает карты,
Обманывает вес и счет,
Он тот, кто *спрашивает* с парты,
Кто Канта наголову бьет,

Кто в каменном гробу Бастилий
Как дерево в своей красе ...
Тот, чьи следы – всегда простыли,
Тот поезд, на который все
Опаздывают ...
– ибо путь комет –

Поэтов путь: жжя, а не согревая,
Рвя, а не взращивая – взрыв и взлом, –
Твоя стезя, гривастая кривая,
Не предугадана календарем!

8 апреля 1923

DER DICHTER

1

Poet – aus Fernen führt er her die Rede.
Poet – die Rede führt ihn fort in Fernen.

Planetenschrift, der Zeichen Drift – mäandernd
Die Gleichnis-Landfahrt ... zwischen Ja und Nein –
Vom Glockenturm sich schlagend – zwingt des andern
Tons Bogen er ... Kometen-Flug heißt sein

Spazierpfad. Glieder, aus der Reih gerissen
Der Gründe, heißt – verbunden! Blickt empor,
Verzweifelt! Seiner Sonnen Finsternisse
Sieht kein prognostischer Kalender vor.

Er ist's, der durcheinanderwirft die Karten,
Er, der Gewicht und Zählung fälscht und Geld,
Er ist's, der aus der Schulbank *Fragen startet,*
Der Kant aufs Haupt schlägt, auf den Kopf ihn stellt.

In Kerker eingesargt, entfaltet
Baum-schön des Baumes Bildnis er ...
Er, dessen Spuren immer kalt sind,
Er ist der Zug, der abfährt, leer,
Den jedermann versäumt ...
Kometen-Flug,

Poeten-Flug: er brennt, doch ohne Wärme,
Pflückt ab, doch zieht nicht auf – er sprengt, bricht ein!
Die Bahn, gekrümmt, geschweift, Poet, dein Schwärmen
Trägt kein prognostischer Kalender ein!

8. April 1923

2

Есть в мире лишние, добавочные,
Не вписанные в окоем.
(Не числящимся в ваших справочниках,
Им свалочная яма – дом.)

Есть в мире полые, затолканные,
Немотствующие: – навоз,
Гвоздь – вашему подолу шелковому!
Грязь брезгует из-под колес!

Есть в мире мнимые – невидимые:
(Знак: лепрозариумов крап!)
Есть в мире Иовы, что Иову
Завидовали бы – когда б:

Поэты мы – и в рифму с париями,
Но, выступив из берегов,
Мы бога у богинь оспариваем
И девственницу у богов!

22 апреля 1923

3

Что́ же мне делать, слепцу и пасынку,
В мире, где каждый и отч и зряч,
Где по анафемам, как по насыпям,
Страсти! – Где насморком
Назван – плач!

Что́ же мне делать, ребром и промыслом
Певчей! – Как провод! загар! Сибирь!
По наважденьям своим – как по́ мосту!
С их невесомостью
В мире гирь.

2

Sie sind, die übrig sind, erläßlich
(Und der Gesichtskreis schließt sie aus),
Nicht aufzählbar für euer Welt-Adreßbuch:
Das Abfalloch ist ihnen – Haus.

Sie sind die nackt Gebliebenen, Verjagten,
Stumm euch wie Mist, und wortlos – Vieh,
Sind eurem seidenen Saum – ein Nagel!
Den Räderwurfdreck ekeln sie.

Sie treten in den Schein, nicht in Erscheinung.
(Ihr Signum: Lepraschuppen, Grind!)
Die Welt hat Hiobs, die des armen einen
Jobs ärmere Neider sind:

Poeten – wir –, auf Parias das Reimwort!
Und über ihre Ufer-Wand
Aufsteigend: Gott den Göttinnen entreißen!
Die Jungfrau aus der Götter Hand!

22. April 1923

3

Sagt schon, was bleibt mir Stiefbalg und Blinden
In einer Welt, die Augen und Väter bescheint,
Wo über Flüche, wie Straßen, hinweggeht
Das Grauen! Erkältet gilt, der weint!

Sagt schon, was bleibt durch Rippe und Schicksal!
Sängerin! Wie Trunksucht! Sibirien! Brand!
Brücken sind meine Gesichte! Gewichtlos,
Wo Wägstücke lauern in jeder Hand.

Чтó же мне делать, певцу и первенцу,
В мире, где наичернейший – сер!
Где вдохновенье хранят, как в термосе!
С этой безмерностью
В мире мер?!

22 апреля 1923

ПОЭМА ЗАСТАВЫ

А покамест пустыня славы
Не засыпет мои уста,
Буду петь мосты и заставы,
Буду петь простые места.

А покамест еще в тенётах
Не увязла – людских кривизн,
Буду брать – труднейшую ноту,
Буду петь – последнюю жизнь!

Жалобу труб
Рай огородов.
Заступ и зуб.
Чуб безбородых.

День без числа.
Верба зачахла.
Жизнь без чехла:
Кровью запахло!

Потных и плотных,
Потных и тощих:
– Нý да на площадь?! –
Как на полотнах –

Как на полотнах
Только – и в одах:
Рев безработных,
Рев безбородых.

Sagt schon, was bleibt mir Sängerin und Ersten
In einer Welt, die im Grau ihr Schwarz vergaß!
Wo Einfälle in Thermosflaschen krepieren!
Maßlosigkeit in einer Welt nach Maß?!

22. April 1923

POEM DER VORSTADT

Aber solange im Ruhm, dem Flugsand,
Der Mund mir nicht verdorrt,
Werde ich singen Brücken und Stadtrand,
Werde ich singen den einfachen Ort.

Und solange die Krüppel-Bosheit
Nicht mich hat in das Netz gelockt,
Sing ich hervor die schwierigste Note,
Lebenden Laut aus dem letzten Loch.

Der Fabrikschlote Gram.
Die Blumenkohlköpfe.
Den Spaten, den Span.
Der Bartlosen Schöpfe.

Kein Datum, ein Tag.
Das Elend einer Buche.
Der Mensch kein Ornat.
Das Leben roch blutig.

Verschwitzte und Klötze.
Verschwitzte und Spillrige.
„Und auf den Platz jetzt!?"
Wie mans auf Bildern sieht –

Wie auf den Leinwänden
Nur – und in Oden:
Nichtbärte, schreiende,
Und Arbeitslose.

Ад? – Да,
Но и сад – для
Баб и солдат,
Старых собак,
Малых ребят …

«Рай – с драками?
Без – раковин
От устриц?
Без люстры?
С заплатами?!»

– Зря плакали:
У всякого –
Свой.

Здесь страсти поджары и ржавы:
Держав динамит!
Здесь часто бывают пожары:
Застава горит!

Здесь ненависть оптом и скопом:
Расправ пулемет!
Здесь часто бывают потопы:
Застава плывет!

Здесь плачут, здесь звоном и воем
Рассветная тишь.
Здесь отрочества под конвоем
Щебечут: шалишь!

Здесь платят! Здесь – Богом и Чертом,
Горбом и торбóй!
Здесь молодости, как над мертвым,
Поют над собой.

Здесь матери, дитя заспав …
– Мосты, пески, кресты застав! –

Hades? Und Eden
Jedem, der Garten
Für Weiber, Soldaten,
Kecke Kröten,
Streunende Tölen.

„Das Paradies – mit Krawall?
Und Faustschlag?
Ohne Austern?
Ohne Kristall?
Mit gestopften Socken?"

Grundlos erschrocken:
Eines jeden
Eden bleibt Eden.

Hier ist Leidenschaft, ausgedörrt, heiser:
Zündschnur im Land.
Hier schlagen oft Flammen wie durch Reisig:
Die Vorstadt in Brand!

Hier ist Haß ohne Hinsehn und Hemmung:
Heimzahlungs-MG!
Und oft flutet hier Überschwemmung:
Die Vorstadt auf See!

Hier weint man. Von Zetern und Orgeln
Wird der Morgen hier wach.
Die Knaben hier unter Eskorte
Zwitschern: Dumm wie die Nacht!

Hier zahlt man! Mit Gott hier und Teufel,
Mit Buckel und bar.
Von sich singt die Jugend verzweifelt
Am eigenen Sarg.

Hier Mütter, das Kind erdrückend ...
(Vor-Stadt-Sand, -Kreuz, -Brücken!)

Здесь, младшую купцу пропив,
Отцы …
          – Кусты, кресты крапив …

– Пусти.
– Прости.

23 апреля 1923

ХВАЛА ВРЕМЕНИ

Вере Аренской

Беженская мостовая!
Гикнуло – и понеслось
Опрометями колес.
Время! Я не поспеваю.

В летописях и в лобзаньях
Пойманное … но песка
Струечкою шелестя …
Время, ты меня обманешь!

Стрелками часов, морщин
Рытвинами – и Америк
Новшествами … – Пуст кувшин! –
Время, ты меня обмеришь!

Время, ты меня предашь!
Блудною женой – обнову
Выронишь … – «Хоть час да наш!»

– Поезда́ с тобой иного
Следования!… –

Ибо *мимо* родилась
Времени! Вотще и всуе
Ратуешь! Калиф на час:
Время! Я тебя миную.

10 мая 1923

Für Schnaps ihre Jüngste verkauft ...
Väter ...
          – Brennesselkreuze, Kraut ...

– Laß sein.
– Verzeih.

23. April 1923

LOB DER ZEIT

Für Wera Arenskaja

Pflaster der Flüchtlingsstraße!
Aufkreischt es – so drehen durch
Räder in rasender Spur.
Zeit! Nein, ich werd es nicht schaffen.

Ganz der Annalen, der Minne
Häftling ... zugleich als von Sand
Rinnsal, so wispernd und rasch ...
Zeit, du betrügst mich!

Uhrzeiger sinds, tief gefurcht
Runzeln und – amerikanisch
Brandneues ... – Leer ist der Krug! –
Zeit, wie sehr du mich maßnimmst!

Zeit, du übst an mir Verrat!
Wie die Verworfne den Fummel
Abwirft ... – „Die Stunde uns laß!"

– Alle Züge mit dir folgen
Anderem Fahrplan! –

Ich bin *vorbei* geborn, Zeit,
An dir! Und noch einmal müßig
Fichtst du! Nu ist dein Reich:
Zeit! Ich geh an dir vorüber.

10. Mai 1923

ЗАНАВЕС

Водопадами занавеса, как пеной –
Хвоей – пламенем – прошумя.
Нету тайны у занавеса – от сцены:
(Сцена – ты, занавес – я.)

Сновиденными зарослями (в высоком
Зале – оторопь разлилась)
Я скрываю героя в борьбе с Роком,
Место действия – и – час.

Водопадными радугами, обвалом
Лавра (вверился же! знал!)
Я тебя загораживаю от зала,
(Завораживаю – зал!)

Тайна занавеса! Сновиденным лесом
Сонных снадобий, трав, зёрн ...
(За уже содрогающейся завесой
Ход трагедии – как – шторм!)

Ложи – в слезы! В набат, ярус!
Срок, исполнься! Герой, будь!
Ходит занавес – как – парус,
Ходит занавес – как – грудь.

Из последнего сердца тебя, о недра,
Загораживаю. – Взрыв! –
Над ужа – ленною – Федрой
Взвился занавес – как – гриф.

Нате! Рвите! Глядите! Течет, не так ли?
Заготавливайте – чан!
Я державную рану отдам до капли!
(Зритель бел, занавес рдян.)

И тогда, – сострадательным покрывалом
Долу, знаменем прошумя.
Нету тайны у занавеса – от зала
(Зала жизнь, занавес я).

23 июня 1923

DER VORHANG

Gleich des Vorhangs Wasserfällen, der wie Schäumen –
Tannenrauschen – Flammenlodern – spricht.
Vor der Bühne hat der Vorhang kein Geheimnis:
(Die Bühne – du, der Vorhang – ich.)

Dem Schilfdickicht, geträumten, gleich, ein Rückhalt
(Die Flut des hohen Saals – Betroffenheit)
Verberge ich den Helden im Kampf mit dem Schicksal,
Den Ort der Handlung – und – die Zeit.

Gleich den Regenbögen seines Wassers, der Lawine
Lorbeer (hat vertraut ja! – schon gewußt!)
Raube – hegend – deinen Raum ich – ihnen,
(Zaubere des Saales – Lust!)

Das Geheimnis des Vorhangs! Traumgesichtigen Waldes
Schlaf-Mittel, -kraut, -korn ...
(Hinter schon erschauernden Falten
Stürmt die Tragödie – wie – Zorn!)

Tränen – Logen! Rang – Alarm, Glockenschlegel!
Zeit, erfülle dich! Sei, Held, wer du bist!
(Der Vorhang geht – wie – ein Segel,
Der Vorhang wogt – wie – die Brust.)

Oh, du Innerstes! – noch aus letztem Herzen
Umhege ich dich. – Explosion! –
Über Phädras – Natternbiß –! Schmerzen
Stieg – wie – ein Greif – er schon.

Da! Reißt – schaut! es fließt, nicht wahr, euer Opfer?
Bei der Hand mit dem Schaff für das Blut!
Die erhabene Wunde fort geb ich bis auf den Tropfen.
(Des Zuschauers – Weiß. Des Vorhangs – Rot.)

Und dann – der Decke Mitleid mit dem Leiden,
Senkt – ein Bannerrauschen – sich.
Vor dem Saal hat der Vorhang kein Geheimnis.
(Des Saales Leben, der Vorhang – ich.)

23. Juni 1923

КЛИНОК

Между нами – клинок двуострый
Присягнувши – и в мыслях класть ...
Но бывают – страстные сестры!
Но бывает – братская страсть!

Но бывает такая примесь
Прерий в ветре и бездны в губ
Дуновении ... Меч, храни нас
От бессмертных душ наших двух!

Меч, терзай нас, и, меч, пронзай нас,
Меч, казни нас, но, меч, знай,
Что бывает такая крайность
Правды, крыши такой край ...

Двусторонний клинок – рознит?
Он же сводит! Прорвав плащ!
Так своди же нас, страж грозный,
Рана в рану и хрящ в хрящ!

(Слушай! если звезда, срываясь ...
Не по воле дитя с ладьи
В море падает ... Острова есть,
Острова для любой любви ...)

Двусторонний клинок, синим
Ливший, красным пойдет ... Меч
Двусторонний – в себя вдвинем.
Это будет – лучшее лечь!

Это будет – братская рана!
Так, под звездами, и ни в чем
Не повинные ... Точно два мы
Брата, спаянные мечом!

18 августа 1923

DIE KLINGE

Zwischen uns – die Doppelklinge,
Treueschneide – auch im Geist ...
Aber der Bruder, herzbezwingend?
Und die Bezaubrung, die Schwester heißt?

Und untrennbar doch erfahren
Prärien im Wind und den Abgrund im Hauch
Der Lippen ... Vor unseren Seelen bewahr uns,
Schwert, den unsterblichen beiden, auch!

Schwert, setz uns zu, und, Schwert, durchdring uns,
Richte uns, Schwert, aber, Schwert, hab acht:
Es gibt – wie Land – jene letzte Schwingung
Der Wahrheit doch, jenen Rand unseres Dachs ...

Zwei Seiten geschärft – und schneidet?
Es vereint! Zerreiß, Schwert, das Kleid,
Und, Wunde zu Wunde, Bein zu Beine,
Zueinander uns, drohender Wächter, befreit!

(Hör! stürzt vom Himmel ein Stern, sich entbindend ...
Fällt vom Nachen, ohne es zu wollen, das Kind
In das Meer ... daß da, hör! Inseln –
Für jederlei Liebe – Inseln sind ...)

Zweischneidig, und zwei Seiten schneidend,
Rot wird es ziehn – deines Stahls Violett,
Denn, daß es schneide – wir werden es leiden.
So wird sein – ein besseres Bett!

So wird sein – eine brüderliche Wunde!
So, unter den Sternen, und es währt
Keine Schuld ... So sind wir, im Eigenen verbunden –
Brüdern gleich dank der Lötnaht Schwert.

18. August 1923

ПОЕЗД

Не штык – так клык, так сугроб, так шквал. –
В Бессмертье что час – то поезд!
Пришла и знала одно: вокзал.
Раскладываться не стоит.

На всех, на всё – равнодушьем глаз,
Которым конец – исконность.
О, как естественно в третий класс
Из душности дамских комнат!

Где от котлет разогретых, щек
Остывших ... – Нельзя ли дальше,
Душа? Хотя бы в фонарный сток –
От этой фатальной фальши:

Папильоток, пеленок,
Щипцов каленых,
Волос паленых
Чепцов, клеенок.
О – де – ко – лонов
Семейных, швейных
Счастий (kleinwenig!)*
Взят ли кофейник?...
Сушек, подушек, матрон, нянь,
Душности бонн, бань.

Не хочу в этом коробе женских тел
Ждать смертного часа!
Я хочу, чтобы поезд и пил и пел:
Смерть – тоже вне класса!

В удаль, в одурь, в гармошку, в надсад, в тщету!
– Эти нехристи и́ льнут же! –
Чтоб какой-нибудь странник: *«На тем свету ...»*
Не дождавшись, скажу: лучше! ...

* немножко, чуточку (*нем.*).

DER ZUG

Bajonett nicht, – Stoßzahn, Schneewehe, Zyklon, –
Ein Zug ins Ewige – aller Stunde!
Als ich hinkam, begriff ich eines: Station,
Sich einrichten erst – verlohnt nicht.

Auf alle, alles den Gleichmut des Blicks,
Der das Ende weiß – immer.
O wie leicht zur dritten Klasse der Schritt
Aus der Schwüle der Damenzimmer!

Wo von Koteletts, aufgewärmten, Frost
In Gesichtern ... Kannst du nicht fliegen,
Seele? Selbst durch den Entlüfter – nur fort
Von dieser fatalen Lüge:

Brennscheren, Nadeln,
Versengten Haaren,
Sanitäts-Utensilien,
Windeln, Familien –
Eau – de – Co – lognes,
Nähstuben- (kleinbißchen)-
Glücke, Bonbons.
Die Kaffeekanne, vergiß nicht! ...
Matrone, Hut, Sitzkissen, Magd,
Dunstschleier von Bonne und Bad.

Nicht soll diese Lade voll Weiblichkeit
Den Tod zu mir lassen!
Trinken soll ihn der Zug, soll ihn singen: die Zeit
Auch ist außer der Klasse!

In Tollheit, Taumel, Drehorgel, Hast, in das Nie!
– Diese Gotteslästerer – lästig! –
Doch steht irgendein Pilger: *„Im Jenseits, sieh! ...“*
Ich unterbreche ihn: „Besser!“

Площадка. – И шпалы. – И крайний куст
В руке. – Отпускаю. – Поздно
Держаться. – Шпалы. – От сто́льких уст
Устала. – Гляжу на звезды.

Так через радугу всех планет
Пропавших – считал-то кто их? –
Гляжу и вижу одно: конец.
Раскаиваться не стоит.

6 октября 1923

ДВОЕ

2

Не суждено, чтоб сильный с сильным
Соединились бы в мире сём.
Так разминулись Зигфрид с Брунгильдой,
Брачное дело решив мечом.

В братственной ненависти союзной
– Буйволами! – на скалу – скала.
С брачного ложа ушел, неузнан,
И неопознанною – спала.

Порознь! – даже на ложе брачном –
Порознь! – даже сцепясь в кулак –
Порознь! – на языке двузначном –
Поздно и порознь – вот наш брак!

Но и постарше еще обида
Есть: амазонку подмяв, как лев, –
Так разминулись: сын Фетиды
С дщерью Аресовой: Ахиллес

С Пенфезилеей.
О, вспомни – снизу
Взгляд ее! сбитого седока
Взгляд! не с Олимпа уже, – из жижи
Взгляд ее, – все ж еще свысока!

Die Plattform. – Und Schwellen. – Der letzte Strunk
Gefaßt. – Losgelassen. – Ferne
Und haltlos. – Schwellen. – Zu Mund kommt Mund
Wie Abkehr. – Ich schau auf die Sterne.

So durch aller Planeten Kurs,
Der Verlorenen Regenbogen,
Schau ich und sehe das Eine: Schluß.
Auf Reue zu warten lohnt nicht.

6. Oktober 1923

ZWEI

2

Nicht ists bestimmt, daß der Starke dem Starken
Sich schon gesellt im Diesseits der Welt.
Derart verfehlten sich Siegfried und Brünhild
Als ihr Bund unterm Schwert zerspellt.

Brüderlich hassend, und verbündet
– Büffeln vergleichbar! – Massiv auf Massiv.
Dem Ehfell im Schutze des Dunkels entschlüpft
Und sie, die Unerkannte – schlief.

Geschieden! – sogar auf der Lagerstreu
Geschieden! – und schlagend sich bekriegend
Geschieden! – im Zwiesinn des Sprachgehäuses
Spät und geschieden – unsere Ehe!

Aber noch ältere Kränkungen gibt es:
Die Amazone, gefällt wie ein Löwe –
So trennten sich der Sohn der Thetis
Und Ares' Tochter: Achilles und

Penthesilea.
Gedenk ihres Blicks –
Von unten! Eines abgeworfenen Reiters
Blick! nicht vom Olymp – aus dem Mist!
Schlammblick – doch von der Höhe der Leiter!

Что ж из того, что отсель одна в нем
Ревность: женою урвать у тьмы.
Не суждено, чтобы равный – с равным ...
. . . .
Так разминовываемся – мы.

3

В мире, где всяк
Сгорблен и взмылен,
Знаю – один
Мне равносилен.

В мире, где столь
Многого хощем,
Знаю – один
Мне равномощен.

В мире, где всё –
Плесень и плющ,
Знаю: один
Ты – равносущ

Мне.

3 июля 1924

ПОПЫТКА РЕВНОСТИ

Как живется вам с другою,
Проще ведь? – Удар весла! –
Линией береговою
Скоро ль память отошла.

Обо мне, плавучем острове
(Пó небу – не по водам!)
Души, души! – быть вам сестрами,
Не любовницами – вам!

Sagt, was erbringts, daß seit dieser Stunde
Eifer ihn sucht: die Frau aus dem Sumpf!
Nicht ists bestimmt, daß der Gleiche dem Gleichen …
. . . .
So verfehlen wir – uns.

3

Hier, wo ein jeder
Zagt und erschlafft,
Weiß ich – nur einer
Gleicht mir an Kraft.

Hier, wo wir wünschen
So unbedacht,
Weiß ich – nur einer
Gleicht mir an Macht.

Hier, wo der Efeu
Wächst für und für,
Weiß ich – im Wesen
Gleicht einer mir:

Du

3. Juli 1924

VERSUCH EINER EIFERSUCHT

Und wie lebt sichs mit der andern –
Leichter doch? Ein Ruderschlag –
Und als Uferlinie schwand
Eilig die Erinnerung an

Mich, die fern schwimmende Insel
(Über den Himmel – nicht auf dem Fluß)!
Seelen, Seelen! – Nicht Geliebte.
Schwestern werden sollt ihr nun!

Как живется вам с *простою*
Женщиною? *Без* божеств?
Государыню с престола
Свергши (с оного сошед),

Как живется вам – хлопочется –
Ежится? Встается – как?
С пошлиной бессмертной пошлости
Как справляетесь, бедняк?

«Судорог да перебоев –
Хватит! Дом себе найму».
Как живется вам с любою –
Избранному моему!

Свойственнее и съедобнее –
Снедь? Приестся – не пеняй …
Как живется вам с подобием –
Вам, поправшему Синай!

Как живется вам с чужою,
Здешнею? Ребром – люба?
Стыд Зевесовой вожжою
Не охлёстывает лба?

Как живется вам – здоровится –
Можется? Поется – как?
С язвою бессмертной совести.
Как справляетесь, бедняк?

Как живется вам с товаром
Рыночным? Оброк – крутой?
После мраморов Каррары
Как живется вам с трухой

Гипсовой? (Из глыбы высечен
Бог – и на́чисто разбит!)
Как живется вам с стотысячной –
Вам, познавшему Лилит!

Und wie lebt es sich bei einer
Einfachen? Der Götter los?
Da vom Thron die Herrscherin
Ist gestürzt (sie ließ den Thron) –

Wie lebt es sich – und läuft im Haushalt –
Fröstelt sichs? Wie steht sichs auf?
Mit dem Zoll unsterblicher Plattheit –
Wie, Ärmster, kommen Sie so aus?

„Stockungen, das Herz, und Krämpfe –
Schluß! Ich miete mir ein Haus."
Wie lebt sichs meinem Auserwählten
Jetzt mit einer Dutzendbraut?

Eßbarer und mehr bekömmlich
Ist die Kost? Beschwer dich nicht ...
Wie lebt sichs mit einem Abbild
Für Sie, der Sinai verriet?

Wie lebt sichs mit einer Fremden
Hiesigen? Schmeckt ihre Rippe?
Peitscht die Scham als Götterzügel
Nicht mit Feuer Ihre Stirn?

Kurz, wie lebt sichs – und wie ist es –
Wie gehts wie stehts? Wie singt sichs? Schlecht?
Mit der Schwäre des Gewissens –
Wie, Ärmster, kommen Sie zurecht?

Und wie lebt sichs mit der Ware,
Die vom Markt kommt? Drückt der Zins?
Nach dem Marmor von Carrara –
Wie lebt sichs mit dem Mulm aus Gips

(Ganz aus einem Fels gehauen
Ist ein Gott – und glatt zerschlagen!)
Wie gehts mit einer wie hunderttausend
Für Sie, die Sie bei Lilith lagen?

Рыночною новизною
Сыты ли? К волшбам остыв,
Как живется вам с земною
Женщиною, *бéз* шестых

Чувств?
Ну, зá голову; счастливы?
Нет? В провале без глубин –
Как живется, милый? Тяжче ли?
Так же ли, как мне с другим?

19 ноября 1924

ЖИЗНИ

1

Не возьмешь моего румянца –
Сильного – как разливы рек!
Ты охотник, но я не дамся,
Ты погоня, по я есмь бег.

Не возьмешь мою душу живу!
Тáк, на полном скаку погонь –
Пригибающийся – и жилу
Перекусывающий конь

Аравийский.

25 декабря 1924

2

Не возьмешь мою душу живу,
Не дающуюся, как пух.
Жизнь, ты часто рифмуешь с: лживо, –
Безошибочен певчий слух!

Von der Marktneuheit nun, sind Sie
Satt? Für Zaubereien blind –
Lebt es sich mit einem irdischen
Weibchen *ohne* sechsten Sinn?

Auf den Kopf jetzt: sind Sie glücklich?
Nicht? In Ihrer glatten Spalte –
Lebt sichs Lieber? Schwerer, wie?
Wie für mich mit einem anderen?

19. November 1924

DEM LEBEN

1

Raubst mir nicht die Röte meiner Wangen –
Stark ist sie wie ein geschwollner Fluß!
Du bist Jäger, ich bin nicht zu fangen,
Du die Jagd, doch ich, die fliehen muß.

Raubst die Seele nicht, die lebende!
Im Galopp, in der Verfolgung Lauf –
Das sich niederbeugende, das bebende
Pferd beißt sich die Ader auf –

Ein Araberblut.

25. Dezember 1924

2

Raubst mir meine Seele nicht! Entfliegen
Wird sie dir, so wie ein Flaum entschwirrt.
Ach, auf Leben reimst du oftmals lügen,
Du mit dem Gehör, das niemals irrt.

Не задумана старожилом!
Отпусти к берегам чужим!
Жизнь, ты явно рифмуешь с жиром.
Жизнь: держи его! жизнь: нажим.

Жестоки у ножных костяшек
Кольца, в кость проникает ржа!
Жизнь: ножи, на которых пляшет
Любящая.
– Заждалась ножа!

28 декабря 1924

СОН

1

Врылась, забылась – и вот как с тысяче-
футовой лестницы без перил.
С хищностью следователя и сыщика
Все́ мои тайны – сон перерыл.

Сопки – казалось бы, прочно замерли, –
Не доверяйте смертям страстей!
Зорко – как следователь по камере
Сердца – расхаживает Морфей.

Вы! Собирательное убожество!
Не обрывающиеся с крыш!
Знали бы, как, на перинах лёжачи,
Преображаешься и паришь!

Рухаешь! Как скорлупою треснувшей –
Жизнь с ее грузом мужей и жен
Зорко – как летчик над вражьей местностью
Спящею – над душою сон.

Keines Eingesessenen Vision fürwahr –
Du! Laß mich zu fremderen Gestaden!
Leben reimst auf Fett du offenbar.
Leben: halt es! Leben: so beladen.

Grausam seid ihr an den Fesseln, Ringe!
In die Knochen dringt der Rost so tief!
Leben: Klingen, daß auf ihnen springe,
Sie, die Liebende,
– die nach dem Messer rief!

28. Dezember 1924

TRAUM

1

Hab mich vergraben, vergessen – nun tausende
Fuß gings treppab einen haltlosen Lauf.
Gieriger Spitzel, ein Richter, fahndender:
All mein Geheimnis – der Traum brach es auf.

Schlammgeiser – scheinbar in Starre verfestigte –:
Hüter der Leidenschaft sei nicht der Tod!
Scharfsichtig – Richter in der Zelle des
Herzens – durchschreitet Gott Morpheus den Ort.

Ihr! Solche sammelnde Bedürftigkeit!
Unfähige, sich nur zu stürzen vom Dach!
Wie, der im Bett liegt – was wüßtet ihr –,
Wandel erfährt und zum Schweben gebracht!

Einstürzt du? Wie das gleich Schalen geborstene
Lager, belastet mit Ehmännern, Frauen,
Scharfsichtig – Flieger vor feindlichen Orten, den
Schlafenden – über der Seele der Traum.

Тело, что все свои двери заперло, –
Тщетно! – уж ядра поют вдоль жил.
С точностью сбирра и оператора
Всé мои раны – сон перерыл!

Вскрыта! ни щелки в райке, под куполом,
Где бы укрыться от вещих глаз
Собственных. Духовником подкупленным
Всé мои тайны – сон перетряс!

24 ноября 1924

2

В мозгу ухаб пролёжан –
Три века до весны!
В постель иду, как в ложу:
Затем, чтоб видеть сны.

Сновидеть: рай Давидов
Зреть и Ахиллов шлем
Священный, – стен не видеть!
В постель иду – затем.

Разведены с Мартыном
Задекою – не всé!
Не доверяй перинам:
С сугробами в родстве!

Занежат, – лести женской
Пух, рук и ног захват.
Как женщина младенца
Трехдневного – заспят.

Спать! Потолок как короб
Снять! Синевой запить!
В постель иду – как в прорубь:
Вас – не себя топить!

Körper, der all seine Türen verschlossen hat, –
Müßig! durchs Blut singen Kugeln zuhauf.
Sbirrenhaft, Operateuren gleich sorgfältig
All meine Wunden – der Traum brach sie auf!

Aufgebracht! nicht ein Spalt auf der Galerie,
Kuppelwärts, ausgesetzt allwissendem Aug,
Eigenem. Als ein bestochener Geistlicher
All mein Geheimnis – der Traum schüttets aus.

24. November 1924

2

Ins Hirn ein Loch gelegen –
Bis Lenz dreihundert Jahr!
Ins Bett – zur Loge gehen,
Um Traum zu sehn und Mahr.

Traumsicht: den Himmel Davids
Zu schaun, den Helm Achills,
Den heiligen, – nicht die Wand rings!
Ins Bett – für dieses Bild.

Geschieden von Zadeka,
Martyn, ist doch nicht ganz!
Entdeck dich nicht den Federn:
Sind Schneewehn anverwandt!

Verzärteln – Frauenschmeichelns
(Flaum, Arm und Beine) Sog.
Wie eine Frau den Säugling,
Drei Tag alt, stillegt, so.

Schlafen! Das Dach, den Tragkorb,
Abnehmen! Schluck vom Blau!
Ins Bett – wie in ein Eisloch:
Daß ihr – nicht ich – ersauft!

Заокеанских тропик
Прель, Индостана – ил...
В постель иду – как в пропасть:
Перины – *без* перил!

26 ноября 1924

Б. Пастернаку

Рас – стояние: версты, мили...
Нас рас – ставили, рас – садили,
Чтобы тихо себя вели,
По двум разным концам земли.

Рас – стояние: версты, дали...
Нас расклеили, распаяли,
В две руки развели, распяв,
И не знали, что это – сплав

Вдохновений и сухожилий...
Не рассóрили – рассори́ли,
Расслоили...
Стена да ров.
Расселили нас, как орлов-

Заговорщиков: версты, дали...
Не расстроили – растеряли.
По трущобам земных широт
Рассовали нас, как сирот.

Который уж – ну который – март?!
Разбили нас – как колоду карт!

24 марта 1925

Die überseeischen Tropen,
Der Indus-Schlamm, verfault ...
Ins Bett – ins Bodenlose:
Die Federn – nichts hält auf!

26. November 1924

Für Boris Pasternak

Ab-stand, weit-ab: Werste, Meilen ...
Ab-getrennt, aus-gesetzt, zwei zu teilen:
Daß jeder stille hält
An seinem Ende der Welt.

Ab-stand, Ab-seits: Werste, Weiten ...
Abgelötet, -geleimt, in entzweite
Zwei Hände – am Kreuz – abgezweigt,
Als wüßten sie nicht, wie das zeugt,

Den Sehnen Begeisterung schenkt ...
Abtrünnig nicht – abgedrängt,
Abgegrenzt ...
Mauer und Graben.
Auseinandergesprengt wie die Adler-

Verschwörer: Werste und Weiten ...
Abgezwängte, verlorene Seiten.
In die Asyle erdbreitenweit
Haben sie uns, wie Waisen, verstreut.

Am wievielten März – na, an welchem, wie?
Einem Kartenspiel gleich – uns aus warfen sie.

24. März 1925

МАЯКОВСКОМУ

1

Чтобы край земной не вымер
Без отчаянных дядéй,
Будь, младенец, Володимир:
Целым миром володей!

2

Литературная – не в ней
Суть, а вот – кровь пролейте!
Выходит каждые семь дней.
Ушедший – раз в столетье

Приходит. Сбит передовой
Боец. Каких, столица,
Еще тебе вестей, какой
Еще – передовицы?

Ведь это, милые, у нас,
Черновец – милюковцу:
«Владимир Маяковский? Да-с.
Бас, говорят, и в кофте

Ходил» …
Эх кровь-твоя-кровца!
Как с новью примириться,
Раз первого ее бойца
Кровь – на второй странице
(Известий)

FÜR MAJAKOWSKI

1

Daß die Erde nicht krepier
An Kerlen ohne Verve,
Sei, Säugling Wolodimir:
Die ganze Welt beherrsche!

2

„Die Literarische" – ohne Frage
Nicht sie steht zur Rede – sondern Blut!
Erscheint alle sieben Tage.
Der Fortgegangene – gehts gut,

Einmal im Jahrhundert. Der Vorposten
Erschossen. Sag, Hauptstadt, was
Noch willst du hörn, welche Chose
Käm dir als Titel zupaß?

So ists doch, Freunde, sagt
Ein Tschernowe zum Miljuken:
„Wladimir Majakowski? Tja.
Ein Baß, heißt es, mit Bluse

Drumrum ..."
Ach Blut, dein Blut!
Wie sich dem Neuen befreunden,
Wenn sie seines Ersten Tod
Auf Seite zwei beleumden
(Der „Iswestija").

3

«В гробу, в обыкновенном темном костюме, в устойчивых, грубых ботинках, подбитых железом, лежит величайший поэт революции».

(«Однодневная газета», 24 апреля 1930 г.)

В сапогах, подкованных железом,
В сапогах, в которых гору брал –
Никаким обходом ни объездом
Не доставшийся бы перевал –

Израсходованных до сиянья
За двадцатилетний перегон.
Гору пролетарского Синая,
На котором праводатель – он.

В сапогах – двустопная жилплощадь,
Чтоб не вмешивался жилотдел –
В сапогах, в которых, понаморщась,
Гору нес – и брал – и клял – и пел –

В сапогах и *до* и *без* отказу
По невспаханностям Октября,
В сапогах – почти-что водолаза:
Пехотинца, чище-ж говоря:

В сапогах великого похода,
На донбассовских, небось, гвоздях.
Гору горя своего народа
Стапятидесяти (Госиздат)

Миллионного … – В котором роде
Своего, когда который год:
«Ничего-де своего в заводе!»
Всех народов горя гору – вот.

Так вот в этих – про его Рольс-Ройсы
Говорок еще не приутих –
Мертвый пионерам крикнул: Стройся!
В сапогах – *свидетельствующих*.

3

„In einem Sarg, schlichtem dunklem Anzug und derben, eisenbeschlagnen Stiefeln liegt der größte Dichter der Revolution."

„Extranummer", 24. April 1930

In den Stiefeln, beschlagen mit Eisen,
Den Stiefeln, mit denen er nachmaß
Den nicht auf Schlichen, Zingelkreisen
Zu bezwingenden Paß –

Verschlissen glänzend wie Talmi
Im Marsch über zwanzig Jahr
Nahm er den proletarischen Sinai,
Auf dem er Gesetzgeber war.

In den Stiefeln, zweihöhlige Bleibe,
Aus Abscheu vorm Wohnungsamt –
In denen, gequälten Leibes,
Den Berg er trug – und nahm – und schalt – und sang.

In den Stiefeln, bis zum Umbruch ungebrochen,
Über des Oktobers brachen Schlag,
In den Stiefeln, beinah Taucherglocken,
Landsturmstiefeln, sauberer gesagt:

In den Stiefeln des großen Feldzugs
Gewiß, mit Donbaß-Nägeln begabt,
Trug er den Elendsberg seines Volkes
Von hundertfünfzig (Gosizdat)

Millionen ... In einem Maße *Eignen,*
Wo es das zigte Jahr schon heißt:
„Nichts Eignes in den Zeilen!"
Aller Völker Elendsberg – hier der Beweis!

In diesen also – von seinen Amischlitten
Ist das Getuschel nicht verstummt –
Rief der Tote den Pionieren: Angetreten!
In diesen Stiefeln – wie *Zeugenmund.*

4

Любовная лодка разбилась о быт.

И полушки не поставишь
На такого главаря.
Лодка-то твоя, товарищ,
Из какого словаря?

В лодке да еще в любовной
Запрокинуться – скандал!
Разин – чем тебе не ровня? –
Лучше с *бытом* совладал.

Эко новшество – лекарство
Хлещущее что твой кран!
Парень, не по пролетарски
Действуешь – а что твой пан!

Стоило ж в богов и в матку
Нас, чтоб – кровь, а не рассвет! –
Класса белую подкладку
Выворотить напослед.

Вроде юнкера, на Тôске
Выстрелившего – с тоски!
Парень! не по маяковски
Действуешь: по шаховски.

Фуражечку-б на бровишки
И – прощай моя джаным!
Правнуком своим проживши,
Кончил – прадедом своим.

То-то-же как на поверку
Выйдем – стыд тебя заест:
Совето-российский Вертер.
Дворяно-российский жест.

Только раньше – в околодок,
Нынче-ж…
– Враг ты мой родной!
Никаких любовных лодок
Новых – нету под луной.

4

Das Liebesboot zerbrach am Sein.

Keinen Sechser setzt man
Auf so einen Banditen.
Dein Liebesboot, Genosse, stammt
Aus welchen Exerzitien?

Mit einem Boot, gar Liebesnachen
Umzukippen – welch Skandal!
Rasin – dir wohl gleich im Kragen –
Litt am *Alltag* weniger Qual.

Welche Neuigkeit – ein Mittel,
Sprudelnd wie ein Wasserhahn!
Junge, nicht sehr proletarisch
Ist das – eher à la Pan!

Lohnte denn, bei Gott und Mutter!
Dein Fluch um – Blut, nicht Morgenrot!
Vorzukehrn das Klassenfutter,
Das weiße, weils der Schluß gebot.

Kadettenwitz, der in der „Tosca"
Schoß – aus Melancholia!
Junge! nicht nach Majakowski
Riecht das: bloß nach Schah.

Besser: Mützlein in die Augen
Und – leb wohl, meine Djanym!
Lebtest wie dein eigner Enkel
Und gingst wie – deine Ahnen hin.

Einst, wenn wir zum Richter
Treten, wird dich Scham zerfressen:
Sowjetwerther, Selbstvernichter.
Rußlands alte Adelsgeste.

Hieß es früher – Auf die Wache!
Liest man heute …
– Liebster Feind!
Keine neuen Liebesbarken
Gibt es unterm Mondschein.

5

Выстрел – в самую душу,
Как только-что по врагам.
Богоборцем разрушен
Сегодня последний храм.

Еще раз не-осекся,
И, в точку попав – усоп.
Было стало-быть сердце,
Коль выстрелу следом – стоп.

(Зарубежье, встречаясь:
«Ну, казус,! Каков фугас!
Значит – тоже сердца есть?
И с той же, что и у нас?»)

Выстрел – в самую точку,
Как в ярмарочную цель.
(Часто – левую мочку
Отбривши – с женой в постель.)

Молодец! Не прошибся!
А женщины ради – что ж!
И Елену паршивкой
– Подумавши – назовешь.

Лишь одним, зато знатно,
Нас лефовец удивил:
Только вправо и знавший
Палить то, а тут – слевил.

Кабы в правую – свёрк бы
Ланцетик – и здрав ваш шэф.
Выстрел в *левую* створку:
Ну в самый-те Центропев!

5

Der Schuß – gezielt in die Seele,
Als wäre sie ein Feind.
Der Heide zerfetzte die Kehle
Des letzten Götterheims.

Noch einmal brillierte er.
Ins Schwarze – und entschlief.
Also doch ein Herz,
Wenn drüber nichts mehr lief.

(Bei Treffen – Ausländerscherze:
„Teufel nochmal! Bombending!
So, haben die auch Herzen,
Und genau wie wir, links?")

Der Schuß – gezielt ins Schwarze
Wie in ein Jahrmarktsbrett.
(Blessiert den Ohrenrand
Und dann die Frau ins Bett.)

Solch Schütze! Nicht daneben.
Und wenn frauenhalber – was machts.
Noch Helena, bei Licht besehen,
Geriet als Schlampe in Betracht.

Mit einem nur, dafür gehörig,
Hat der LEF-Mann uns bekehrt:
Der nur nach rechts zu röhren
Wußte, hat die Linke sich versehrt.

Wär rechts es gewesen – zügig
Skalpell: gesund der Mann.
Der Schuß – in den *linken* Flügel:
Den Sitz von „Zentralgesang".

6

Зерна огненного цвета
Брошу на ладонь,
Чтоб предстал он в бездне света
Красный как огонь.

Советским вельможей,
При полном Синоде …
– Здорово, Сережа!
– Здорово, Володя!

Умаялся? – Малость.
– По общим? – По личным.
– Стрелялось? – Привычно.
– Горелось? – Отлично.

– Так стало-быть пожил?
– Пас в нек'тором роде.
… Негоже, Сережа!
… Негоже, Володя!

А помнишь как матом
Во весь свой эстрадный
Басище – меня то
Обкладывал? – Ладно

Уж … – Вот-те и шлюпка
Любовная лодка!
Ужель из-за юбки?
– Хужей из-за водки.

Опухшая рожа.
С тех пор и на взводе?
Негоже, Сережа.
– Негоже, Володя.

А впрочем – не бритва –
Сработано чисто.
Так стало-быть бита
Картишка? – Сочится.

6

Körner, mit feuerigem Antlitz
Streue ich auf die Hand;
Daß er im Schlund des Lichts
Erscheine als roter Brand.

Sowjetischer Adel
Plenare Synode …
– Gegrüßt, Serjosha!
– Gegrüßt, Wolodja!

Gemartert? – Ein wenig.
– Behördlich? – Persönlich.
– Schoß sichs? – Gewöhnlich.
– Brannt es? – Phantastisch.

– Schon ausgelebt?
– Ich passe, im Grunde.
… Verwerflich, Serjosha.
… Verwerflich, Wolodja.

Ich hoffe, du weißt noch
Wie du mich im Baßton
Mit üppigen Flüchen
Belegtest? – Laß schon

Laß … – Da, die Schaluppe
Die Liebeskajüte!
Und wegen ner Puppe?
– Um Wodka ist übler.

Gedunsene Visage
Und seitdem besoffen!
Verderblich, Serjosha.
– Verderblich, Wolodja.

Indessen – kein Bartdolch –
Saubere Mittel.
So ist denn gelocht
Das Kärtchen? – Es sickert.

– Приложь подорожник.
– Хорош и коллодий.
Приложим, Сережа.
Приложим, Володя.

А что на Рассее-
На матушке? – То-есть
Где? – В Эсэсэсере
Что нового? – Строят.

Родители – рôдят,
Вредители – точут,
Издатели – водят,
Писатели – строчут.

Мост новый заложен,
Да смыт половодьем.
Все то же, Сережа!
– Все то же, Володя.

А певчая стая?
– Народ, знаешь, тертый!
Нам лавры сплетая,
У нас как у мертвых

Прут. Старую Росту
Да завтрашним лаком.
Да не обойдешься
С одним Пастернаком.

Хошь, руку приложим
На ихнем безводье?
Приложим, Сережа?
– Приложим, Володя!

Еще тебе кланяется ...
– А что добрый
Наш Льсан Алексаныч?
– Вон – ангелом! – Федор

– Leg Wegerich auf.
– Gut tut Kollodium.
Leg auf, Serjosha.
– Leg auf, Wolodja.

Und was gibts in Rußland
Dem Mütterchen! – Au!!
Wo? – In der ESESESER
Gibts Neues? – Man baut.

Die Eltern – gebären.
Die Schädlinge – raspeln.
Die Verleger – verklären.
Die Schriftsteller – basteln.

Es wuchs eine Brücke
Doch fiel sie ins Wasser.
Wie immer, Serjosha! ...
– Wie immer, Wolodja!

Und unsere ‚Sänger'?
– Dies Volk ist gerissen!
Uns Kränze flechtend
Uns, wie Verblichene

Bestiehlt man. Die ROSTA
Mit morgigem Lack.
Ist halt nicht genug
Mit einem Pasternak.

Wolln Hand wir anlegen
In ihrer Ödnis?
Wolln wir, Serjosha?
– Wolln wir, Wolodja?

Noch grüßt und verehrt dich ...
– Was macht unser guter
Lsan Alexanytsch?
– Das Englein, dort! – Fjodor

Кузьмич? – На канале:
По красные щеки
Пошел. – Гумилев Николай?
– На Востоке.

(В кровавой рогоже,
На полной подводе ...)
– Все то же, Сережа.
– Все то же, Володя.

А коли все то же
Володя, мил – друг мой –
Вновь руки наложим,
Володя, хоть рук – и –

Нет.
– Хотя и нету
Сережа, мил-брат мой,
Под царство и это
Подложим гранату!

И на раствороженном
Нами Восходе –
Заложим, Сережа!
– Заложим, Володя!

7

Много храмов разрушил,
А этот – ценней всего.
Упокой, Господи, душу
Усопшего врага твоего.

Август 1930 г.
Савойя.

Kusmitsch? – Am Kanal.
Tief, bis an die Wangen
Stand er. – Gumiljow, Nikolai?
– Gen Orient gegangen.

(In blutiger Matte
Das Fuhrwerk beladen ...)
– Das alte, Serjosha.
– Das alte, Wolodja.

Und wenn stets das alte
Wolodja, mein Knabe
So lassen wir uns
Nochmals zur Ader.

– Und, ohne sie zu haben
Serjosha, Bruder
Plaziern wir Granaten
Unter *dies* Ruder!

Im zitternden Licht
Der steigenden Sonne
Plaziern wir, Serjosha!
– Plaziern wir, Wolodja!

7

Viele Tempel zertrat er
Doch dieser ist ohne Vergleich.
Nimm, Herr, in ewigen Frieden
Die Seele deines Feinds.

August 1930
Savoyen

СТИХИ К ПУШКИНУ

1

Бич жандармов, бог студентов,
Желчь мужей, услада жен,
Пушкин – в роли монумента?
Гостя каменного? – он,

Скалозубый, нагловзорый
Пушкин – в роли Командора?

Критик – нóя, нытик – вторя:
«Где же пушкинское (взрыд)
Чувство меры?» Чувство – моря
Позабыли – о гранит

Бьющегося? Тот, соленый
Пушкин – в роли лексикона?

Две ноги свои – погреться –
Вытянувший и на стол
Вспрыгнувший при самодержце
Африканский самовол –

Наших прадедов умора –
Пушкин – в роли гувернера?

Черного не перекрасить
В белого – неисправим!
Недурён российский классик,
Небо Африки – своим

Звавший, невское – проклятым.
– Пушкин – в роли русопята?

Ох, брадатые авгуры!
Задал, задал бы вам бал
Тот, кто царскую цензуру
Только с дурой рифмовал,

VERSE AUF PUSCHKIN

1

Spitzelgeißel, Gott der Schüler,
Wut der Männer, Glück der Fraun –
Puschkin als ein Denkmal? Puschkin
Etwa als der Gast aus Stein?

Dieser Spötter, Witze reißend,
Puschkin – Puschkin als Komtur?

Krittler nörgeln, Nörgler schluchzen:
„Wo bleibt sein Gefühl für Maß?" –
Habt ihr das Gefühl vergessen
Für das Meer, das salzige, das

An Granit schlägt? Dieser: Er,
Puschkin als ein Diktionär?

Der die Beine, sie zu wärmen,
Ausgestreckt, der auf den Tisch
Sprang in Gegenwart des Zaren,
Dieses schwarze Ärgernis,

Unsrer Vorväter Gelächter,
Puschkin als ein Tugendwächter?

Färbt ihn um in einen Weißen –
Er bleibt unverändert schwarz!
Hübsch – der Klassiker der Reußen,
Der den Himmel Afrikas,

Rußland fluchend, seinen nannte.
Puschkin – als ein Russomane?

Och, ihr bärtigen Auguren! –
Jener hätte euch zum Marsch
Aufgespielt, der, der „Zensura"
Nur auf „dura" hat gereimt.

А «Европы вестник» – с …
Пушкин – в роли гробокопа?

К пушкинскому юбилею
Тоже речь произнесем:
Всех румяней и *смуглее*
До сих пор на свете всем,

Всех живучей и живее!
Пушкин – в роли мавзолея?

То-то к пушкинским избушкам
Лепитесь, что сами – хлам
Как из душа! Как из пушки –
Пушкиным – по соловьям

Сло́ва, сокола́м полета!
– Пушкин – в роли пулемета!

Уши лопнули от вопля:
«Перед Пушкиным во фрунт!»
А куда девали пёкло
Губ, куда девали – бунт

Пушкинский? уст окаянство?
Пушкин – в меру пушкиньянца!

Томики поставив в шкафчик –
Посмешаете ж его,
Беженство свое смешавши
С белым бешенством его!

Белокровье мозга, морга
Синь – с оскалом негра, горло
Кажущим …

Поскакал бы, Всадник Медный,
Он со всех копыт – назад.
Трусоват был Ваня бедный,
Ну, а он – *не* трусоват.

Auf „Ewropy westnik“ A ... –
Puschkin als ein Leichenwäscher?

Zu den Puschkin-Feiern werden
Wir auch Reden halten: Er,
Frischer, dunkler hier auf Erden
Als die anderen und zäh

Alle andern überlebend!
Puschkin als ein Mausoleum?

Daß ihr an ihm klebt – erklärlich!
Ihr seid selber nichts als Dreck.
Als Geschoß er – unentbehrlich!
Puschkin selbst als Puschkinschreck:

Nachtigalln und Falken, weh?
Puschkin auch noch als MG?

Welch Geschrei, die Ohren dröhnen:
„Puschkin! Richt' euch!“ – Ach, kein Ton
Von der Glut des Worts, verschwunden
Diese – Puschkins – Rebellion,

Die Verruchtheit seiner Lippen,
Puschkin Sprößling eurer Sippe?

Stellt die Bändchen nur ins Schränkchen,
Macht ihn schamrot, wenn ihr die
Helle Wut von ihm verwechselt
Mit der eignen Hysterie

Des Gehirns, der Leichenflecken
Blässe, mit dem Zähneblecken,
Das den Rachen zeigt ...

Funkenstiebend ritt der Reiter
Ehern im Galopp davon.
„War kein Held, der Wanja, leider ...“
Aber er – war kein Kujon!

Сей, глядевший во все страны –
В роли собственной Татьяны?

Что́ вы делаете, карлы,
Этот – голубей олив –
Самый вольный, самый крайний
Лоб – навеки заклеймив

Низостию двуединой
Золота и середины?

«Пушкин – тога, Пушкин – схима,
Пушкин – мера, Пушкин – грань ...»
Пушкин, Пушкин, Пушкин – имя
Благородное – как брань

Площадную – попугаи.

– Пушкин? Очень испугали!

1931

Поэт и Царь

1(5)

Потусторонним
Залом царей.
– А непреклонный
Мраморный сей?

Столь величавый
В золоте барм.
– Пушкинской славы
Жалкий жандарм.

Автора – хаял,
Рукопись – стриг.
Польского края
Зверский мясник.

Er, der allen Ländern nah war,
Als die eigene Tatjana?

Was habt ihr gemacht, Pygmäen,
Um in seine kühne Stirn,
Die olivne, einzusäen,
Was entsprungen euerm Hirn:

Kleinlich-feigen, dummen Haß,
Das euch heil'ge Mittelmaß?

„Puschkin: Toga, höchste Weihe,
Puschkin: Grenze, höchstes Maß ...“
Puschkin. – Puschkin, diesen Namen
Wie ein Schimpf der Gosse! Was

Plappern krächzend Papageien?

Puschkin? Macht euch fort, Lakaien!

1931

Der Dichter und der Zar

1(5)

Jenseits im Gold der
Selbstherrscherhort.
Wer war der stolze
Marmorne dort?

Der glorios vor
Gold widerscheint?
Puschkins des Großen
Ehrloser Feind.

Schmähte den Dichter,
Kürzte die Schrift.
Polens Vernichter.
Geier-Gesicht.

Зорче вглядися!
Не забывай:
Певцоубийца
Царь Николай
Первый.

2(6)

Нет, бил барабан перед смутным полком,
Когда мы вождя хоронили:
То зубы царёвы над мертвым певцом
Почетную дробь выводили.

Такой уж почет, что ближайшим друзьям –
Нет места. В изглавьи, в изножьи,
И справа, и слева – ручищи по швам –
Жандармские груди и рожи.

Не диво ли – и на тишайшем из лож
Пребыть поднадзорным мальчишкой?
На что-то, на что-то, на что-то похож
Почет сей, почетно – да слишком!

Гляди, мол, страна, как, молве вопреки,
Монарх о поэте печется!
Почетно – почетно – почетно – архи-
Почетно, – почетно – до черту!

Кого ж это так – точно воры вора́
Пристреленного – выносили?
Изменника? Нет. С проходного двора –
Умнейшего мужа России.

19 июля 1931
Медон

Warte, schau länger,
Präg ihn dir ein.
Mörder der Sänger,
Zar Nikolai
Der Erste.

2(6)

Nein, die Trommel, sie schlug der beklommenen Schar,
Dem Führer voran, unserem Toten,
Da über dem Sänger die Zähne der Zar
Zum wirbelnden Tanz aufgeboten.

Die Ehre so groß, daß den Freunden bei ihm
Kein Platz blieb. Zur Linken, zur Rechten,
Zu Füßen, zu Häupten nur Gendarmerie-
Visagen, die Schutzwacht der Knechte.

Wie wunderlich, noch auf dem totstillen Bett
Ein Knäblein zu sein unter Aufsicht!
Was ist das, was ist das, wem gleicht sie komplett,
Die Ehre, so groß, so unglaublich?

Schau her, schau du Land, wie verleumdet er war,
Der Zar, der dem Dichter ein Freund ist.
Das ehrt ihn, das ehrt ihn, das ehrt ihn fürwahr,
Das ehrt ihn, ja ehrt ihn verteufelt.

Wen trug man hinaus, wie die Diebsbande bang
Den Gauner wegschleppt, den erschoßnen?
Den Staatsfeind wohl? Nein. Aus dem Hintereingang
Den gescheitesten Menschen von Rußland.

19. Juli 1931
Meudon

СТИХИ К СЫНУ

1

Ни к городу и ни к селу –
Езжай, мой сын, в свою страну, –
В край – всем краям наоборот!
Куда *назад* идти – *вперед*
Идти, – особенно – тебе,
Руси не видывавшее

Дитя мое … Мое? *Ее* –
Дитя! То самое былье,
Которым порастает быль.
Землицу, стершуюся в пыль, –
Ужель ребенку в колыбель
Нести в трясущихся горстях:
«Русь – этот прах, чти – этот прах!»

От неиспытанных утрат –
Иди – куда глаза глядят!
Всех стран – глаза, со всей земли –
Глаза, – и синие твои
Глаза, в которые гляжусь:
В глаза, глядящие на Русь.

Да не поклонимся словам!
Русь – прадедам, Россия – нам,
Вам – просветители пещер –
Призывное: СССР, –
Не менее во тьме небес
Призывное, чем: SOS.

Нас родина не позовет!
Езжай, мой сын, домой – вперед –
В *свой* край, в *свой* век, в *свой* час, – от нас –
В Россию – вас, в Россию – масс,
В *наш*-час – страну! в *сей*-час – страну!
В на-Марс – страну! в без-нас – страну!

Январь 1932

STROPHEN AN DEN SOHN

1

In keine Stadt und in kein Dorf –
Fahr du, Sohn, in dein Land
(Ins aller Länder Gegenland!)
Wohin zurück, zurückgehn – vor-
Wärts heißts für dich gehn, du hast
Die Rus noch nie gesehn, du sahst –
Was, mein Kind, sahst du …

Meins? ihr Kind,
Wie Wald und Ebene, wie das Gras,
Mit dem Gewesenes sich bewächst.
Erdreich, zu Staub zerriebnes, blaß –
Vielleicht dem Kind zur Wiege das
Auf Händen tragen, zitternd, taub –:
„Hier ist – die Rus! ehr diesen Staub!"

Von was dir nie Verlust war geh.
Geh, Sohn, wohin die Augen sehn,
Aller-Länder-Augen, aller Welt
Augen, und deine! blau, ein Zelt
(Augen, in denen ich mich seh)
Augen, die sehn: die Rus. Die Rus.

Neigen wir uns nicht vor Namen. Rus –
Die Rus den Alten, Rußland uns,
Euch, Lichtbringer der Höhlen, der
Ruf wie ein Ruf: SSSR!
Nicht leiser rufend als ins Netz
Des Himmels aufruft: SOS.

Uns ruft die Heimat nicht. Mein Sohn,
Du fahr, fahr zu! fahr vorwärts – heim
In dein Land, dein Jahrhundert, deine Stunde,
In deins! ins aller-Rußland! weg von uns.
Ins unsre-Zeit-Land! ins jetzt-eben-Land!
Ins auf-dem-Mars-Land! ins Land-ohne-uns!

Januar 1932

2

Наша совесть – не ваша совесть!
Полно! – Вольно! – О всем забыв,
Дети, сами пишите повесть
Дней своих и страстей своих.

Соляное семейство Лота –
Вот семейственный ваш альбом!
Дети! Сами сводите счеты
С выдаваемым за Содом –

Градом. С братом своим не дравшись –
Дело чисто твое, кудряш!
Ваш край, *ваш* век, *ваш* день, *ваш* час,
Наш грех, *наш* крест, *наш* спор, *наш* –

Гнев. В сиротские пелеринки
Облаченные отродясь –
Перестаньте справлять поминки
По Эдему, в котором вас

Не было! по плодам – и видом
Не видали! Поймите: слеп –
Вас ведущий на панихиду
По народу, который хлеб

Ест и вам его даст, – как скоро
Из Мёдона – да на Кубань.
Наша ссора – не ваша ссора!
Дети! Сами творите брань

Дней своих.

Январь 1932

3

Не быть тебе нулем
Из молодых – да вредным!
Ни медным королем,
Ни по́просту – спортсмедным

2

Unsers – ist nicht euer Gewissen.
Schluß jetzt! Rührt euch! Schreibt
(Und alles vergessen!) selbst die Geschichte
Eurer Tage und Leidenschaften.

Lots salzene Sippe, steinern und gelb,
Da habt ihr euer Familienalbum.
Kinder! macht eure Rechnung selber
Mit der nun für Sodom gehaltenen

Stadt. Du erschlugst deinen Bruder nicht,
Deine Sache ist sauber, mein Junge!
Euer Land, eure Zeit, euer Licht –
Unser Kreuz, unser Streit, unsre Schuld, unser

Zorn. Die ihr in Waisenkittel
Seit eurer Geburt gewickelt seid,
Hört auf, noch Totenfeiern zu richten,
Für das Land Eden, in dem von euch

Keiner war! Von den schimmernden Früchten keinen
Schimmer habt ihr gesehn! Begreift: blind
Ist, der euch auf die Totenfeiern
Fürs Volk führt, das Brot ißt, Kind:

Und euch davon gibt, wenn ihr – wie leicht –
Meudon verlaßt, und auf zum Kuban!
Unser Streit – ist nicht euer Streit.
Hör mich, Sohn: kämpft selber den Kampf

Eurer Tage.

Januar 1932

3

Du darfst nicht unnütz sein,
Keine Null unter den Jungen,
Kein Kupferkönig, kein
Sportler, hohlköpfig, dumm –

Лбом, ни слепцом путей,
Коптителем кают,
Ни парой челюстей,
Которые жуют,

В *сём* полагая цель.
Ибо – в любую щель –
Я с моим ветром буйным!
Не быть тебе буржуем.

Ни галльским петухом,
Хвост заложившим в банке,
Ни томным женихом
Седой американки, –

Нет, ни одним из тех,
Дописанных, как лист,
Которым – только смех
Остался, только свист

Достался от отцов!
С *той* стороны весов
Я – с черноземным грузом!
Не быть тебе французом.

Но так же – ни одним
Из нас – досадных внукам!
Кем будешь – бог один …
Не будешь кем – порукой –

Я, что в тебя – всю Русь
Вкачала – как насосом!
Бог видит – побожусь! –
Не будешь ты отбросом

Страны своей.

22 января 1932

Kein Blinder an der Straße,
Kein Requisit im Saal,
Kein Paar Kiefer, das
Mahlt und mahlt und mahlt

Und dem das alles ist.
Ich, Sohn, wach! ich blas
Als Sturm in jeden Riß.
Du sei kein Bourgeois.

Kein gallischer Hahn,
Den Schwanz als Pfand im Safe,
Kein schmachtender Bräutigam
Einer Alten von Übersee –

Keiner der Zuende-
Geschriebenen, wie ein Brief,
Denen nur Gelächter
Blieb und ein Pfiff

Von den Vätern, nicht mehr ...
Auf der Seite der Waage erschien
Ich, schwarzerdig, schwer.
Du darfst kein Ausländer sein.

Aber auch nicht einer
Wie wir! den Enkeln zur Last.
Sei irgendwer – Gott alleine ...
Nein! nicht irgendwer: Bürgschaft

Bin ich, die ich dich goß
Wie mit Pumpen – die ganze Rus
Sohn, Gott sieht – schwör bei Gott:
Sei nicht Abfall und Ausguß

Deines Lands.

22. Januar 1932

БУЗИНА

Бузина цельный сад залила!
Бузина зелена, зелена!
Зеленее, чем плесень на чане,
Зелена – значит, лето в начале!
Синева – до скончания дней!
Бузина моих глаз зеленей!

А потом – через ночь – костром
Ростопчинским! – в очах красно
От бузинной пузырчатой трели.
Красней кори на собственном теле
По всем порам твоим, лазорь,
Рассыпающаяся корь

Бузины …
                Не звени! Не звени!
Что за краски разведены
В мелкой ягоде, слаще яда!
Кумача, сургуча и ада –
Смесь, коралловых мелких бус –
Блеск, запекшейся крови – вкус!

Бузина казнена, казнена!
Бузина – цельный сад залила
Кровью юных и кровью чистых,
Кровью веточек огнекистых –
Веселейшей из всех кровей:
Кровью сердца – твоей, моей …

А потом – водопад зерна,
А потом – бузина черна,
С чем-то сливовым, с чем-то липким.
Над калиткой, стонавшей скрипкой
Возле дома, который пуст, –
Одинокий бузинный куст.

HOLUNDER

Der Holunder hat den ganzen Garten übergossen!
Der Holunder ist grün, grün durch die Zäune geflossen!
Grüner als die Haut auf den Wassertonnen!
So grün hat der Sommer gerade begonnen!
Grün himmlische Bläue verspricht!
Grüner Holunder: grüner sind meine Augen nicht!

Dann wird über Nacht die Lunte geworfen, der Garten
loht
Er knistert. In den Augen ist es so rot
Vom perlenden Jubel jeder einzelnen Beerenscheibe.
Viel röter als Röteln am eigenen Leibe
Aus deinen verschwenderischen Poren, schöner Azur
Tagelang rieselnde Röte nur

Des Strauchs Holunder.
Rüttele nicht, rüttele nicht
Ach, welche kräftigen Farben sind hier gemischt
Im kleinen Gefäß der Beere, und süßer als Gift.
Korallenzweiglein Ketten verführender Glanz, er trifft
Gemische roten Kattuns und höllischen Siegellacks
Vergossenen Blutes süßen Geschmack.

Der Holunder ist gerichtet, sein Blut ist geflossen!
Der Holunder hat den Garten ganz übergossen
Mit dem Blut der Jungen, dem Blute der Reinen
Mit Blut aus seinen Feuerhändenzweigen
Mit dem fröhlichsten allen Blutes, mit deinem
Schöndunklen Herzblut und meinem.

Danach aber ein körniger Wasserfall
Danach aber schwarzer Farben Zusammenprall.
Und pflaumenklebrig mit dunklen Zweigen
Geneigt über der Pforte, die stöhnt wie zerbrochene
Geigen
Am Haus, das leer ist, jahrelang ohne Rauch:
Der Zurückgebliebene, der Holunderstrauch.

Новосёлы моей страны!
Из-за ягоды бузины,
Детской жажды моей багровой,
Из-за древа и из-за слова:
Бузина (по сей день – ночьми ...),
Яда – всосанного очьми ...

11 сентября 1931 – 21 мая 1935

Никуда не уехали – ты да я –
Обернулись прорехами – все моря!
Совладельцам пятерки рваной –
Океаны не по карману!

Нищеты вековечная сухомять!
Снова лето, как корку, всухую мять!
Обернулось нам море – мелью:
Наше лето – другие съели!

С жиру лопающиеся: жир – их «лоск»,
Что не только что масло едят, а мозг
Наш – в поэмах, в сонатах, в сводах:
Людоеды в парижских модах!

Нами лакомящиеся: франк – за вход.
О, урод, как водой туалетной – рот
Сполоснувший – бессмертной песней!
Будьте прокляты вы – за весь мой

Стыд: вам руку жать, когда зуд в горсти, –
Пятью пальцами – да от всех пяти
Чувств – на память о чувствах добрых –
Через всё вам лицо – автограф!

1932 – лето 1935
Фавьер

Ein neuer Bürger meines Lands wieder werden!
Wegen der kleinen Holunderbeeren
Der Sehnsucht und meines farbigen Kindertraums;
Des Worts Holunder wegen, wie auch des Baums:
(Bis heute träum ich von ihm als meinem Vertrauten)
Und auch des Giftes wegen, eingesaugt von den Augen.

11. September 1931 – 21. Mai 1935

Wir gehen auf keine Reisen – duundich.
In zu stopfende Risse verkriechen – die Meere sich.
Alle Taschen zeigen bis auf den Pfennig kein Geld her.
Wir haben zu bleiben und kommen nicht auf ein
Weltmeer.

Not, die einem das Leben auf trockene Brotrinden haut!
Wieder einen Sommer wie trockene Rinde gekaut!
Unser Ozean ist – ein vereister:
Unser Sommer – ein von andern verspeister!

Bei denen das Fett herausplatzt: Fett – ihr „Schick“,
Und die nicht die Butter allein, die auch das Hirn
verdrückt
Haben, unsres! – Sonaten, Schwippbögen, Oden:
Kannibalen im Kleid Pariser Moden.

Die an uns sich delektieren – ein Franc der Schmaus.
O das Untier spült – wie mit Parfümwasser – aus
Seine Kiefer sich: mit unsterblichen Liedern.
Seid verflucht ihr für all meine nieder-

Drückende Schmach: die Hand euch zu geben, gesinnt,
Mit den fünf Fingern – undmitallenfünf
Sinnen – zu einem guten Gedenken –
Übers Antlitz euch Handschriften! zu schenken!

1932 – Sommer 1935
Vauvert

Тоска по родине! Давно
Разоблаченная морока!
Мне совершенно всё равно –
Где совершенно одинокой

Быть, по каким камням домой
Брести с кошелкою базарной
В дом, и не знающий, что – мой,
Как госпиталь или казарма.

Мне всё равно, каких среди
Лиц – ощетиниваться пленным
Львом, из какой людской среды
Быть вытесненной – непременно –

В себя, в единоличье чувств.
Камчатским медведём без льдины
Где не ужиться (и не тщусь!),
Где унижаться – мне едино.

Не обольщусь и языком
Родным, его призывом млечным.
Мне безразлично – на каком
Непонимаемой быть встречным!

(Читателем, газетных тонн
Глотателем, доильцем сплетен ...)
Двадцатого столетья – он,
А я – до всякого столетья!

Остолбеневши, как бревно,
Оставшееся от аллеи,
Мне все́ – равны, мне всё – равно,
И, может быть, всего равнее –

Роднее бывшее – всего.
Все признаки с меня, все меты,
Все даты – как рукой сняло:
Душа, родившаяся – где-то.

Der Drang nach Haus! Ein dutzendmal
Absurdgeführtes Narrentreiben!
Mir ist es längstens so egal,
Wo ich vollkommen einsam bleibe,

Auf welchen Pflastersteinen heim
Ich torkle mit dem Einkaufsbeutel,
Ins Haus, das nichts vom Eigner weiß:
Spital, Kaserne armer Leute.

Mir ist es gleich, in welchem Ring
Mein Fell sich sträubt: umgarnter
Leu, aus welcher Menschen-Mitte
Gedrängt ich werde, ohne Erbarmen

Ins eigene Innre: Gefühlseremit.
Kamtschatka-Bär ohne Scholle:
Wo nicht einleben (ich müh mich nicht!),
Wo demütigen, es spielt keine Rolle.

Auch wird mich nicht der Mutterton
Der Heimat narren, – süße Zitze.
Mir ist es gleich, in welchem Idiom
Der Unverstand der Straße witzelt!

(Der Leser, der Schlucker des Bergs
Von Zeitungen, Melker des Klatschwunders ...)
Des zwanzigsten Jahrhunderts – ist er,
Und ich – vor jedem Jahrhundert!

Versteinert wie ein Stamm im Grund,
Der übrigblieb von Seinesgleichen:
Sie alle, mir – gleich, alles gleich, und
Mag sein am allergleichsten,

Was mir ehmals am nächsten stand.
Die Male, die zeichnenden Flecken,
Die Daten, gelöscht mir von Hand:
Die Seele, geboren – an Irgendhecken.

Та́к край меня не уберег
Мой, что и самый зоркий сыщик
Вдоль всей души, всей – поперек!
Родимого пятна *не* сыщет!

Всяк дом мне чужд, всяк храм мне пуст,
И всё – равно, и всё – едино.
Но если по дороге – куст
Встает, особенно – рябина …

1934

СТОЛ

1

Мой письменный верный стол!
Спасибо за то, что шел
Со мною по всем путям.
Меня охранял – как шрам.

Мой письменный вьючный мул!
Спасибо, что ног не гнул
Под ношей, поклажу грез –
Спасибо, что нес и нес.

Строжайшее из зерцал!
Спасибо за то, что стал
(Соблазнам мирским порог)
Всем радостям поперек,

Всем низостям – наотрез!
Дубовый противовес
Льву ненависти, слону
Обиды – всему, всему.

Derart hat mich mein Land verheert,
Daß selbst der scharfäugigste Spitzel
Die ganze Seele, die Länge, die Quer,
Kein einzig Muttermal mehr findet.

Jedes Haus, mir fremd, jeder Dom: taub,
Und alles gleich, alles dieselbe Leere.
Aber wenn auf dem Weg – ein Strauch
Entflammt, vor allem – Vogelbeere ...

1934

DER TISCH

1

Mein Schreibtisch, mein treuer! Dafür
Hab Dank, daß du gingst mit mir
Weg um Weg, und hast auf der Fahrt
Mich wie eine Schramme bewahrt.

Mein Schreibe-, mein Last-Maultier,
Daß du nicht zusammenbrachst mir,
Den mit Traum auf Traum ich belud,
Habe Dank du, der trug und trug.

Keinen strengeren Spiegel weiß ich.
Habe Dank, daß du stelltest dich
(Vor der Welt der Versuchung ein Wehr)
Allen Freuden verquer.

Wo alle Niedrigkeit bricht!
Eichenes Gegengewicht,
Dem Löwen des Hasses und
Elefanten der Kränkung stumm.

Мой за́живо смертный тёс!
Спасибо, что рос и рос
Со мною, по мере дел
Настольных – большал, ширел,

Так ширился, до широт –
Таких, что, раскрывши рот,
Схватясь за столовый кант...
– Меня заливал, как штранд!

К себе пригвоздив чуть свет –
Спасибо за то, что – вслед
Срывался! На всех путях
Меня настигал, как шах –

Беглянку.
                – Назад, на стул!
Спасибо за то, что блюл
И гнул. У невечных благ
Меня отбивал – как маг –

Сомнамбулу.
                Битв рубцы,
Стол, выстроивший в столбцы
Горящие: жил багрец!
Деяний моих столбец!

Столп столпника, уст затвор –
Ты был мне престол, простор –
Тем был мне, что морю толп
Еврейских – горящий столп!

Так будь же благословен –
Лбом, ло́ктем, узлом колен
Испытанный, – как пила
В грудь въевшийся – край стола!

Июль 1933

Mein – zu Lebzeiten! – Totenbrett,
Hab Dank, daß du wuchst und wächst
Mit mir, mit dem, was dich deckt,
Dich geweitet hast, Tisch, erstreckt

Hin zu einem so weiten Rund,
Daß ich mit offenem Mund
Mich klammerte an deinen Rand …
Überflutet mich wie einen Strand!

Annagelnd, kaum, daß es tagt,
Dank, daß du mir nachgejagt
Weg um Weg, ich mich sah
Gestellt von dir, wie vom Schah

Die Entlaufene.
                – Zurück, auf den Stuhl!
Danke, daß hütetest du
Und beugtest. Dem Glück, das spielt,
Mich entwandst – wie der Magier befiehlt

Der Schlafwandlerin.
                Tisch, zerschrammt,
Der die Narben zu Lettern entflammt
Des Berichts: Adern-Rot!
Meiner Handlungen Aufgebot!

Heiligensäul', Mundschlagbaum –
Altar warst du mir, warst Raum,
Auch, was vor der Judenschar
Die Säule, die brennende, war.

So sei denn gesegnet, wie
Dich Stirn, Ellbogen, Knoten der Knie
Prüften – Land-Rand-du-Tisch,
Der in die Brust sägte sich!

Juli 1933

2

Тридцатая годовщина
Союза – верней любви.
Я знаю твои морщины,
Как знаешь и ты – мои,

Которых – не ты ли – автор?
Съедавший за дестью десть,
Учивший, что нету – завтра,
Что только сегодня – есть.

И деньги, и письма с почты –
Стол – сбрасывавший – в поток!
Твердивший, что каждой строчки
Сегодня – последний срок.

Грозивший, что счетом ложек
Создателю не воздашь,
Что завтра меня положат –
Дури́щу – да на тебя ж!

3

Тридцатая годовщина
Союза – держись, злецы!
Я знаю твои морщины,
Изъяны, рубцы, зубцы –

Малейшую из зазубрин!
(*Зубами* – коль стих не шел!)
Да, был человек возлюблен!
И сей человек был – стол

Сосновый. Не мне на всхолмье
Березу берег каре́л!
Порой еще с слезкой смольной,
Но вдруг – через ночь – старел,

2

Das dreißigste Jahr des Bundes.
So fest bindet Liebe nicht.
Vertraut sind mir all deine Runzeln –
Wie dir auch – mein Gesicht.

Bist du nicht der meinen – Autor?
Der Bogen um Bogen frißt,
Dem ich, daß kein Morgen sei, glaubte,
Und daß nur das Heute ist.

Honorare und Briefe eilend,
Tisch, wirfst du hinab – zum Strom!
Und herrisch befiehlst du der Zeile:
Sei nie oder heute schon!

Und drohst mir – nicht löffelweise
Bezahlt man dem Schöpfer sich!
Morgen legen zur letzten Reise
Mich Törin sie – ja, auf dich!

3

Der dreißigste Jahrestag unsres
Bundes – Feind, aus der Bahn!
Vertraut sind mir diese Runzeln,
Jeder Schaden und Splitterzahn –

Die winzigste deiner Scharten
(Ging der Vers nicht – *Biß* und Strich!)
Ja, ein Mensch durfte Liebe erwarten,
Und dieser Mensch war – ein Tisch

Aus Kiefer. Nicht mir der Karele
Die Birke zum Stapel trug!
Noch klagte die Bernsteinträne,
Doch dann – über Nacht – alt genug,

Разумнел – так школьник дерзость
Сдает под мужской нажим.
Сажусь – еле доску держит,
Побьюсь – точно век дружи́м!

Ты – стоя, в упор, я – спину
Согнувши – пиши! пиши! –
Которую десятину
Вспахали, версту – прошли,

Покрыли: письмом – красивей
Не сыщешь в державе всей!
Не меньше, чем пол-России
Покрыто рукою сей!

Сосновый, дубовый, в лаке
Грошовом, с кольцом в ноздрях,
Садовый, столовый – всякий,
Лишь бы́ не на трех ногах!

Как трех Самозванцев в браке
Признавшая тезка – *тот!*
Бильярдный, базарный – всякий –
Лишь бы́ не сдавал высот

Заветных. Когда ж подастся
Железный – под локтевым
Напором, столов – богатство!
Вот пень: не обнять двоим!

А паперть? А край колодца?
А старой могилы – пласт?
Лишь только б мои два локтя
Всегда утверждали: – *Даст*

Бог! *Есть* бог! Поэт – устройчив:
Всё – стол ему, всё – престол!
Но лучше всего, всех стойче –
Ты, – мой наколенный стол!

Около 15 июля 1933–29–30 октября 1935

Endlich klug – wie ein Schüler, ermattet,
Der Männerhand nachgibt gescheit.
Ich setz mich – kaum hält er die Platte,
Freunde – denkst du – seit Ewigkeit!

Du, stehend, Prellbock, ich – dienend
Gekrümmt – schreibe, schreib! –
Die wievielte Desjatine
Gepflügt – wieviel Werst schon treibt

Die Arbeit uns – daß kein schönerer
Acker im Reichs-Bestand!
Halb Rußland, gewiß nicht weniger
Bedeckte mit Schrift diese Hand.

Aus Kiefer, aus Eiche, mit schnödem
Möbellack, Nasenring,
Ob Garten-, ob Eßtisch – jeden,
Bloß dreibeinig steh nicht, Ding! –

Wie drei Usurpatoren zur Ehe
Sich die meines Namens griff – *ihn!*
Ein Billard-, ein Ladentisch stehe,
Nur darf er nicht niederziehn

Das Hohe. Der Ellbogenwille,
Und sei einem *Eisen*tisch Gast
Er, aufgestemmt: Tische – die Fülle!
Hier der Baumstumpf – von zwein nicht umfaßt!

Und Brunnenrand? Kirchentreppe?
Einer alten Grabplatte Beet?
Nur daß meine Ellbogen hätten
Zu bestehen darauf – Gott *gebs,*

Gott *ist!* Der Poet – kann sich anpassen:
Tisch ist alles, Altartisch – ihm!
Doch besser als alles und standhafter
Bist, Tisch, du auf meinen Knien.

Um den 15. Juli 1933 bis 29./30. Oktober 1935

4

Обидел и обошел?
Спасибо за то, что – стол
Дал, стойкий, врагам на страх –
Стол – на четырех ногах

Упорства. Скорей – скалу
Своротишь! И лоб – к столу
Подстатный, и локоть *под* –
Чтоб лоб свой держать, как свод.

– А прочего дал в обрез?
А прочный, – во весь мой *вес*,
Просторный, – во весь мой бег,
Стол – вечный – на весь мой век!

Спасибо тебе, Столяр,
За до́ску – во весь мой дар,
За ножки – прочней химер
Парижских, за вещь – в размер.

5

Мой письменный верный стол!
Спасибо за то, что, ствол
Отдав мне, чтоб стать – столом,
Остался – живым стволом!

С листвы молодой игрой
Над бровью, с живой корой,
С слезами *живой* смолы,
С корнями до дна земли!

17 июля 1933

4

Übergangen bin ich, gekränkt?
Ich danke dir, daß du geschenkt
Diesen Tisch mir, der Feinde Graus –
Meinen Tisch – auf vier Beinen aus

Beharren. Nein, eher noch weicht
Ein Fels! Und zum Tisch, die ihm gleicht –
Die Stirn, und der Stirn *unter*stellt
Die Elle: hält ihr Gewölb.

Gabst aufs übrige du – Verzicht?
Doch des Tisches Halt – all meinem *Gewicht*,
Und Raum – wie mein Lauf – weit,
Und Ewigkeit – all meiner Zeit.

Ich sage dir, Tischler, Dank
Für den Tisch, meiner Gaben Bank,
Tischbeinchen, dauernder als Unserer-Frau
Chimères, das Ding, meinem Maß – genau.

5

Mein Schreibtisch, treuer, hab Dank,
Daß, den du fortgabst, dein Stamm,
Als er Tisch wurde, mir zulieb,
Ein lebendiger Stamm doch blieb.

Der mit Blättern jung noch spielt
Überm Aug, dessen Rinde fühlt,
Der zu weinen hat Harz, das *lebt*,
Der mit Wurzeln zum Erdgrund strebt.

17. Juli 1933

6

Квиты: вами я объедена,
Мною – живописаны.
Вас положат – на обеденный,
А меня – на письменный.

Оттого что, йотой счастлива,
Яств иных не ведала.
Оттого что слишком часто вы,
Долго вы обедали.

Всяк на выбранном заранее –
Много до рождения! –
Месте своего деяния,
Своего радения:

Вы – с отрыжками, я – с книжками,
С трюфелем, я – с грифелем,
Вы – с оливками, я – с рифмами,
С пикулем, я – с дактилем.

В головах – свечами смертными –
Спаржа толстоногая.
Полосатая десертная
Скатерть вам – дорогою!

Табачку пыхнем гаванского
Слева вам – и справа вам.
Полотняная голландская
Скатерть вам – да саваном!

А чтоб скатертью не тратиться –
В яму, место низкое,
Вытряхнут вас всех со скатерти:
С крошками, с огрызками.

Каплуном-то вместо голубя
– Порх! – душа – при вскрытии.
А меня положат – голую:
Два крыла прикрытием.

1933

6

Quitt: da ihr mich abfraßt, Nager,
Malte ab euch – leiblich ich.
Steht der Eßtisch euch zur Bahre,
Legt man auf den Schreibtisch mich.

Weil, mit einem Jota glücklich,
Andere Speise ich entbehrte.
Weil er allzu oft erquicklich,
Allzu ausgedehnt euch nährte.

Jeder auf der vorgewählten –
Lang, bevor er lebte! –
Stätte, wo er sich bewährte,
Wahlstatt, wo er strebte:

Ihr mit Rülpsen – ich mit Rhythmen,
Ihr mit Trüffeln, ich – dem Griffel,
Ihr mit Torten, ich – mit Worten,
Ihr mit Früchten, ich – Gedichten.

Geister, nur von – Leichenkerzen! –
Spargelbeinchen helle.
Auf gestreiftem, dem dessertenen,
Tischtuch glatt – zur Hölle!

Die Havannas lassen glimmen
Wir von links und rechts euch – Weihrauch.
Das von Holland sei, das linnene
Tischtuch – euer Totenleilach!

Daß das Tuch man nicht vergeude –
An den niederen Ort, in Gruben
Werden sie vom Tischtuch schleudern
Alle euch samt Kruste und Krume.

Ein Kapaun – so an der Taube Statt
– hops! – die Seel – am Jüngsten Tag.
Legt man mich, die nur die Haut anhat:
Deckt mich zu – mein Flügelpaar.

1933

Вскрыла жилы: неостановимо,
Невосстановимо хлещет жизнь,
Подставляйте миски и тарелки!
Всякая тарелка будет – мелкой,
Миска – плоской.
                        Через край – и *мимо* –
В землю черную, питать тростник.
Невозвратно, неостановимо,
Невосстановимо хлещет стих.

6 января 1934

КУСТ

1

Что нужно кусту от меня?
Не речи ж! Не доли собачьей
Моей человечьей, кляня
Которую – голову прячу

В него же (седей – день от дня!).
Сей мощи, и плещи, и гущи –
Что нужно кусту – от меня?
Имущему – от неимущей!

А нужно! иначе б не шел
Мне в очи, и в мысли, и в уши.
Не нужно б – тогда бы не цвел
Мне прямо в разверстую душу,

Что только кустом не пуста:
Окном моих всех захолустий!
Что, полная чаша куста,
Находишь на сем – месте пусте?

Die Adern geöffnet – nicht aufzuhalten,
Unheilbar sprudelt es: Leben.
Teller stellt, Schüsseln nur unter, lachhaft!
Jeder Teller wird – ein flacher.
Eure Schüsseln sind Platten.
Übermaß, *daneben*,
Die Binsen zu nähren, die Schwarzerde färbts.
Unwiederbringlich, nicht aufzuhalten,
Unheilbar sprudelt es: Vers.

6. Januar 1934

DER STRAUCH

1

Was will er von mir, der Strauch?
Nicht Reden doch! Nicht dieses hündische
Los, mein menschliches. Tauch
Meinen Kopf ich, verwünschend es,

In ihn doch (grauer von Tag zu Tag!).
Dies sein Strotzen, Gedeihen, sich Mehren,
Was es nur – von mir – wollen mag,
Das Besitzen – von dem Entbehren!

Er braucht etwas! sonst träte er nicht
In mein Sinnen und Hören und Sehen.
Brauchte er nichts – dann blühte er nicht
Mir so stracks in die friedlose Seele,

Daß ich bloß vom Strauch habe auch,
Durch all meiner Einöden Fenster!
Was, volle Schale du, Strauch,
In dieser Leere dir zu – erkennst du?

Чего не видал (на ветвях
Твоих – хоть бы лист одинаков!)
В моих преткновения пнях,
Сплошных препинания знаках?

Да вот и сейчас, словарю
Придавши бессмертную силу, –
Да разве я *тó* говорю,
Что знала, пока не раскрыла

Рта, знала еще на черте
Губ, той – за которой осколки...
И снова, во всей полноте
Знать буду, как только умолкну.

2

А мне от куста – не шуми
Минуточку, мир человечий! –
А мне от куста – тишины:
Той, – между молчаньем и речью,

Той, – можешь – ничем, можешь – всем
Назвать: глубока, неизбывна.
Невнятности! наших поэм
Посмертных – невнятицы дивной.

Невнятицы старых садов,
Невнятицы музыки новой,
Невнятицы первых слогов,
Невнятицы Фауста Второго.

Той – *до* всего, *после* всего.
Гул множеств, идущих на форум.
Ну – шума ушного того,
Всё соединилось в котором.

Was kanntest du nicht – (Wäre wenigstens dein
Blatt im Gezweig – stets das gleiche!)
Von meinen Baumstümpfen stumpfester Pein
Und des Satzes so stockenden Zeichen?

Und jetzt auch, hier, dem Wörtergeschlecht
Unsterbliche Kräfte schöpfend, –
Sage ich etwa jenes recht,
Was ich doch weiß vor dem Öffnen

Des Mundes, schon auf der Linie weiß
Der Lippen, der – vor den Kieseln ...
Und in aller Fülle ich weiß,
Sobald ich verstumme, wieder.

2

Ich aber will vom Strauch – (lärme nicht,
Einen Augenblick, menschliches Treiben!)
– Die Stille des Strauchs will ich,
Die – zwischen Reden und Schweigen,

Jene, – du kannst sie – Alles, kannst sie – Nichts
Taufen: tief, unvergänglich.
Das Unverständliche! unseres Gedichts
Nach dem Tod – unergründlich lebendig.

Das Ungreifbare alter Gärten,
Neuer Musik – unerklärliches Neu,
Das Undeutliche erster Wörter,
Das nicht mehr Beschreibbare von Faust Zwei.

Jene Stille – *nach* allem, *davor*.
Der Mengen Geraun, die zum Forum kommen.
Nun – dieses Rauschen im Ohr,
Das alles hat aufgenommen.

Как будто бы все кувшины́
Востока – на лобное всхолмье.
Такой от куста тишины,
Полнее не выразишь: полной.

Около 20 августа 1934

Уединение: уйди
В себя, как прадеды в феоды.
Уединение: в груди
Ищи и находи свободу.

Чтоб ни души, чтоб ни ноги –
На свете нет такого саду
Уединению. В груди
Ищи и находи прохладу.

Кто́ победил на площади́ –
Про то не думай и не ведай.
В уединении груди –
Справляй и погребай победу.

Уединение в груди.
Уединение: уйди,

Жизнь!

Сентябрь 1934

САД

За этот ад,
За этот бред
Пошли мне сад
На старость лет.

Alle Krüge des Ostens zuhauf
Auf die Schädelstätte geschichtet.
Die Stille will ich vom Strauch,
Die volle – du sagst es nicht dichter.

Um den 20. August 1934

Vereinsamung: so geh hinein
In dich, wie einst der Ahn ins Lehen.
Vereinsamung: in dir allein
Such Freiheit dir, dich frei zu sehen.

Kein Schritt und keine Seele: rein –
Die Welt hat keinen solchen Garten
Der Einsamkeit. In dir allein
Hast du Erfrischung zu erwarten.

Wer auf dem Platz gewinnt im Streit –
Das trage nicht im Sinn und frage.
In dir, in deiner Einsamkeit
Den Sieg vollbringe und begrabe.

Vereinsamung in dir allein.
Vereinsamung: geh fort, du Schein

Und Leben!

September 1934

DER GARTEN

Für die Hölle hier,
All den Aberwitz,
Einen Garten mir
Schick zu guter Letzt.

На старость лет,
На старость бед:
Рабочих – лет,
Горбатых – лет…

На старость лет
Собачьих – клад:
Горячих лет –
Прохладный сад…

Для беглеца
Мне сад пошли:
Без ни – лица,
Без ни – души!

Сад: ни шажка!
Сад: ни глазка!
Сад: ни смешка!
Сад: ни свистка!

Без ни-ушка
Мне сад пошли:
Без *ни-душка̀!*
Без ни-души!

Скажи: – Довольно му́ки, – на́
Сад одинокий, как сама.
(Но около и сам не стань!)
Сад одинокий, как я сам.

Такой мне сад на старость лет…
– Тот сад? А может быть – тот свет? –
На старость лет моих пошли –
На отпущение души.

1 октября 1934

Zu der Jahre Last:
Zu der Armut – Rest,
Der Gebeugten Frist,
Alter Arbeit – Rast.

Diesem Hundelos –
Eines Gartens Schoß.
Dem ergrauten Glühn
Frisches, kühles Grün …

Für den Flüchtling schick
Mir den Garten – Glück:
Und kein Kein-Gesicht,
Keine-Seele – nicht!

Garten: Keines Schritt!
Garten: Keines Blick!
Garten: Keines Pfiff!
Garten: Keines Griff!

Ohne Ohren auch
Schick den Garten du:
Keines *Übels Hauch!*
Und von Menschen Ruh!

Sprich: – Qual genug! – den Garten, sieh:
So einsam, wie du selbst bist – nimm!
(Doch steh auch selbst nicht neben ihm!)
Er sei so einsam, wie ich bin.

Solch einen Garten – als Entgelt …
Einen Garten? – Jenen, jene Welt?
Schick auf mein Alter ihn – zur Rast,
Daß ich die Seele gehen laß.

1. Oktober 1934

ЧЕЛЮСКИНЦЫ

Челюскинцы! Звук –
Как сжатые челюсти.
Мороз из них прет,
Медведь из них щерится.

И впрямь челюстьми
– На славу всемирную –
Из льдин челюстей
Товарищей вырвали!

На льдине (не то
Что – черт его – Нóбиле!)
Родили – дитё,
И псов не угробили –

На льдине!
                Эол
Доносит по кабелю:
– На льдов произвол
Ни пса не оставили!

И спасши – мечта
Для младшего возраста! –
И псов и дитя
Умчали по воздуху.

– «Европа, глядишь?
Так льды у нас колются!»
Щекастый малыш,
Спеленатый – полюсом!

А рядом – сердит
На грóмы виктории –
Второй уже Шмидт
В российской истории:

DIE VON DER „TSCHELJUSKIN“

Tscheljuskiner – Ein Laut,
Wie wenn Zähne schurren.
Wie Frost ausgekaut.
Wie ein Bärenknurren.

Und sie haben mit Zähnen
– Das hat die Welt rühmen müssen –
Den Eisschollenzähnen
Die Genossen entrissen.

Auf dem Eis (nicht lind
Wie – zum Teufel – ein Nobilé!)
Gebaren sie – das Kind,
Und die Hunde auch leben noch.

Auf dem Eis!
                    Der Äol
Gibt Bericht über Kabel:
Keinen Hund hat der Pol,
Keinen Hund uns begraben!

Nach der Rettung (ersinnt
Je ein Stift sie verzückter?)
Fort mit Hunden und Kind
Wie der Blitz durch die Lüfte.

„Europa, da schaust du?
Wie das Eis wir zerstückten!“
Ein Baby – Pausback,
Im Pol-Eis gewickelt!

Und daneben – er litt
Unterm Lärm der Viktoria –
Schon der zweite Schmidt
Russischer Historie.

Седыми бровьми
Стесненная ласковость…
Сегодня – смеюсь!
Сегодня – да здравствует

Советский Союз!
За вас каждым мускулом
Держусь – и горжусь:
Челюскинцы – русские!

3 октября 1934

ДЕРЕВЬЯ

> Мятущийся куст над обрывом –
> Смятение уст под наплывом
> Чувств…

Кварталом хорошего тона –
Деревья с пугливым наклоном
(Клонились – не так – над обрывом!)
Пугливым, а может – брезгливым?

Мечтателя – перед богатым –
Наклоном. А может – отвратом
От улицы: всех и всегó там –
Курчавых голов отворотом?

От девушек – сплошь без стыда,
От юношей – то ж – и без лба:
Чем меньше – тем выше заносят!
Безлобых, а завтра – безносых.

От тресков, зовущихся: речь,
От лака голов, ваты плеч,
От отроков – листьев новых
Не видящих из-за листовок,

Von ergrauten Brauen
Bedrängt: oh, Vertrauen ...
Heute – lach ich!
Heute – Vivat der

Sowjetunion! Ich
Mit jedem Muskel
Halt mich an euch:
Die Tscheljuskiner – Russen!

3. Oktober 1934

DIE BÄUME

> Ein Strauch schwankt am Abhang oben –
> So der Lippen Wehr vor der Woge
> Gefühl ...

Ein Stadtteil des guten Tones –
Der Bäume Verneigen, der Kronen
(Einst zum Abgrund – nicht so! – sie beugend)
Scheu – oder Abscheu bezeugend?

Des Träumers, verbeugt vor dem Reichen!
Vielleicht – um auszuweichen
Vor der Straße: allem dort, allen
Der lockigen Häupter – Mißfallen.

Vor den Mädchen – wohlfeilen Dirnen,
Den Jünglingen – geil, ohne Stirnen
Und so windig wie aufgeblasen!
Ohne Stirnen – bald ohne Nasen.

Vor dem, Sprache genannten! Knattern,
Vor Lackköpfen, Schulterwatten,
Vor dem Sproß, der die neuen Blätter
Nicht sieht vor Reklamezetteln,

Разрываемых на разрыв.
Так и лисы, в лесах родных
В похотливый клубок смесяся, –
Так и лисы не рвали мяса!

От гвалта, от мертвых лис –
На *лисах* (о, смертный рис
На лицах!), от свалки потной
Деревья бросаются в окна –

Как братья-поэты – в ре́ку!
Глядите, как собственных веток
Атлетикою – о железо
Все руки себе порезав –
Деревья как взломщики лезут!

И выше! За крышу! За тучу!
Глядите, как собственных сучьев
Хроматикой – почек и птичек –
Деревья, как смертники, кличут!

(Был дуб. Под его листвой
Король восседал...)
– Святой
Людовик – чего глядишь?
Погиб – твой город Париж!

1934

ЧИТАТЕЛИ ГАЗЕТ

Ползет подземный змей,
Ползет, везет людей.
И каждый – со своей
Газетой (со своей
Экземой!). Жвачный тик,
Газетный костоед.
Жеватели мастик,
Читатели газет.

Auseinanderreißbar für das Reißen.
Selbst die Füchse, verknäult, sich beißend
Im Wald daheim um den Bissen,
Haben so das Fleisch nicht zerrissen!

Vor dem Lärm; den toten Füchsen –
Auf *Füchsen*, (oh, Todesreis
Auf Gesichtern!), vor Menge und Schweiß
Fliehn die Bäume, in die Fenster zu stürzen

Wie die Brüder – in den Fluß – die Poeten!
Seht, mit welcher Athletik
Der eigenen Zweige – am Eisen
Sich ihre Hände zerschneidend –
Die Bäume wie Einbrecher steigen!

Und höher! Übers Dach! Und die Wolke!
Seht, mit des eigenen Holzes
Chromatik – mit Knospe und Vogel –
Sie rufen wie vor dem Tode!

(Eine Eiche war. Unter dem Laubdach
Ein König thronte ...)
– Was schaust du,
Heiliger Ludewig?
Deine Stadt, dein Paris – verwich!

1934

DIE LESER DER GAZETTEN

Kraucht drunten her, der Troll,
Kraucht, taucht mit Leuten fort
Und jeder zieht hervor
Sein Blättchen (zeigt sie vor,
Die Schwäre!). Knochenfraß,
Die Wiederkäuer-Deppen
Zerkauen Bohnerwachs,
Zerleser der Gazetten.

Кто – чтец? Старик? Атлет?
Солдат? – Ни чéрт, ни лиц,
Ни лет. Скелет – раз нет
Лица: газетный лист!
Которым – весь Париж
С лба до пупа одет.
Брось, девушка!
– Родишь –
Читателя газет.

Кача – «живет с сестрой» –
ются – «убил отца»! –
Качаются – тщетой
Накачиваются.

Чтó для таких господ –
Закат или рассвет?
Глотатели пустот,
Читатели газет!

Газет – читай: клевет,
Газет – читай: растрат.
Что ни столбец – навет,
Что ни абзац – отврат …

О, с чем на Страшный суд
Предстанете: на свет!
Хвататели минут,
Читатели газет!

– Пошел! Пропал! Исчез!
Стар материнский страх.
Мать! Гутенбергов *пресс*
Страшней, чем Шварцев *прах*!

Уж лучше на погост, –
Чем в гнойный лазарет
Чесателей корост,
Читателей газет!

Wer – liest? Ein Greis? Athlet?
Soldat? – Nicht Blick, nicht Sicht,
Versteckt. Skelett – wer hätt
Gesicht: Gazettenwisch!
Worin sie – ganz Paris –
Von Kopf bis Bauch jetzt stecken.
Laß, Mädchen! sonst
Gebierst –
Den Leser von Gazetten.

Sie schau – „mit Schwester lebt" –
keln – „brachte Vater um"! –
Sie schaukeln – ohne Zweck
So auf- und aufgepumpt.

Was sollen diesen Herrn –
Sonnuntergänge, Morgenröten?
Die Leere schlucken gern
Die Leser der Gazetten!

Gazett – lies: Klatsch und Tratsch,
Gazette: Ausverkauf.
Was Spalte noch – Verrat,
Was Absatz heißt – Abschaum ...

Womit, zum Weltgericht,
Ans Licht! wollt ihr euch schleppen?
Häscher des Augenblicks,
Ihr Leser von Gazetten!

– Ging fort! Verschwand! Vermißte!
Uralte Mutterangst.
Wie Gutenberg'sche *Presse*
Schwarz' *Pulver* niemals stank.

Ist Kirchhof besser noch –
Als Eiter-Lazarette
Der Löser ihres Schorfs,
Der Leser der Gazetten!

Кто наших сыновей
Гноит во цвете лет?
Смесители крове́й,
Писатели газет!

Вот, други, – и куда
Сильней, чем в сих строках! –
Что́ думаю, когда
С рукописью в руках

Стою перед лицом
– Пустее места – нет! –
Так значит – *нелицом*
Редактора газет-

ной нечисти.

1–15 ноября 1935
Ванв

ДОМ

Лопушиный, ромашный
Дом – так мало домашний!
С тем особенным взглядом
Душ – тяжелого весу.
Дом, что к городу – задом
Встал, а передом – к лесу.

По-медвежьи – радушен,
По-оленьи – рогат.
Из которого души
Во все очи глядят –

Во все окна! С фронтона –
Вплоть до вросшего в глину –
Что окно – то икона,
Что лицо – то руина
И арена … За старым

Wer läßt der Söhne jung
Erblühten Geist verfetten?
Vermischer allen Bluts,
Schriftsteller der Gazetten!

Dies, Freunde – und so stark,
Wie diese Zeilen nicht! –,
Das denk ich alle Mal,
Mit eignem Manuskript,

Steh ich vor dem Gesicht
– Wie nichts auf Erden: öd! –,
Will sagen: *Nichtgesicht*
Des Redakteurs gazett-

ner Teufelei

1.–15. November 1935
Vanves

DAS HAUS

In Kletten, Kamillen das Haus
Das soll ein Haus sein! das Haus

Hat ja den Blick, der die Seele
Kundtut, wenn sie Gewicht hat
Und, den Rücken zur Stadt
Wendet das Haus sich dem Wald zu
Freundlich-gelassen, ein Bär
Mit Zacken und Enden, ein Hirsch
Menschlich blickend aus allen

Augen, Fenstern! vom Giebel an
Bis unten aus, wo es der Erde zuwächst.
Jedes Fenster Ikone
Ruine jedes Gesicht
Und Arena. Ein Fenster ist meines

Мне и жизнь и жилье
Заменившим каштаном –
Есть окно и мое.

А рубахи! Как взмахи
Рук над жизнью разбитой!
О, прорехи! Рубахи!
Точно стенопись битвы!

Бой за су – ще – ство – ванье.
Так и ночью и днем
Всех рубах рукавами
С смертью борется дом.

Не рассевшийся сиднем
И не пахнущий сдобным.
За который не стыдно
Перед злым и бездомным:

Не стыдятся же башен
Птицы, ночь переспав …
Дом, который *не* страшен
В час народных расправ!

Между 27 июля и 10 сентября 1935

СТИХИ СИРОТЕ

3

(Пещера)

Могла бы – взяла бы
В утробу пещеры:
В пещеру дракона,
В трущобу пантеры.

Hinter der alten Kastanie
Die mir Zuflucht und Lebens Ersatz ist.

Und die Hemden erst! Über
Zerschlagenem Leben die Hände
Flattern. Oh, diese Löcher!
Das ist das Wandbild der Schlacht
Kampf um das Da-Sein. Das Haus
Täglich und stündlich mit allen
Ärmeln ringt mit dem Tod

Nicht hockt es häuslich, und duftet
Nicht nach Kuchen, und für es
Muß sich, wer es bewohnt, nicht
Schämen vor den Verbitterten:
Es schämt sich der Vogel des Turms
Auch nicht, auf dem er genächtigt hat.

Dieses Haus, wenn das Volk
Urteilt, wird nicht schrecklich sein.

Zwischen dem 27. Juli und dem 10. September 1935

GEDICHTE AN EINE WAISE

3

(Die Höhle)

Könnte ich – ich holte
In den Bauch einer Höhle,
In die Grotte des Drachen,
In des Panthers Tobel.

В пантерины лапы
– Могла бы – взяла бы.
Природы – на лоно, природы – на ложе.
Могла бы – свою же пантерину кожу
Сняла бы …
                – *Сдала* бы трущобе – в учебу:
В кустову, в хвощову, в ручьёву, в плющову, –

Туда, где в дремоте, и в смуте, и в мраке
Сплетаются ветви на вечные браки …

Туда, где в граните, и в лыке, и в млеке
Сплетаются руки на вечные веки –
Как ветви – и реки …

В пещеру без свету, в пещеру без следу.
В листве бы, в плюще бы, в плюще – как в плаще бы …

Ни белого света, ни черного хлеба:
В росе бы, в листве бы, в листве – как в родстве бы …

Чтоб в дверь – не стучалось,
В окно – не кричалось,
Чтоб впредь – не *случáлось*,
Чтоб – ввек не кончалось!

Но мало – пещеры,
И мало – трущобы!
Могла бы – взяла бы
В пещеру – утробы.

Могла бы –
Взяла бы.

27 августа 1936
Савойя

In die Pantherpfoten
– Könnte ich – holt' ich.
In den Schoß – der Natur, der Natur – anvertraut.
Könnte ich – selbst die eigene Pantherhaut
Nähm ich mir …
– *Gäb* sie *her* dem Schlupfloch – zum
Muster:
In das buschene, zinnkrautene, bachene, efeulaubene –
Duster, –

Hin, wo im Schläfrigen, Wirren und Warmen
Sich zu ewigen Ehen die Zweige umarmen …

Hin, wo im Stein und im Bast und im milchenen Flüstern
Sich die Hände auf endlose Zeiten verschwistern –
Gleich Zweigen – und Flüssen …

In die Höhle und lichtlos, die Höhle – gesichtlos.
Im Laube, im Efeu, von Efeu – ein Mantel …

Keine lichte Welt und kein Schwarzbrotkanten:
Im Taue, im Laube, wie im Laub – der Verwandten …

Daß ans Tor nicht – man poch,
Nicht ins Fenster schrei noch,
Daß es nicht mehr sich wende
Und den Lebtag nicht ende!

Doch zu wenig – die Höhle,
Zu schwach – Schlucht und Strauch!
Könnte ich – ich holte
In die Höhle – des Bauchs.

Könnte ich,
Holt' ich.

27. August 1936
Savoyen

СТИХИ К ЧЕХИИ

6

Взяли…

Чехи подходили к немцам и плевали.
(См. мартовские газеты 1939 г.)

Брали – скоро и брали – щедро:
Взяли горы и взяли недра,
Взяли уголь и взяли сталь,
И свинец у нас и хрусталь.

Взяли сахар и взяли клевер,
Взяли Запад и взяли Север,
Взяли улей и взяли стог,
Взяли Юг у нас и Восток.

Вары – взяли и Татры – взяли,
Взяли близи и взяли дали,
Но – больнее, чем рай земной! –
Битву взяли – за край родной.

Взяли пули и взяли ружья,
Взяли руки и взяли дружбы …
Но покамест во рту слюна –
Вся страна вооружена!

9 мая 1939

8

О, слезы на глазах!
Плач гнева и любви!
О, Чехия в слезах!
Испания в крови!

GEDICHTE AN BÖHMEN

6

SIE NAHMEN

> Die Tschechen traten auf die Deutschen zu und spuckten …
>
> *(Vgl. Märzzeitungen 1939)*

Sie nahmen schnell und mit Großmannsmut:
Sie nahmen den Berg und was unter ihm ruht,
Sie nahmen die Kohle, sie nahmen den Stahl,
Sie nahmen das Blei, und sie nahmen Kristall.

Sie nahmen den Zucker, sie nahmen den Klee,
Sie nahmen die Ferne, sie nahmen die Näh,
Sie nahmen den Westen, sie nahmen den Nord,
Sie nahmen den Süden und Osten fort.

Sie nahmen den Honig, sie nahmen das Bad,
Sie nahmen das Heu, und sie nahmen den Grat,
Sie nahmen das irdische Eden, jedoch:
Sie nahmen kampflos den Kampf uns noch!

Sie nahmen Geschütz, und sie nahmen Geschoß,
Sie nahmen uns Erze und Freund und Genoss' –
Wir haben noch Spucke, und die ist für sie:
Uns ganz zu entwaffnen, das schaffen sie nie.

9. Mai 1939

8

Klage des Zorns und der Liebe!
Salz, das auf Augen ruht!
Oh, und Böhmen in Tränen!
Oh, und Spanien im Blut!

О, черная гора,
Затмившая – весь свет!
Пора – пора – пора
Творцу вернуть билет.

Отказываюсь – быть.
В Бедламе нелюдей
Отказываюсь – жить.
С волками площадей

Отказываюсь – выть.
С акулами равнин
Отказываюсь плыть –
Вниз – по теченью спин.

Не надо мне ни дыр
Ушных, ни вещих глаз.
На твой безумный мир
Ответ один – отказ.

15 марта – 11 мая 1939

O schwarzer Berg, der du das
Licht verdunkelt hast!
Zeit ists, Zeit, dem Schöpfer
Hinzuwerfen den Paß.

Ich weigre mich, zu leben
Im Tollhaus, unter Vieh.
Ich weigre mich, ich heule
Mit den Wölfen nie.

Ich weigre mich, zu schwimmen
Als Hai des Lands, stromab
Den Strom gebeugter Rücken –
Ich weigre mich, lehn ab.

Ablehn ich, daß ich höre,
Ablehn ich, daß ich seh.
Auf diese Welt des Irrsinns
Gibt es nur eins: ich geh.

15. März – 11. Mai 1939

DER EFEUTURM

Kürzlich, ich hatte eine von Rilkes „Elegien" aufgeschlagen, las ich: „Gewidmet der Fürstin Thurn und Taxis". Thurn und Taxis? Da war etwas Bekanntes. Nur *das* war es: tur*. Ach, ich weiß: der Efeu-Turm!

„Russenkinder, ihr habt Besuch!"** Damit flog die Heizerin Maria in die leere Klasse, wo wir, meine Schwester Asja und ich, die einzigen in der Pension verbliebenen Pensionärinnen, gleichgültig die Seiten unserer Chrestomathien umblättern in Erwartung des morgigen, nichts verheißenden Osterfestes.
„Ein Herr", fügt Maria hinzu.
„Was für ein Herr?"
„Wie alle. Ein richtiger Herr."
„Ein junger oder ein alter?"
„Ich sage euch doch: wie alle. Weder jung noch alt, normal. Kommt schnell, aber, Fräulein*** Assija, streichen Sie sich das Haar aus der Stirn, sonst kann man ja Ihre Augen nicht sehen, wie bei einer Rattenfängerin."
Das „Grüne Zimmer", das geheiligte, das der Vorsteherin, es ist auch der Empfangsraum. Aus grünem Sessel erhebt sich vor uns – ein Bekannter, nicht wiederzuerkennen, immer ohne Jackett, jetzt aber sogar im steifen Kragen, immer mit einem Tablett voller Biergläser in den Händen, jetzt aber mit Hut und Stock, und so befremdlich in der Gesellschaft der Vorsteherin, vor dem Hintergrund dieser grünen Vorhänge – der „Engelswirt", der Inhaber unseres wunderbaren Dorfgasthofs, der Vater unserer Sommerfreunde Karl und Mariele.
„Herr Maier ist so liebenswürdig, euch morgen zu sich einzuladen, zu seiner Familie, den ganzen Tag. Er kommt euch morgens um sechs Uhr dreißig abholen und bringt euch abends zur selben Stunde zurück. Wenn das Wetter es wohlmeint. Meine Erlaubnis ist schon erteilt. Bedankt euch bei Herrn Maier!"

* *tur – la tour* (frz.): der Turm (Anm. d. Übers.).
** Wörter in dieser Schrift im Original deutsch.
*** Z. gebraucht dieses Wort in russ. Umschrift. (Im folgenden mit * gekennzeichnet.)

Erstarrt vor Glück und vor der Würde des Zimmers bedanken wir uns, – Asja piepsend, ich, aus irgendeinem Grund, im Baß. Schweigen. Herr* Maier, nicht weniger befangen als wir von dem respektgebietenden Raum und vielleicht auch beengt von dem ungewohnten Kragen, blickt auf seine Füße, die in den neuen Schuhen wirklich nicht wiederzuerkennen sind. Irgendwie kommt es mir so vor, als ob er uns schrecklich gern zublinzeln möchte. Niemand setzt sich. Beim Hinausgehen kommt Asja denn doch auf das Richtige und erkühnt sich zu fragen: ob Karl gewachsen sei und bis wohin er dem Vater jetzt gehe.

Der leere Schlafsaal. Eben hat Maria die Lampe heruntergedreht. Morgen! Unter den Lidern – anfangs die steil aufsteigende Chaussee, dann, hinter einer bestimmten Biegung dort, mehr gewußt als gesehen: der in seine doppelte Weideneinfassung hineingewachsene, kalte, geliebte, undinene Halbstrom-Halbbach, der Bohrerbach, in welchen zu steigen uns, seines eisigen Wassers wegen, immer verboten war und in welchem wir einmal ganz, mit dem Kleid ... Und weiter – das Kruzifix an der Kurve, und weiter dann von der Chaussee links hinein, und weiter – schon ganz und gar nah! – hinter dem Grün der Pflaumen- und Apfelbäume, zuerst das Gasthaus*, und dann auch der Engel selbst, ein dicker, mit Flügeln, – sehr alt, heißt es, aber ganz jung dem Aussehen nach, viel jünger als wir! – der um und um dreijährige, runde, geliebte Engel über dem Eingang zum Haus, aus welchem die Frau Wirtin* uns entgegenkommt, und – vor allem – Mariele und Karl, für mich vor allem – Mariele, für Asja – Karl.
„Morgen! – Um sechs Uhr und dreißig Minuten.“ – Wenn gutes Wetter ist.

Der erste Blick – zum Fenster. Zwei erste Blicke eigentlich – zum Fenster und zur Uhr. Alles ist gut: ein heller Himmel und fünf Uhr. Ich knöpfe an Asja alle sechs Rückenknöpfe ihres Leibchens zu. Aber nun – welches Kleid? Im Alltagskleid – nein, es ist Ostern, und im Sonntagskleid – nicht auf den Baum, nicht unter den Baum.
„Sobald ich angekommen bin, zieh ich mich um, zieh ein altes Kleid an von Mariele.“

„Und ich?“ (Asja, geknickt.) „Marieles gehn mir bis zum Boden!“
„Und du – eine Hose von Karl!“ (Und, da ich sehe, daß sie schon weint.) „Du ziehst eine Jacke von Mariele an, die geht dir doch genau bis zum Knie. Und die Ärmel krempeln wir um!“
Es läutet zum Frühstück – nur für uns. Die beiden Vorsteherinnen schlafen. Wir frühstücken allein mit Maria. Das Frühstück wie immer, Gerstenkaffee ohne Zucker (welchen die ganze Pension geschlossen, „freiwillig“ und ein für allemal, wie es scheint, an ihrem Gründungstag, „armen Kindern“ abgetreten hat) und Brot ohne Butter, doch dafür mit so einem roten widerlichen, aus Pflanzen gewonnenen Kleister, den ohne Ekel und, wenn möglich für alle, d. h. ihn bei allen ableckend, nur die ewig hungrige, unglückliche, alles verschlingende, außergewöhnlich gefräßige Brasilianerin Anita Jautz ißt.
„Ach, Fräulein Assija, schon wieder haben Sie das ganze Wachstuch bekleckert. Kommen Sie, ich esse das für Sie auf, es ist ja nur noch eine Viertelstunde Zeit.“

Halb sieben. Viertel vor sieben. Sieben. Das Wetter ist nicht besonders, das Wetter ist eigentlich mittelmäßig, Wolken bedecken den Himmel, aber jedenfalls regnet es nicht. Noch nicht. Halb acht. Er hat sich bestimmt auf dem Markt aufgehalten, und gleich, gleich ist er da. Unmöglich kann doch Herr Maier, ein Mann, diese paar Tropfen für Regen halten! Die Tropfen fallen schneller, erst Strippen, dann Ströme. Um acht Uhr erscheint die stellvertretende Vorsteherin, Fräulein Änni.
„Kinder, seid in einer halben Stunde zum Kirchgang fertig. Herr Maier wird jetzt natürlich nicht mehr kommen.“
Um acht Uhr fünfzehn das Läuten zum Galoschenwaschen. Man läutet nur für uns.

Wovon spricht der Prediger? Asja, welche die kleinste in der ganzen Pension ist und immer einschläft von der Predigt, schläft heute zum ersten Mal nicht. Schläft nicht, sondern weint, leise und unaufhaltsam. Aber schlimmer als ‚nicht gekommen‘ ein anderer Gedanke: ‚Und auf einmal ist er gekommen? Und hat uns nicht angetroffen, und ist weg-

gefahren? Heute ist doch Ostersonntag, die ganze Stadt steigt zum ›Engel‹ hinauf, Herr Maier holt doch die Lebensmittel, er kann nicht warten.‘
Auf dem Rückweg Fräulein Änni zu mir: „Warum sagst du denn gar nichts, Russenkind*? Assija weint wenigstens. Wolltest du denn nicht gern zu deinen Freunden, auf die Höhe?“
„Ach, ich weiß es immer, ich wußte es vorher. Es wäre allzu schön gewesen!“
Und plötzlich entlade ich mich, anstatt mit Tränen, mit dem bekannten Zweizeiler:

> Behüt dich Gott, es wär zu schön gewesen!
> Behüt dich Gott, es hat nicht sollen sein!

„Ich freue mich über deine Liebe zur Poesie, Marina, aber Scheffel zu kennen ist für dich dennoch zu früh.“
„Ich habe ihn nicht gelesen, Mama singt das immer!“

Nach dem üblichen Sonntagsfrühstück: dem „roten Tier“, wie wir es, da wir es nicht kannten, nannten, und dem Rhabarberkompott, – waschen wir uns, auf ein separates Läuten hin (nur für uns), im leeren Schlafsaal die Hände. Und der Himmel, nachdem er sich ausgeweint hat, ist wunderbar!
Atemlos Maria: „Russenkinder, die Fräulein befehlen euch, so schnell wie möglich das Allerbeste anzuziehen.“
„Wir haben schon so das Beste an.“
„Und Spitzenkragen habt ihr keine?“
„Nein.“
Maria strahlt: „Ich habe welche. Ich leihe sie euch, weil … mir geht es hier auch schlecht!“
Läuft und kommt mit zweien zurück: einer gewaltigen Guipure-Pelerine mit Zierschnüren, die bis über den Gürtel hinuntergehen, – nicht mehr und nicht weniger als ein gigantischer Seestern, in dessen Mitte der Kopf durchzustekken ist, – mit dem Guipure-Stern für mich, mit einem selbstgehäkelten für Asja. Meiner – bis zum Bauch, Asjas – bis zum Knie.
„Jetzt seid ihr schön, wie Engelchen!“
(Ach, Engel, Engel!)
… Spazierengehn. Spazieren, nur wir mit Fräulein Änni –

auf eben jenen Schloßberg, – noch dazu in Sonntagskleidern, – mit denen man nirgendshin und nie etwas ... Auf uns beide allein – das *ganze* Fräulein Änni ...
Uns umhüllend, ich – mit einem mich überall hinausstoßenden, Asja – mit einem viel zu weiten, wie abgesondert von ihr lebenden – Jackett, gehen wir mit dem Schritt von Kindern, die sich nicht freuen, und von Schatten hinunter.
Eine Equipage, ein Landauer sogar. Ein Landauer, in aller Tiefe des Worts und allem Glanz der Erscheinung. Ein tiefer lackierter Landauer, gezogen von zwei schokoladenbraunen, ebenso schimmernden, Pferden. Tief darin beide Fräulein in etwas Schwarzem, mit Schmelz Geschmücktem, Undurchdringlichem, Begräbnis-Feierlichem, in schwarzen Hüten mit Veilchensträußen und mit Maiglöckchensträußen in den Händen.
„So setzt euch, Kinder! ..."
Schüchtern stellen wir einen Fuß auf das Trittbrett.
„Du, Marina, als die Ältere, setze dich mir gegenüber, und du, Assija, als die Jüngere, Fräulein Änni."
(Was ist besser: die krebsigen, froschigen Augen Fräulein Paulas, riesengroß, ohne ein Blinzeln, oder die Bologneser-Augen, die unter den Zotteln eines Bologneser-Hündchens hervor immerfort blinzelnden rötlich-himmelblauen Fräulein Ännis?)
Der Landauer fährt ab, in völligem Schweigen.

Zuerst alte Häuser, dann glückliche Häuser, die auf die Fluren blicken. Glückliche Fluren ... Dann Tannenwald-Kuppen, die in der Ferne sich erheben, näher kommen ... Schwarzwaldhöhen ...
– Wohin? Am Ende doch (törichter Traum), vielleicht doch – dorthin, zum „Engel"? Aber es ist nicht die Straße, die hinauf, diese hier ist eben. Auch das Tor ist es nicht, dort das ist mit Georg, dies hier – mit Martin ... Aber wenn nicht dorthin – wohin dann? Vielleicht nirgendshin? Einfach eine Spazierfahrt?
„Russenkinder, warum fragt ihr denn nicht, wohin wir fahren und woher diese Pferde sind?"
„Erwachsene fragt man nicht" (Asja).
„Es ist sicher besser, es nicht zu wissen" (ich).

„Eine lobenswerte Erziehung" (zu Asja). „Eine bedenkliche Verträumtheit" (zu mir). Wir fahren ... – Und plötzlich schlägt an mein Ohr der Gleichklang: Tur-und-Taxis. Und die blitzschnelle Vorstellung eines Turms in Efeu. Heute, nachdem ich zum ersten Mal darüber nachgedacht habe, verstehe ich: Thurn, von mir für Turm gehalten, – gab das französische tour (Turm), und Taxis, wegen des Gleichlauts mit dem Pflanzennamen Taxus, dessen genaue Bedeutung ich damals nicht kannte (Taxusstrauch, Taxus), gab den Efeu. Tur-und-Taxis. Ein Efeuturm.

Keinerlei Turm war zu sehen. Es zeigte sich ein weißes Haus mit einer Terrasse und den dunklen, wie immer am Tage, nächtlichen tiefen Fenster-Augen, die so gleich waren jenen, mit denen die junge Frau auf uns blickte, die – ganz kastanienfarben, ganz braun, ebenso braunäugig wie der sie begleitende Hund und mit ebensolchen kastanienbraunen Toupets, sich von der Terrasse erhebend und wie eine zimtene Wolke zu uns herabsteigend – keiner anderen Frau glich.
„Ich bin Ihnen von Herzen dankbar, daß Sie die Kinder mitgenommen haben. Allein in der Pension, zu Ostern? Arme Geschöpfe! Wie heißen sie? Marina? Asia? Was für schöne Namen, ganz italienisch. Sie sagen: Russenkinder. Doch die Ältere ist schon auch ein Riesenkind* für ihr Alter!"
Diese Frau hat eine wundersame, ans Herz greifende, singende Stimme, eine genauso kastanienfarbene. („Gestern hörte ich ein Violoncello, es klang genauso wie Deine braunen Augen." So schreibt die alte Mutter Goethe der jungen Bettina.)
„Bist du froh, Asia, daß du hierhergekommen bist?"
„Ja, liebe Frau.*" (‚Liebe Frau' bedeutet auch die Mutter Gottes.)
„Man sagt nicht ‚liebe Frau', man muß sagen ‚Frau Fürstin'*", merkt Fräulein Paula an.
„Um Gottes willen! Wie kann man denn von Kindern, noch dazu einem so kleinen, verlangen, sich zu korrigieren!" (Und, sich besinnend:) „Natürlich, liebe Asia und Marina, müßt ihr in allem auf Fräulein Paula hören, aber heute werden wir alle zusammen, – Marina und Asia und ich ..."
„Und Tiras", fügt Asja ein.

„Das versteht sich von selbst, auch Tiras, wir werden sie für alle unsere kleinen Eigenwilligkeiten und Verfehlungen um Nachsicht bitten, weil Tiras und ich uns doch auch irren und nicht weniger oft als ihr Kinder. Nicht wahr, Tiras?"
Tiras. Schokoladenfarben, nicht rot, nicht zottig, und wenn ein Setter, kein irischer. Die Augen, bei näherer Betrachtung, grünlich, der Blick aber – hausherrlich. Verwirrt von der Neuheit des Orts und der auf uns gerichteten Aufmerksamkeit der Erwachsenen, streicheln wir den Hund, vorerst noch schüchtern und wie mit Gleichmut, wissen dabei aber, daß wir aufholen werden, wenn unsere Zeit kommt und die Erwachsenen ihr Gespräch anfangen.
Der Tee unbeschreiblich. Um ihn zu schildern, müßte man erst all den vorangegangenen siebenmonatigen Pensionatshunger schildern und, für Kinder vielleicht schlimmer als der Hunger, all die unbeschreibliche Öde des spartanischen Menüs dort: Mehlsuppe, Linsen, Rhabarber, Erbsensuppe, Kartoffeln, Rhabarber. Rhabarber, Rhabarber, ohne Abwechslung. Offensichtlich, weil er im Garten wuchs, und er wurde ohne Zucker gekocht. Da muß wohl der Hunger hart gewesen sein und grausam die Öde, wenn zwei durchaus nicht gefräßige und schon gar nicht blutgierige Mädchen stundenlang davon träumten, wie sie irgendwann einmal die sanften, zauberhaften, blaugefleckten, im Gartenbach dahingleitenden „Ännischen" Forellen, die laut Fräulein Änni obendrein auch noch Musik verstehen, mit den Händen herausfangen und an der Lampe braten würden.
Lassen wir den unbeschreiblichen Tee, der sich, zur rechten Zeit, als reinblütige Schokolade, in unbegrenzter Menge, erwies und als, in ebenso unbegrenzter Menge, nicht angebotener, sondern auf die Teller gelegter Sandkuchen*. Sagen wir nur, daß die Mägen so glücklich waren wie die Augen, wie die Ohren, und die Ohren wie die Gemüter.
Übrigens, die Ohren fangen irgendwie an, stutzig zu werden. Einige Dinge weiß ich nicht, andere erkenne ich nicht wieder. Mein Vater ist, laut Fräulein Paula, ein berühmter Architekt, der in Moskau schon das zweite Museum errichtet (das erste ist offenbar das Rumjanzew-Museum!), unsere Mutter – eine brühmte Pianistin (sie ist nie öffentlich aufgetreten), ich – ungewöhnlich begabt, „geistreich" (und Arithmetik? und Handarbeiten?), Asja ungewöhnlich „lieb-

reich". Ich so „geistreich" und „frühreif", daß ich schon gedruckt werde in russischen Kinderzeitschriften (ich *beziehe* den „Kinderfreund" und die „Quelle"), und Asja so liebreich, daß sie nach jedem Essen zu ihr, Fräulein Paula, „das Kätzchen machen" kommt, das ist schmusen. (Servietten sind für Schülerinnen nicht vorgesehen, und Asja, die noch nicht ohne auszukommen versteht, wischt sich jedesmal nach Tisch völlig bewußt Mund, Wangen und Hände, d. h. Erbsen, Fett und Rhabarber, am Stoff des immergleichen schwarzen Kleides des unschuldigen, gerührten Fräulein Paula ab. Und alle wissen das, außer der Liebkosten. Und alle, mit dem Vergnügen der Rache, warten darauf.)
„Ich kann ihnen alles verzeihen ... wenn sie mal etwas angestellt haben! ... Wegen des Tons, mit dem sie, wenn sie auf der Straße einen Hund erblicken, sagen: ‚Ein Hu-und!'"
Zu der Zeit liegen wir, geistreich* sowohl als auch liebreich*, schon mit dem Hund auf dem Boden und sind begeistert und wacker dabei, ihn abzuküssen, Asja die eine Wange, ich die andere, jede ihr Hund-Profil.
„Lieber nicht auf die Schnauze küssen", bemerkt, nicht ganz überzeugt, die Hausherrin, „es heißt, sie haben ..."
„Sie haben gar nichts!" erwidere ich hitzig. „Wir küssen sie das ganze Leben schon!"
„Das ganze Leben?" wiederholt Tur-und-Taxis fragend. „Euer ganzes langes, langes Leben schon? Dann haben sie wohl wirklich nichts."
Und wieder in den Ohren das gleichmäßige Gespinst des Paulaschen Anpreisens: der Vater – das und das ... Die Mutter – das und das ... Die Jüngere kann kein Käferchen sehn ohne Tränen ... (Eine Lüge!) Die Ältere kann die ganze französische Poesie auswendig ... Die Frau Fürstin möge sich selbst überzeugen ...
„Sag mir, Kind*, dein liebstes, von allen das liebste Gedicht!"
Und da richten sich schon meine Ohren physisch am Klang meiner eigenen Stimme auf, die schon auf den Wellen der großartigen Ode Hugos, „Napoleon II.", schwimmt.
„Sag mir, Marina, was ist dein größter Wunsch?"
„Napoleon sehen."
„Nun, und noch?"

„Daß wir, die Russen, die Japaner zerschlagen. Ganz Japan!"
„Ja, und hast du nicht einen dritten, nicht so historischen?"
„Doch."
„Und welchen?"
„Ein Buch, ‚Heidi'."
„Was ist das für ein Buch?"
„Wie ein Mädchen wieder in die Berge zurückgegangen ist. Man hat sie fortgebracht, in Stellung, aber sie konnte das nicht. Wieder heim, ‚auf die Alm'. Sie hatten Ziegen. Sie, das sind ihr Großvater und sie. Sie lebten ganz allein. Zu ihnen kam niemand. Dieses Buch hat Johanna Spyri geschrieben. Eine Schriftstellerin."
„Und du, Asia? Was hast du für Wünsche?"
Asja, im Schnellfeuer: „Edison heiraten. Der erste. Dann einen ‚ascenseur', aber nicht im Haus, ohne Haus, im Garten ..."
„Und der dritte?"
„Den dritten kann ich Ihnen nicht sagen." (Blick auf Fräulein Paula.) „Den kann ich bestimmt nicht sagen!"
„Kind, Kind, trau dich nur! Etwas Schlechtes wirst du dir doch nicht wünschen können?"
„Das ist nichts Schlechtes, das ist ... ungehörig, unanständig." (Fräulein Paulas erschrockenes Gesicht.) „Es fängt mit W an. Nein, nicht das, was Sie denken!" – Und plötzlich, sich auf die Zehenspitzen stellend und die erschrockene und lächelnde Frau Fürstin umhalsend, – mit lautem Flüstern: „Weg! Weg aus der Pension!"
Aber die beiden hörten nicht, sie konnten nichts gehört haben, da sie gleichzeitig und sehr eifrig zu sprechen angefangen hatten, – von etwas ganz anderem, den Pfingstferien, wo die Pension hinfährt und ob sie fährt.

Wie gut ist es, mit dem Rücken zu den Pferden zu sitzen, wenn man Abschied nimmt! Anstatt der Pferde, die uns unabänderlich fortbringen und unumgänglich dorthin, wohin wir nicht wollen, haben wir vor Augen das, wovon wir nicht fortwollen, die, von denen ... Furchtlos und ohne Gewissensbisse meiden wir mit dem Blick: Asja – Fräulein Änni, ich – Fräulein Paula, blicken zwischen ihren Hüten hin-

durch, über ihre Köpfe hinweg, – Asja, anfangs halb aufgerichtet, steht unbeugsam, – auf das weiße Haus in dem dunklen Pelz des Tannengrüns, lauschen den letzten „Kläffchen“ von Tiras, der anstatt des vermeintlichen Spaziergangs von der Hausfrau ins Haus gelockt wird und mit dem wir so gern getauscht hätten – nicht nur den Platz! Innen, tiefer als das Gehör, eine mit dem inneren Ohr erhaschbare – bewahrbare – wiederholbare, nicht zu schildernde Stimme.
„Gott behüt euch, liebe Fremdenkinder!“

Eine Woche später, als das weiße Haus schon endgültig in das Tannengrün verschwunden war, die Tannen endgültig zusammengerückt waren, die Stimme endgültig in die Tiefe fortgegangen war, übergab Fräulein Paula Asja und mir in demselben grünen Zimmer je ein Päckchen. In dem mit der Aufschrift „Marina“ erschien das Buch „Heidi“ und ein anderes, „Was wird aus ihr werden?“, mit einem „Dir“ über dem „ihr“ in schöner geneigter Schrift, und nach dem „werden“ – „liebe Marina?“. In dem mit der Aufschrift „Asia“ – eine Schachtel mit Klötzchen, aus denen man nicht nur einen Lift bauen konnte, sondern ein ganzes New York, jenes New York, wo sie ihre Hochzeit mit Edison feiern wird.

Die Duineser Elegien Rilkes. Tur-und-Taxis. Der Efeuturm.

1933

VATER UND SEIN MUSEUM

Die Geburt des Museums

„Die Glocken läuteten dem entschlafenen Imperator Alexander III., und zur selben Zeit lag ein altes Moskauer Mütterchen im Sterben. Und es hörte die Glocken und sagte: ‚Ich will, daß das nach meinem Tode verbliebene Vermögen an eine gottgefällige Anstalt geht, zum Gedenken des verstorbenen Herrschers.' Das Vermögen war nicht sehr groß: ganze zwanzigtausend nur. Und diese zwanzigtausend der alten Frau waren der Anfang des Museums." So – Wort für Wort präzis, und ständig, von klein auf, gehört – meines Vaters, Iwan Wladimirowitsch Zwetajews, Erzählung von der Entstehung des Museums der Schönen Künste mit dem Namen des Imperators Alexander III.
Doch der Traum von dem Museum hatte früher begonnen, viel früher, in jenen Zeiten, da mein Vater, Sohn eines armen Dorfpopen im Dorf Talizy, im Kreis Schuja, Gouvernement Wladimir, von der Kiewer Universität ins Ausland geschickt, als sechsundzwanzigjähriger Philologe zum ersten Mal den Fuß auf römischen Stein setzte. Aber ich irre mich: in dieser Sekunde fiel die Entscheidung über die Existenz eines solchen Museums; der Traum von dem Museum, natürlich, entstand vor Rom – schon in der flutenden Weite der Kiewer Parks, aber vielleicht auch schon in dem Krähwinkel Talizy, im Kreis Schuja, wo er beim *Kienspan* Latein und Griechisch lernte. „Das mal mit den Augen sehen!" Und später, als er gesehen hatte: „Könnten sie (die anderen, auch solche wie er, barfüßige und ‚kienspanige') das mal mit den Augen sehen!"
Der Traum von einem russischen Skulpturen-Museum war, das kann ich kühn behaupten, mit meinem Vater zusammen geboren worden. Sein Geburtsjahr – 1846.
Die Stadt Tarussa im Gouvernement Kaluga. Die Datscha „Pessotschnaja". (Altes Herrenhaus eines verschwundenen Gutes, als „Datscha" dienend.) Die Datscha Pessotschnaja, zwei Werst von Tarussa, liegt vollkommen einsam, im Wald, am hohen Ufer der Oka – und mit was für Birken ... Herbst. Die letzten – grell und winzig-rosig blühenden, na-

menlosen, wunderbar duftenden, danach überall und immer wiedererkannten – Blümchen in den Fahrrinnen. Papa und Mama sind zum Ural gereist nach Marmor für das Museum. Die kleine Asja – zur Bonne: „Augusta Iwanowna, was ist das – ein Museum?" – „Das ist solches Haus, wo verschiedener Fisch und Schlangen sein werden, getrocknet." – „Wozu?" – „Daß der Student lernen kann." Und vor Freude über die künftige Gelehrtheit des „Studenten", aber vielleicht auch einfach die Abwesenheit der Eltern ausnutzend, bricht sie aus in einen blendenden Tiroler „Jodler". Wir schreiben Briefe an Papa und Mama, – ich schreibe, Asja, die noch nicht schreiben kann, malt Museen und Urale, auf jedem Ural – je ein Museum. „So, hier ist noch ein Ural, und hier noch ein Ural, und hier noch ein Ural", und, die Zunge fast bis an den Rand der Wange vor Eifer herausschiebend: „Und hier ist noch ein Museum, und hier noch ein Museum, und hier noch ein Museum ..." Ich dagegen, auch mit vorgeschobener Zungenspitze, schreibe rechtschaffen und tüchtig: „Haben Sie Marmor für das Museum gefunden, und festen? Bei uns in Tarussa ist auch Marmor, nur kein fester ..." Gemeint war aber: „Haben Sie für uns einen Kater gefunden – einen vom Ural? Bei uns in Tarussa gibt es auch Kater, nur keine vom Ural." Aber das zu schreiben wage ich, dem Kodex unseres Hauses folgend, nicht.

An einem herrlichen Morgen füllt sich unsere Datscha Pessotschnaja mit Stücken von verschiedenfarbigem Stein: hellblau, rosarot, lila, mit Bächen und Flüssen darauf, ganzen Landschaften ... Einer – wie ein Stück Roastbeef, und dieser hier, mit Bläschen, wie blauer schäumender Kaffee. Auf das große regelmäßige Quadrat eines weißen, fast grauen, fast funkelnden Steins sehen wir nicht einmal hin. Und eben das ist der Marmor für das Museum. Aber den Kater vom Ural, den versprochenen, haben die Eltern nicht mitgebracht.

Einer meiner ersten Eindrücke von dem Museum – die Grundsteinlegung. Das *Wort* – Grundsteinlegung, das in unser Leben trat, wie viele andere Worte, und sich darin selbständig behauptete, außerhalb einer Sinn-Erfüllung, oder mit einer uneigentlichen. Mama und Ljora nähen Kleider für die Grundsteinlegung. Großvater kommt zur Grundsteinlegung aus Karlsbad. Gott gebe es, daß am Tag der Grundsteinlegung gutes Wetter ist. Bei der Grundsteinlegung wird der Zar zugegen sein mit beiden Zarinnen. Schließlich dann fragt jemand von uns (nicht ich, die sich immer auszeichnete mit einem zur Wißbegierde *gegensätzlichen*, das heißt absoluten Fatalismus): „Mama, was ist das – Grundsteinlegung?" – „Es wird eine Messe gelesen, dann legt der Zar eine Münze unter den Stein, und das Museum ist begründet." – „Und wozu die Münze?" – „Daß sie Glück bringt." – „Und dann nimmt man sie wieder fort?" – „Nein, sie bleibt da." – „Wozu?" – „Frag nicht soviel." (Die Münze – unter den Stein. So begruben wir in Tarussa die Vögel, die Wasska totgebissen hatte. Obendrauf – ein Kreuzchen.) Zur Grundsteinlegung nahm man uns natürlich nicht mit, aber es war ein strahlender Tag, Mama und Ljora fuhren in Festkleidung hin, und der Zar legte die Münze. Das Museum war begründet. Vater aber sang drei Tage lang das einzige Motiv seines Lebens: die ersten drei Takte einer Arie Verdis.

Die erste Erscheinung des Museums vor meinen Augen – ein Baugerüst. Oben – auf dem Gerüst – wie Vögel auf Stangen, wie Ziegen auf Felsstufen, in völliger Freiheit, Höhe, Leere, in vollem Traum … „Spring doch du nicht so! Vorsichtiger, Ziege!" Diese „Ziege" bitte ich, sich zu merken, denn sie huscht auch durch meine letzte Erscheinung des Museums.
Asja und ich voran, die Erwachsenen – Vater, Mutter, der Architekt Klein und noch irgendwelche Herren – hinterher. Vaters ruhig-freudige aufzählende Stimme: „Hier wird das sein, dort kommt das hin, von hier – nach dort …" (Dieses „das, und das", „hier, und dort" – wo sieht Vater das alles? Und wie klar er es sieht, zeigt sogar mit der Hand hin!) Unten, durch das Gewirk der Gerüststangen, die schwarze Erde, oben, durch eben diese Stangen – der blaue Himmel. Es scheint, man fällt ebenso leicht nach oben von hier, wie nach unten. Das Museumsgerüst. Mein erstes Losgerissensein von der Erde.

Und jetzt die zweite Erscheinung. Im Hof des künftigen Museums, im klirrenden Frost, rollen fröhliche schwarzäugige Leute gewaltige Marmorquadrate heran, höher als sie selbst, gigantischen Zuckerstücken gleich, unter einem schallenden Reden aus lauter *R*, ungefüge und wuchtig, wie jener Marmor selbst. „Es sind Italiener, sie sind aus Italien gekommen, um das Museum zu bauen. Sage zu ihnen: ‚Buon giorno, come sta?'" Zur Antwort auf den Gruß – Zähne, weißer als jeder Zucker und Marmor, in dem lebendigen Rahmen eines wie kein anderes dankbaren Lächelns. Jahre später (man möchte sagen, „Jahrhunderte"), als ich auf einem Briefbogen das mir von Ossip Mandelstam gewidmete „Florenz in Moskau" las – ich dachte nicht an diese italienischen Maurer auf der Wolchonka, sondern sah sie vor mir.

Das Wort „Museum" hörten wir, die Kinder, unablässig in der Umgebung von Namen: Großfürst Sergej Alexandrowitsch, Netschajew-Malzew, Roman Iwanowitsch Klein und dann Gussew-Chrustalny. Der erste versteht sich, denn der Großfürst war ein Schirmherr der Künste, Architekt Klein ist auch verständlich (er hat ja die Dragomilowski-Brücke über die Moskwa gebaut), Netschajew-Malzew aber und Gussew-Chrustalny muß man erklären. Netschajew-Malzew war ein großer Kristallfabrikant in der Stadt Gussew, die daher auch zu Gussew-Chrustalny* wurde. Ich weiß nicht, weshalb, aus unmittelbarer Liebe zur Kunst oder einfach „für die Seele" und sogar zu ihrer Rettung (das Bewußtsein, daß Geld *Unrecht* sei, ist unausrottbar in der russischen Seele), Malzew jedenfalls wurde, unter der unermüdlichen und leidenschaftlichen Einwirkung meines Vaters (man kann sagen, daß Vater Malzew ebenso bearbeitete wie jene Italiener den Marmor) – Malzew wurde der Haupt- und, im großen und ganzen gesehen, einzige Spender für das Museum, sein physischer Schöpfer, wie mein Vater sein geistiger war. (In Moskau nannte man sie sogar scherzhaft „Zwetajew-Malzew".)
Netschajew-Malzew wohnte nicht in Moskau, und wir sahen ihn in der frühen Kindheit nie, hörten dafür ständig

* russ.: хрусталь – Kristall (Anm. d. Übers.).

von ihm. Für uns war Netschajew-Malzew fast ein Stück Alltag. „Ein Telegramm von Netschajew-Malzew." „Mit Netschajew-Malzew frühstücken." „Zu Netschajew-Malzew nach Petersburg fahren." Fast ein Stück Alltag und ein wenig ein Kannitverstan*, den, füge ich in Klammern hinzu, kein Kind je, zur Ehre der Kindheit, in seinem eigentlichen humoristischen Sinn versteht, mithin aber gerade im eigentlichen: dem menschlichen (armer, armer Kannitverstan!).
„Was soll ich machen mit Netschajew-Malzew?" klagte Vater der Mutter jedesmal nach einem solchen Frühstück –, „wieder alle möglichen Poularden und Austern ... Und ich nehme doch Austern nicht in den Mund, geschweige denn irgendwelche Chablis. Wie komme denn ich, Sohn eines Dorfpopen, zu Austern? Aber er nötigt mich, der Bösewicht, nötigt mich! ‚Nun nicht doch, Sie mein Täubchen, sein Sie so gut!' Vielleicht meint er, ich – geniere mich, wie? Gott, genieren – und das Herz zerreißt mir vor Jammer: diese hundert Rubelchen wieder – was hätte man da für das Museum tun können! Wegen jedes Türriegels wird gehandelt – was, und wozu – für seinen Bauch aber, für diese nichtsnutzigen Austern sind einhundert Rubel nichts. Rausgeworfenes Geld! Ich müßte das haben – für das Museum! Und morgen frühstücken mit ihm, und übermorgen, so werden wir noch ganze fünfhundert verfrühstücken. Gäbe er mir doch meinen Anteil auf die Hand! Das kränkt mich am meisten, daß *ich selbst* das Museum verfresse ..."
Im Laufe der Zeit wurde es meines Vaters Prinzip, Netschajew-Malzew – mit vollendeten Tatsachen, das heißt Rechnungen, zu begegnen. Die Berechnung ging auf: eine Rechnung – ist zu bezahlen, einen Vorschlag – muß man ablehnen. Für einen Geschäftsmann ist eine Rechnung – das Schicksal. Eine Rechnung ist – das Verhängnis. Eine Bitte – völlige Freiheit des Willens und sogar ein Raum für Willkür. Der ganze Abstand von: „*Nicht* geht nicht" zu: „Wenn *nicht* auch geht". Das hatte mein Vater, der unpraktischste aller Nicht-Geschäftsmänner, berechnet. So fütterte Netschajew-Malzew meinen Vater mit Trüffeln und mein Vater Netschajew-Malzew mit Rechnungen. Und stets zum Ende des Frühstücks, zu eben jenem aufgezwungenen Cha-

* Z. gebraucht dieses Wort in russ. Umschrift.

blis: „Der Kellner ihm – *seine* Rechnung, ich ihm – meine, alle meine ...“ – „Und?“ – „Nichts weiter. Knurrte nur etwas.“ Kam aber mein Vater, hingerissen und sich vergessend, dem Ablauf (dem Ende des Frühstücks und der vollendeten Tatsache der Bestellung) zuvor: „Schön aber wäre, Juri Stepanowitsch, bestellten wir aus dem Ausland ...“ – war der Spender auf der Hut und ließ ihn nicht ausreden: „Kann nicht. Bin ruiniert. Die Arbeiter ... Was haben Sie vor mit mir – mich schließlich zugrunde zu richten? Das ist ja ein Faß ohne Boden, letztendlich! Soll doch der Zar geben, ist schließlich seines Vaters – Name ...“ Und je kleinere Aufwendungen vorgeschlagen wurden – um so endgültiger schlug sie der Spender ab. So hat er einige Kleinigkeiten aus Alters- und Millionärs-Starrsinn nie bewilligt. Als aber 1905 seine Werke stillstanden und ihm unermeßliche Verluste brachten, schnitt er dem Museum nicht einen Rubel ab. Netschajew-Malzew gab für das Museum drei Millionen, der verstorbene Zar dreihunderttausend. An diese Ziffern erinnere ich mich zuverlässig. Das Museum Alexanders III. ist die vierzehnjährige selbstlose Arbeit meines Vaters und die drei Malzewschen, ebenso selbstlosen, Millionen. Wo sind jene Pude Zwetajew-Malzewscher Korrespondenz, die mein Vater eine meiner Cousinen, die rundgesichtige Popentochter und Kursistin Tonja, um ihr etwas zu verdienen zu geben, in einen gewaltigen Folianten abschreiben ließ, den die arme Tonja, schnaufend und sich abmühend und nichts verstehend (Medizinerin!), wehmütig „meine Glatze“ nannte? Ich erinnere mich, daß das Mädchen für eine Arbeit von drei Monaten dreißig Rubel bekam. So waren die Preise. Doch war so auch die besondere – dem Museum dienende! – Sparsamkeit meines Vaters. „Zum einen verdient sie dreißig Rubel, und zum andern bekommt sie doch einen Begriff davon, was das Museum bedeutet und wie es errichtet wird. Besser – als Teekränzchen abhalten mit den Freundinnen.“
Meines Vaters engster Mitarbeiter war meine Mutter, Maria Alexandrowna Zwetajewa, geborene Meyn. Sie führte seine gesamte umfängliche Auslandskorrespondenz, und oft – mit ihrer inoffiziellen Beredsamkeit, der besonderen Grazie eines Scherzes oder einer Schmeichelei (bei einem Franzosen), einer Dichterzeile (bei einem Engländer), einer Frage

nach den Kindern und nach dem Garten (bei einem Deutschen): mit jener menschlichen Note im Geschäftsbrief, jenem persönlichen Ton im offiziellen, manchmal auch nur dank einer gelungenen sprachlichen Wendung – erreichte sie sofort, was mein Vater nur schwer und auf ganz anderem Wege erreicht hätte. Das eigentliche Geheimnis ihres Erfolges waren freilich nicht die Redewendungen, welche ja nur Diener sind, sondern jene menschliche Wärme, ohne die Beredsamkeit – nichts ist. Und ich rede, spreche ich von ihrer Hilfe für Vater, vor allem von der Beständigkeit ihrer geistigen Mitwirkung, dem Wunder des mit weiblicher Anteilnahme Hineingehens in alles und Hervorgehens aus allem – als Sieger. Dem Museum helfen war vor allem, dem Vater seelisch zu helfen: an ihn glauben, und wenn nötig, auch für ihn glauben. So daß das Museum – von den Türklinken des sich widersetzenden Spenders bis zu den Säulenschnecken – ganz auf weiblicher Mitwirkung steht. Das muß ich, kindlicher Zeuge jener Jahre, sagen, denn außer mir sagt es (da es keiner so, in aller Tiefe, weiß) – keiner. Als sie 1902 Tuberkulose bekam und mit den jüngeren Kindern ins Ausland fuhr, nahm ihre Mitwirkung nicht nur nicht ab, sondern noch zu – um die ganze Kraft der Sehnsucht. Aus Moskau kamen in das Genuesische Nervi, nach Lausanne, nach Freiburg ausführliche Rechenschaften über jede Handbreit Zuwachs des höher und breiter werdenden Museums. (Eltern vermerken so mit Freuden das Wachstum des Kindes an der Tür und im Tagebuch.) Und ebensolche Liebes-Fragebögen aus Nervi, Lausanne usw. Wenn die Gesundheit, richtiger die Krankheit, es erlaubte, reiste sie im Auftrag des Vaters durch die alten Städtchen Deutschlands, mit welchem mein Vater besonders verbunden war, auswählend und ankurbelnd, drängend und anfeuernd, und bekam sowohl Preisnachlaß als auch ein Lächeln. (Bei einem sachlichen Deutschen ein Lächeln ...) Auch Asja und ich vergaßen unseren gigantischen jüngeren Bruder nicht. In jedem Brief – mal aus Lausanne, mal aus Freiburg, nach der Beschreibung irgendeiner tour du lac oder der Besteigung des nächsten Schwarzwaldberges – der Zusatz, anfangs, weil wir zu klein waren, noch ganz dumm: „Was macht Wasska? Und das Museum?“ – doch mit der Zeit dann aufgeklärter. Mit etwa elf Jahren wurde auch ich in die Arbeit hineingezogen, denn immer im Sommer, wenn wir alle zusammenkamen, schrieb ich dem Vater seine deutschen Briefe. (Vater konnte die Sprachen ausgezeichnet, aber als Autodidakt, und sowohl beim Schreiben wie beim Sprechen übersetzte er *förmlich* aus dem Russischen. Außer Italienisch, das er wie seine Muttersprache sprach und in dem er als junger Mann jahrelang an der Universität von Bologna gelesen hatte.) Wie heute erinnere ich mich noch an den „Hildesheimer Silberfund" und „Professor Freu". Welch ein Strahlen des Stolzes dafür, stand dann in einem Antwortbrief mit der Nummer Soundso am Schluß: „Grüßen Sie mir Ihr liebenswürdiges und pflichttreues Töchterlein."

Vaters deutsche Korrespondenz führte ich bis zu seinem Tode (1913).

Jetzt erzähle ich von seinem und Mutters, von unser aller schrecklichem Leid, als im Winter 1904/05 ein Teil der Kollektionen des Museums verbrannte (offenbar eben jene Holzskulpturen, die wir in Deutschland bestellt hatten). Mir scheint, das war zu Weihnachten, denn Vater war bei uns in Freiburg. Ein Telegramm. Vater übergibt es schweigend Mutter. Ich erinnere mich an ihre erstickte, sich verschluckende Stimme, ohne Wort, wohl: „A-ach!" Und Vaters – Mutter war damals schon sehr krank – beschwichtigendes, demütiges, unendlich zerschlagenes: „Macht nichts, Gott hilft. Irgendwie." (Das Telegramm, unbedacht, lautete: Das Museum brennt.) Und seine wortlosen Tränen, von denen wir uns, Asja und ich, die ihn nie weinen gesehen hatten, in einer Art Entsetzen abwandten.

Mutter dachte bis zum letzten Augenblick an das Museum, und als sie starb, wünschte sie Vater mit letzter Stimme, dem letzten Stückchen Lunge die glückliche Vollendung seines (und auch ihres!) Sorgenkindes. Ich denke, daß sie nicht nur uns, die Herangewachsenen, mit den brechenden Augen sah.

Wenn ich von Mutter spreche, muß ich auch ihren Vater erwähnen, meinen Großvater, Alexander Danilowitsch Meyn, der noch vor den Tausenden der Greisin, vor dem Kleinschen Plan, vor jeder Sichtbarkeit und Tastbarkeit, an Vaters Traum – geglaubt, den Vater in dem Traum, selbst schon völlig krank, unermüdlich unterstützt und einen Teil seines Vermögens für das Museum hinterlassen hatte. So daß ich ruhig sagen kann, daß das Museum in Wirklichkeit im Hause A. D. Meyns, meines Großvaters, begründet wurde, in der Neopalimowski-Gasse, an der Moskwa. Alle sie sind gestorben, und ich muß es sagen.

August 1933

Aus der Skizze „Die Eröffnung des Museums"

Die weiße Erscheinung des Museums vor dem üppigen Blau des Himmels. Zu seiten des Eingangs die Doppelreihen der Gymnasiasten, die vom langen Stehen sich, Reihe an Reihe, mit den Rücken aneinanderlehnten und so beide Spaliere als vielköpfig-zweigesichtigen – aber wie junggesichtigen! – Janus erscheinen ließen. Das erste am Eingang – ein Greis in einem langschößigen Pelz (Mai!): „Und wo haben Sie die Garderobe?" – „Zu Diensten, Euer Exzellenz." – „Und Sie geben auch Nummern aus? Sonst nämlich, der Biberpelz, nicht wahr, nicht daß er bei dem Fest hier ..." Meines Vaters Schwiegervater, der hochbetagte Historiker I[lowaiski].
Die weiße Erscheinung der Treppe, alles und alle beherrschend. Am rechten Flügel – wie ein Wächter – in unmenschlicher und nicht einmal göttlicher: in heroischer Größe – der David Michelangelos. Die Gäste sind, in Erwartung des Zaren, in die Säle auseinandergeschwärmt. Plötzlich – ein Läuten, Fallen, Schreck, ein Zurückspringen, silbriges Splittern und Strömen: meines Vaters achtzehnjähriger Schwiegersohn war an ein Tablett mit Kaukasus-Wassern gestoßen, die sprangen und funkelten wie die Quellen, die sie hervorgebracht hatten. Die Greislein, nachdem sie sich vergewissert haben, daß es keine Bombe war, beruhigen sich.
Greise, Greise und Greise. Orden, Orden und Orden. Keine Stirn ohne Furchen, keine Brust ohne Stern. Mein Bruder und mein Mann die einzig Jungen hier. Die Gruppe der jungen Großfürsten zählt nicht, denn sie sind tatsächlich eine Gruppe: ein marmornes Basrelief. Es ist, als sei

heute das ganze Alter Rußlands hierhergeströmt, zur Verbeugung vor der ewigen Jugend Griechenlands. Eine lebende Lektion Geschichte und Philosophie: Das macht die Zeit mit den Menschen, das – mit den Göttern. Das macht die *Zeit* mit dem Menschen, das (der Blick auf die Statuen) – macht mit dem Menschen die *Kunst*. Und, letzte Lektion: das macht die Zeit mit dem Menschen, das – der Mensch mit der Zeit ... Aber das zu denken, bin ich zu jung, ich spüre nur das Grausen.
Das Alter, in seiner Haupteigenschaft: Farblosigkeit, überwältigt sogar den Schlag – des Goldes über die Augen, denn all dieses Alter ist von Gold übergossen: je älter, desto goldener, je gebrechlicher – desto glänzender, je trüber das Auge – desto blendender die Brust. Statuen auch, nur von anderen. Sind die hochadeligen Jünglinge Statuen der Form nach – lebender Marmor, so sind die Würdenträger – vom Material her Statuen: dem Gips – rigidité – (ein genaues russisches Wort gibt es nicht) der alten, hohlen, vom tödlichen Kalk angefüllten Knochen. Nie vergesse ich, wie eins dieser Greislein, auf der Treppe gestolpert, ganz einfach da liegenblieb, nur den Kopf drehte, bis es mein Mann, der von oben zu ihm hinuntergeeilt war, vorsichtig, aber unabweislich, auf die Füße stellte – wie eine Puppe. Habe ich „Puppe" gesagt, habe ich die Damen genannt. Die weißen, gleichartigen, mit den immergleichen langen Hälsen, der hohen, die Kehle zuschnürenden Kragen wegen besonders langen, in den immergleichen hohen Korsetts, mit den immergleichen hohen Frisur-„Auffahrten", sie können jung sein, sie können alt sein, und wenn jung, dann alt, nicht altverlebt, – in einem Alter, das es im Leben nicht gibt, einem Sammel-Alter, geschaffen von Tag, Ort und Toilette – und vielleicht auch von dem gleichmäßigen von oben kommenden fotografischen stereoskopischen Museumslicht ... Puppen mit all dem Feierlichen, Einschüchternden und Anziehenden dieses durchaus nicht kindlichen Gegenstands. Das dreifache Weiß – der Wände, der Grauköpfe, der Damen – ist nur Hintergrund, nur Ufer diesem goldenen unermüdlich kriechenden greisen Paktolos der Tressen und Orden. Und noch ein schneidender Widerspruch: zwischen der Neuheit des Gebäudes – und der unendlichen Hinfälligkeit des Betrachters, zwischen der Unberührtheit der Fußböden

und der unendlichen Abgenutztheit der über sie gehenden Beine. Erscheinungen (die Statuen), Geistererscheinungen (die Würdenträger), Traumerscheinungen (jenes lebende marmorne Blumenbeet) und Puppen ... Ich wage zu sagen, daß die Statuen an diesem ersten Daseinstag des Museums lebendiger als die Menschen erschienen, nicht nur erschienen – sondern waren, denn jede von ihnen, die mit lebendiger Sorge der Meister abgegossen hatte, mit aller Sorge lebendiger Liebe mein Vater aus den Spänen herausgenommen hatte, jede, die er mit der Hilfe ebenso liebender, in der Liebe geschulter einfacher Hände auf den ihr bereiteten Platz gestellt hatte, – vor jeder war man zurückgetreten und hatte gesagt: „Schön!" Diese Würdenträger und Damen jedoch liebte, so schien es, niemand mehr und vielleicht niemals jemand, wie auch sie – niemanden und nichts ... Das eigentliche Museum, aber in aller Kälte dieses Worts, war nicht ringsum, sondern in ihnen, sie – waren es, sie – waren. Aber halt: etwas Lebendiges doch! Inmitten der einhellig weißen Damen-Wolke – vollkommen unerwartet und sogar unglaubhaft – ein vollkommen vereinzelter, selbständiger *scheckiger* Rock! Und zwar ein Rock mit einer „Schößchen"-Bluse darüber. Eine verstockte „Sechzigerin"? Verarmte Adelige? Nein, die sehr reiche und sehr konservative Frau des konservativsten unter den Historikern, die ihren Konservatismus auch auf die Truhen ausgedehnt, nämlich entschieden hat, entgegen der Vorschrift („die Damen im weißen, geschlossenen Ausgehkleid") die unnötigen fünf Arschin Faille zu sparen. Und die in der Befriedigung über die erfüllte Pflicht, in dem verzauberten Kreis der Einsamkeit ihres scheckigen Rocks, ihr sorgfältig zurechtgemachtes, hochmütiges, noch junges Marquisenköpfchen mit den beiden natürlichen accroche-cœurs noch höher trägt. Und so stark ist in mir der Zug zu jeder Art einsamer Mannhaftigkeit, daß ich, obwohl ich die trüben Quellen dieser dort genau kenne, nicht anders kann – ich weide mich daran! Der Zeremonienmeister aber weidet sich nicht. Rasche und häufige Blicke auf den ihn beleidigenden Gegenstand werfend und sichtlich in Sorge, wohin man ihn und wie man ihn möglichst weit entfernen könnte, vergißt er ihn nur unter dem Andrang einer anderen Sorge: niemand stellt sich in die Reihe, außer den Ältesten der Kaufmannsgilde, die sich, mit Bärten und Medaillen, so wie sie hereinkommen – aufstellen. „Meine Herren, Mesdames ... Ihre Hoheit werden sogleich ... Ich bitte ... Bitte ... Die Damen – nach rechts, die Herren – nach links ...“ Aber niemand hört auf ihn. Sie hören auf einen korpulenten, massiven Würdenträger mit einem klugen Gesicht, der mit fließenden und gewichtigen Gesten irgend etwas sagt – einem nur – für alle (Witte). Die Ältesten schauen auf den Weißen Adler Netschajew-Malzews; er bekam ihn „für das Museum“. „Meine Herren ... Meine Herren ... Ich bitte ... Ihre Hoheit ...“

Wir alle sind bereits oben, in jenem Saal, in dem die Messe sein wird. Der rote Teppich für den Zaren, den die Füße *von selbst* nicht betreten. Die Geistlichkeit ist vollzählig. Wir warten. Und etwas naht, etwas muß jetzt gleich dasein, denn in den Gesichtern steht, einer Welle gleich, eine Erregung, in den trüben Augen – ein Flackern, wie von rasch vorübergetragenen Kerzen. „Gleich werden sie dasein ... Sie sind angekommen ... Sie kommen! ... Kommen! ...“

„Und wie auf einen Wink des Stabes“ – der Ausdruck ist hier nicht nur angebracht, sondern unersetzlich – sie selbst, von selbst – die Damen nach rechts, die Männer nach links, der rote Läufer – allein, und es ist klar, daß auf ihm jetzt kommen wird, kommt ...

Mit munterem gleichmäßigem raschem Schritt kommt er, mit einem gütigen, freudigen Ausdruck der großen blauen Augen, gleich, gleich werden sie lachen, und plötzlich – der Blick – geradenwegs auf mich, in die meinen. In dieser Sekunde erblickte ich diese Augen: nicht einfach blaue, sondern vollkommen durchsichtige, reine, eisgleiche, vollkommen kindliche.

Ein tiefer plongeon der Damen, das lebendige und gleitende Niedergehn einer Welle.

Nach dem Zaren – nicht der Thronfolger noch die Zarin –

... Eins ... zwei ... vier ... ein Schwarm weißer
Mädchen.
Ein Mädchenschwarm weiß? Doch nein – weiß im
Äther

Ein Schmetterlingsschwarm? Ein zaubrischer Schwarm
Von Fürstinnen, hohen, kleinen …

Sie gehen ungezwungen und ebenso schnell wie der Vater, nickend und lächelnd nach rechts und nach links … Die jüngeren mit offenem Haar, bei einer über den hohen Brauen ein goldener Schopf. Alle in den gleichen großen weißen flachen Hüten, gebogenen Krempen, Schmetterlinge auch diese! gleich, gleich fliegen sie fort … Nach den Kindern, nickend auch und lächelnd, auch in Weiß, aber schon nicht mehr schnellfüßig, mit einem bestrickenden Lächeln auf dem porzellanenen Gesicht die Zarin Maria Feodorowna. Sie sind hindurchgegangen. Unsere lebende Wand richtet sich auf.
„Segne uns, Herrscher!"

Die Messe ist zuende. Nun spricht der Zar mit Vater, der, wie immer mit ein wenig zur Seite geneigtem Kopf, antwortet. Nun, er hat sich nach den Töchtern umgesehen, hat der Zar gelächelt. Beide haben gelächelt. Der Zeremonienmeister führt der Zarin Maria Feodorowna die Moskauer Damen zu. Ein Tauchen, ein Nicken. Dieses Tauchen wie unter Wasser. So tauchen die Wasserpflanzen am Grunde Kiteshs … Der Zar, begleitet von Vater, ist weitergegangen, ihm folgen, wie der Zauberflöte des Rattenfängers, Tressen, Medaillen, Orden …
Die Luft, nach der Messe, hat abgenommen. Wendung einiger Köpfe zu den Statuen hin. Man nennt die Namen der Götter und Göttinnen … Beifällige Ausrufe …
Eine alte Verehrerin Vaters, eine russifizierte Italienerin, die sich all die Zeit über bescheiden im Schatten gehalten hatte, – wenn man von Schatten sprechen kann an einem Ort, wo alles Licht ist, – trat hervor und sagte, Vater bei den Händen fassend, mit der verzweifelten Kühnheit großer Entscheidungen: „Iwan Wladimirowitsch, Sie müssen vortreten!" Und, wie eine Beschwörerin, dreimal: „Vortreten – und sich hinstellen, vortreten und sich hinstellen, vortreten, sich hinstellen!" Und seltsam, ohne den geringsten Widerstand, als habe er den Sinn der Worte nicht verstanden und gehorche nur der Intonation, wie in einem tie-

fen Schlaf, kam mein Vater heraus und trat vor. Seinen etwas kleinen grauen runden Kopf ein wenig zur Seite geneigt – wie immer, wenn er vortrug oder lauschte (in dieser Minute las er die Vergangenheit und lauschte der Zukunft), sichtlich ohne alle die auf ihn Blickenden wahrzunehmen, stand er am Haupteingang, allein zwischen den weißen Säulen, direkt unter dem Giebel des Museums, im Zenit seines Lebens, auf dem Gipfel seiner Arbeit. Es war die Erscheinung einer vollkommenen Ruhe.

„Papa, was hat der Zar geredet mit dir?" – „‚Ja, sagen Sie, Professor, was für ein schöner Saal ist das, wo wir die Messe gehört haben, so hell, so geräumig?' Nun, ich fange an zu erklären, aber der Zar zu den Töchtern: ‚Marja! Nastasja! Kommt her und hört, was der Professor sagt!' Und ich: ‚Seien Sie gnädig, Euer Majestät, kann denn diesen Zicklein interessant sein, was ein alter Professor sagt?' …"
„Papa, der Zar hat zu mir hergesehn!" – „Zu dir hat er hergesehen?" – „Ehrenwort!" – Vater, philosophisch: – „Alles ist möglich, man muß ja wohl irgendwo hinsehen." – Und den Blick von mir hinüberlenkend auf das letzte Porträt Mutters, wo sie Byron so ähnlich sieht: – „Da ist nun das Museum eröffnet."
Und sich noch weiter umblickend – nach dem anderen weiblichen Leitstern und Genius, den Bogen der geistigen Nachfolgerschaft nach rückwärts schließend, mit aller Kraft, die die Dankbarkeit eines schöpferischen und alten Menschen hat: „Dachte sie wohl, die Schönheit, die Mäzenin, die Kluge, die europäisch-berühmte, die von den Dichtern besungene, von den Malern verherrlichte Fürstin Sinaida Wolkonskaja, daß zum Erben ihres Traums von einem russischen Museum für Bildhauerei der Sohn eines armen Dorfgeistlichen bestimmt sein würde, der bis zu seinem zwölften Jahr noch nicht einmal Stiefel kannte …?"

1933

DAS HAUS AM ALTEN PIMEN

Für Vera Muromzewa,
gemeinsamer Wurzeln mit mir

1

Großvater Ilowaiski

Kein allgemeines Großväterchen wie „Großväterchen Krylow" oder „Großvater Andersen", sondern ein höchst wirklicher, bloß kein leiblicher, sondern ein Stief-Großvater.
„Mama, warum hat Andrjuscha zwei Großväter, und wir nur einen?" Ich erinnere mich an die Frage, an die Antwort aber nicht, und es gab wahrscheinlich auch keine, denn die Mutter konnte doch nicht die Wahrheit antworten, nämlich: „Weil mein Vater, euer Großvater, Alexander Danilowitsch Meyn, ein großmütiger und gerechter Mensch, nicht anders kann, als einen fremden Enkel genauso zu lieben, zumindest zu beschenken und zu liebkosen, wie seine leiblichen Enkel, und Andrjuschas Großvater, ein harter und schon sehr alter Mensch, kaum vermag, seinen einzigen eigenen Enkel zu lieben." So hatte denn Andrjuscha „zwei Großväterchen", und ich mit Asja – eins.
Unser Großvater ist besser. Unserer bringt Bananen mit – und allen. Großvater Ilowaiski – nur Goldmünzen – und nur Andrjuscha – nackt in die Hand – sogar ein bißchen wie an der Hand vorbei – ohne etwas zu sagen und gar ohne ihn anzusehen – und nur am Geburtstag oder zu Weihnachten. Mama nimmt diese Goldenen sofort von Andrjuscha fort. „Augusta Iwanowna, waschen Sie Andrjuscha die Hände!" – „Der Münzen ist doch aber ganz neu!" – „Es gibt kein sauberes Geld." (Dabei ist es für uns, die Kinder, auch geblieben: Geld ist Dreck.) So war denn das großväterliche Geschenk für Andrjuscha nicht nur nichts Freudiges, sondern etwas Leidiges: ein Händewaschen mehr mit dem ohnehin schon *ständig waschenden* „Fräulein".
Der Goldene aber verschwindet in einer besonderen, „Ilowaiskischen", Sparbüchse, und niemand denkt mehr an ihn bis zum nächsten Goldenen. (Eines Tages kam die ganze Sparbüchse, mit allen Ilowaiskischen Goldenen aus zehn Jahren, abhanden, und sollte ihr jemand nachgetrauert ha-

ben, dann war das nicht Andrjuscha. Gold war für uns von klein auf nicht nur Dreck, sondern ein leerer Schall.)
Unser Großväterchen holt uns mit seinen Pferden ab und fährt uns nach Petrowskoje-Rasumowskoje, Andrjuschas Großvater fährt niemanden irgendwohin, weil er selbst niemals fährt, sondern immer zu Fuß geht. Deshalb hat er auch so alt werden können, sagen die älteren Leute. Unser Großvater bringt uns aus dem Ausland Aufzieh-Spielzeug mit, Andrjuscha letztes Mal aus Karlsbad einen Jungen, der über eine Mauer klettert. Bei Großväterchen Ilowaiski dagegen kann sich sogar der lebendige Junge Andrjuscha selbst nicht bewegen, als ob der Mechanismus sogleich zerbrochen sei. Nach jedem seiner Besuche wispert und flüstert unser altes Drei-Teiche-Haus mit allen seinen Gängen und Durchgängen: „Milliontschik" (die Amme) – „Millionär" (die baltische Bonne), zusammen aber: „Schuschuschu – Androuscha – Andrjuschetschka – reicher Erbe – der Erbe ..." Diese Worte haben für uns, den Siebenjährigen, die Vierjährige und die Zweijährige, keinerlei Bedeutung und bleiben die reine Magie, wie das Großväterchen Ilowaiski selbst auf dem Wiener Stuhl, mitten im Saal, zumeist sogar, ohne seinen großen, bis zum Boden reichenden Pelz abzulegen – die Kälte des Erdgeschosses An den drei Teichen kannte er, denn das war *sein* Haus, von ihm der Tochter Warwara Dimitrijewna als Mitgift gegeben, als sie meinen Vater heiratete. Weiter als bis in den Saal ging Großvater Ilowaiski nie, und nie saß er auch auf dem runden grünen Diwan im Saal, immer auf dem nackten Stuhl mitten auf dem nackten Parkett, wie auf einer Insel. Sein Finger stach in die Luft auf das herantretende und knicksende Mädchen zu: „Das ist wer – Marina oder Asja?" – „Asja." – „Aha." Weder Billigung noch Erstaunen, noch auch nur ein Aufgefaßthaben. Nichts. Doch dafür empfanden wir auch ihm gegenüber nichts, nicht einmal Furcht. Wir *wußten*, daß er uns nicht sah. Die Zweijährige, die Vierjährige und der Siebenjährige wußten, daß es sie *nicht gab* für ihn. Und betrachteten ihn ebenso ruhig und gelassen wie das Puschkin-Denkmal auf dem Twerskoi-Boulevard. Seine einzige Wirkung auf uns – wie übrigens die jedes Denkmals – in einem Zimmer, war ein bestimmtes allmähliches schmerzloses tiefes Erstarren, das uns erst wieder beim Knarren der Haustür freiließ.

Wäre Großvater Ilowaiski nie wieder gegangen, – wir hätten uns nie wieder gerührt.
Im Frühling wurden auf die Bühne unseres grünen Drei-Teiche-Pappelhofs die eisenbeschlagenen Ilowaiskischen Truhen herausgerollt, die Mitgift der verstorbenen Mutter Andrjuschas, der schönen Warwara Dimitrijewna, der ersten Liebe, ewigen Liebe, ewigen Sehnsucht meines Vaters.
Rote Töffelchen (wie wir als Kinder sagten), mit einem Absatz von der Höhe einer Treppenstufe („Und ihre Füßchen, so kleine, so feine", – schwärmt das Stubenmädchen Mascha) – eine Rolle schwarze Spitze – ein weißer Schal, mit den Fransen den Boden fegend – ein roter Korallenkamm. Solche Sachen haben wir bei *unserer* Mutter, Maria Alexandrowna Meyn, nie gesehen. Wieder Korallen: eine siebenreihige Halskette. (Die Mutter zur zweijährigen Ajsa: „Asja, sag: Korallenkollier!") Es wäre schön, sie mit den Händen zu berühren. Aber anfassen durfte man nichts. Und die Birnen, die roten – für an die Ohren. Und das, mit dem roten Feuer und sogar Wein innendrin – Granate. („Asja, sag: Granatarmband." – „Arm-band.") Und diese Korallenbrosche – eine Rose. Korallen – Nespel, Granate – Böhmen. Granatäpfel sind zum Essen. Und das – ein sonderbares Wort – Blonden ... Von einer Ur-Oma – Mamaka – Rumänin. Keinerlei Bedeutung, reinste Magie. („Es heißt, sie war eine Schauspielerin, hat gesungen auf dem Theater ..." – flüstert Mascha unserer baltischen Bonne zu. – „Es heißt, der Herr hat sich sehr gesehnt ohne sie." – „Dummheiten!"* antwortet die Baltin schroff im Baß, die Ehre des Hauses verwahrend, – „einfach reiche Tochter, reicher Vater. Hat gesungen wie Vogel, zu eigene Lust.") Ein (von glühendem Samt) flammender Knabenanzug. Ein Knabe, den man so kleidet, wird Page genannt. (Die schwarze Kordel mit dem Schlangenkopf, mit der man den Rock schürzt, heißt auch – Page.) Und dieses lange Messer heißt Pallasch. Faillen. Moirés, Fermoirs. Schatüllchen, Futterälchen. Das, wie das alles riecht, heißt – Patschuli. Andrjuscha reitet, nachdem er sich überzeugt hat, daß kein zweites Messer dabei ist, im Kreis auf dem „Steckenpferd"*. Ich, scheu, zur Mutter: „Mama, wie ... schön!" –

* Z. gebraucht dieses Wort in russ. Umschrift.

„Finde ich nicht. Aber man muß es hüten, denn es ist Ljoras Mitgift." – „Und was für ein silberner Schnee!" – „Das ist Naphthalin. Damit es die Motten nicht anfressen." Naphthalin, Motten, Mitgift, Patschuli – keinerlei Bedeutung, reine Magie.
Später erschien auf unserem grünen Pappelhof das Gerippe eines Fahrrads. Ich sage – Gerippe, weil ich es, als ich größer wurde, sofort in dem ersten jener Lebewesen wiedererkannte, die – übermäßig hoch, mit übermäßig hohen Hälsen und den Beinen weit von der Erde – nur als Gerippe existieren, und das nur auf Bildchen (wie auch solche Fahrräder). „Das prähistorische Fahrrad eines Historikers", juchzt, ja johlt vor Lachen der Student und Freidenker Guljajew, der Andrjuscha für das Vorschuljahr des Siebenten Gymnasiums und die Schwester Ljora, was er vertuscht, für sich als Braut vorbereitet. Es war das erste Modell des Fahrrads, dem für die Wissenschaft reif gewordenen Andrjuscha geschenkt, richtiger: überlassen (einfacher: stehengelassen!) vom knauserigen Großvater. Sich selbst kaufte der Großvater ein neues. Das Schwierigste und sogar unausführbar war für den neunjährigen Jungen, dieses Fahrrad – zu besteigen. Das zweite – auf ihm zu fahren: dem Fuß fehlte bis zum Pedal ein halber Meter. Das einzig Erreichbare war, auf ihm zu sitzen, denn das Skelett war dreirädrig, unverwüstlich standfest und sitzfest. Der Hausknecht Matwej fuhr das Fahrrad mit Andrjuscha im Hof herum. Asja und mich ließ man nie auf den geheiligten Ilowaiskischen Sitz. Aber wir erhofften es nicht einmal. Alles Ilowaiskische in unserem Haus, von dem Püppchenkram der Institutsschülerin Valeria bis zu Andrjuschas Ichthyosaurier, war für uns, die Nur-Zwetajewschen, tabu. Das war ein Haus stillschweigender Gebote und Verbote. Später erschien ein *ebensolches* Gewehr in unserem Haus. Und ein *ebensolches* Fernrohr. Man könnte sagen, der Großvater wuchs aus seinen Sachen, wie ein Kind aus seinem Schuhwerk, nur in umgekehrter Proportion: das Größere auswechselnd gegen das Kleinere. Allerdings blieben das Fahrrad, das Gewehr und das Fernrohr das einzige Erbe seines Enkels. Das übrige (die Millionen – in Anführungsstrichen oder ohne) erbte die Revolution.
Ilowaiski wohnte auf der Kleinen Dimitrowka, in einer

Quergasse am Alten Pimen. Im Haus der Ilowaiskis waren Asja und ich nie, wir hörten nur von ihm. Vater – zu Mutter: „Du warst schon einen ganzen Monat nicht mehr da, der fünfte Freitag, versteh doch: die Beleidigung! – überwinde dich, Herzchen, – es muß sein, ..." – „Also wieder im Eckzimmer hocken und den ganzen Abend Wint spielen!" Wint aber spielt man so: In der Mitte des Zimmers steht der Wint-Tisch, die Gäste sitzen um ihn herum und drehen, wer überdreht hat, – hat gewonnen.* Das heißt auch noch „Tischrücken", und ist das, was die Institutsschülerin Ljora mit den jungen Ilowaiskis treibt, wenn sie sich vor uns eingeschlossen haben. Ein langweiliges Spiel und schrecklich sogar, denn man darf, wie Mutter sagt, vor Mitternacht weder vom Platz aufstehen noch aufhören: In der Tür des Eckzimmers steht Großvater Ilowaiski und läßt es nicht zu. Später, als ich begriffen hatte, Wint – ist ein Kartenspiel, erinnerte ich mich an dieses Wort Mutters: „Wenn die Menschen keine Gedanken zum Austausch haben, tauschen sie Karten aus", und noch später habe ich diese Worte bei Schopenhauer wiedererkannt. „Was tun, Herzchen, du wirst die Menschen nicht ändern, aber beleidigen muß man sie nicht ..." – seufzte Vater, dem jeder Tisch höchst gleichgültig war, außer dem Schreibtisch.

Andrjuscha geht nicht gern hin zu Ilowaiskis. Er hat dort keine Altersgefährten und gerät sofort in die Fänge der zweiten Frau seines Großvaters, Alexandra Alexandrowna, welche er auch immer so, mit Namen und Vatersnamen, anredet. A. A. (eine geborene Kowraiskaja) ist dreißig Jahre jünger als der Großvater und, wie die Erwachsenen sagen, immer noch eine Schönheit, aber nach unserer Meinung – das Gegenteil, denn sie hat ein böses Gesicht, eine Nase mit irgendwie zusammengekniffenen Nüstern und auch eine solche Stimme wie durch zusammengekniffene Nüstern. Und die „Schönheitsmale" – die Muttermale sind einfach Flecken – als hätte sie Schokolade gegessen und über dem Mund nicht abgewischt. Immer trägt sie „Perlhuhn", nämlich schwarz-weiß, braun-weiß, grau-weiß, winzig kariert, so daß einem, sieht man länger hin, flimmert vor Au-

* винт bedeutet im Russ. *Wint* (ein Kartenspiel) und Schraube. Daher das Mißverständnis (Anm. d. Übers.).

gen, und man muß lange hinsehen und die Augen senken unter ihrem – dem im Gegensatz zu *seinen* blauen nichtsehenden – allessehenden schwarzen Auge – hin zu dem so flimmrigen Rockschoß. Steifgeschnürt, straffgezogen, wie die Erwachsenen sagen: „tirée à quatre épingles", und immer teilt sie Nadelstiche aus, welche sie für uns, zusammen mit den „quatre épingles", in etwas wie ein Nadelkissen verwandeln.
A. A.s Kinder aber – bezaubern. Es sind drei: Nadja mit den kastanienbraunen und Sergej mit den schwarzen und die sehr hübsche dicke Olja mit Augen, die bei uns zuhause „Vergißmeinnicht" heißen.
Dimitri Iwanowitsch war zweimal verheiratet. Seine erste Frau und alle drei Kinder aus der ersten Ehe starben. Ich erinnere mich an die wunderbaren Gesichter der Knaben im Familienalbum. (In dieser Familie blühte die Schönheit!) Als letzte von der ersten Familie starb die bereits erwähnte schöne W. D. Doch der Tod machte nicht halt. 1904 lagen auch die schöne Nadja und der schöne Jüngling Sergej hingestreckt auf dem Tisch am Alten Pimen (zweiundzwanzig und zwanzig Jahre alt). Die letzte Tochter aber, Olja, – für Ilowaiski schlimmer, als wäre sie gestorben: lief zu einem Mann jüdischer Abstammung nach Sibirien, wo sie sich mit ihm auch trauen ließ.
1906. Asja und ich kamen, nach langem Ausland, nachdem wir die Mutter verloren hatten, fremd und groß geworden waren, zurück in unser Drei-Teiche-Haus. Das große Empfangszimmer, welches in unserer Abwesenheit nur das farbige Brustbild von Andrjuschas Mutter dazubekommen hatte (ein Schicksalsbild im Leben der *unseren*) – und: mitten in dem Saal der Wiener Stuhl, auf dem nackten Stuhl, unter dem kastanienbraunen herrlichen Blick der Verstorbenen, in den Wellen seines schwarzen Pelzes, mitten auf dem nackten Fußboden wie mitten auf nackter Ackererde, – Großvater Ilowaiski. Der ausgestreckte Zeigefinger, der zinnene nichtssehende Blick: „Das ist – welche: Asja, oder? ..." – „Marina." – „Aha." Und er erkannte uns nicht deshalb nicht wieder, weil er uns so viele Jahre nicht gesehen hatte, sondern weil er uns überhaupt nie sah, d. h. Gesicht und Namen nicht verband miteinander, und das deshalb nicht, weil ihm alles gleich war. Die Frage nach dem

Namen (welche ist welche) war nichts als die pure Funktion des Historikers: mettre les noms sur les figures – die sofort vergessen werden – weil sie unhistorisch sind. Bis zu „historischen Daten“ – nämlich Asjas und meinem Alter – ging es bei Ilowaiski nie. Ob die vor ihm stehende Marina fünf oder fünfzehn Jahre alt ist, was geht es ihn an, wenn sie doch nicht die Mniszek ist, und er selbst mehr als achtzig – Winter zählt!
Seltsam ist Großvaters Haus, erzählt Bruder Andrej, der alle diese Jahre bei den Ilowaiskis verbracht hat, sie heizen von unten und immer nachts, barfuß kannst du da nicht gehn, du tanzt, wie in der Hölle! Und der Großvater selbst schläft auf dem Dachboden, in der kältesten Kälte bei offener Lüftungsklappe, – und hat auch Nadja und Sergej so schlafen lassen, und vielleicht sind sie daran gestorben. Und er nimmt nichts zu sich, den ganzen Tag drei Backpflaumen und zwei Teller Haferbrei. Und die ganze Nacht schläft er nicht – und gibt auch ihr keine Ruhe – entweder schreibt er, oder er läuft, direkt über meinem Kopf, immer auf und ab, auf und ab. Hört er auf, heißt das – er schreibt. Ich gehe ins Gymnasium – er schlafen, ich komme frühstücken – er schreibt schon wieder. Und warum er immer schreibt? Ich führe es bis zu den letzten Tagen, sagt er. Bis zu welchen letzten Tagen, wenn *heute* z. B. doch nun wohl der *letzte* ist? und morgen – wieder der letzte! ... So ist ja ein Nie-Beenden möglich ... Und – gesund ist er!! Reitet immer noch, und wenn er ins Horn bläst – dir platzen die Ohren! Schläft selber nicht, aber die andern schickt er ins Bett. Als Nadja und Serjosha noch lebten, da kommen junge Leute, sagen wahr oder spielen irgendwas – um zehn Uhr auf den Schlag, in der Tür – der Großvater im Schlafrock. Tritt heran und bläst eine Kerze aus, dann die nächste und so der Reihe nach alle, so lange, bis eine übrigbleibt. Die – läßt er. Und geht, ohne ein Wort zu sagen. Das heißt, die Gäste haben zu gehn. Na, und die Gäste tun so, als ob, machen in der Diele Geräusch mit ihren Galoschen, daß er weiß, sie sind fort, und wenn er auf seinen Dachboden hinauf ist, kommen sie wieder rein, und dann kanns losgehen, nur natürlich leise ...
Eine Frage an Asja und mich, übrigens, schloß sich noch an, ganze zwei sogar. „Du lernst im Gymnasium?“ – „Ja.“ –

„Nach welchem Lehrbuch?" – „Winogradow." (Variante: Wipper.) Ein unzufriedenes: „Hmm ..." Doch Ilowaiski kam mir zugute bei den Prüfungen, und das wiederholt. Einmal, als ich sein Lehrbuch aufschlug, fiel mein Blick auf die folgende Anmerkung, unter der Seite, in Stecknadelköpfchenschrift: „Mithridates verlor in den Pontischen Sümpfen sieben Elefanten und ein Auge." Das Auge – gefiel mir. Verloren war es, und – blieb. Ich meine, dieses Auge ist – Kunst! Denn was sonst wäre Kunst, wenn nicht das Auffinden verlorener Dinge, nicht das Verewigen – der Verluste?

Ich las nun weiter, davor wie danach, die alte wie die mittelalte und die neue Zeit, und bald überzeugte ich mich, daß ich alles, was er schreibt – sehe, daß bei ihm alles – *Auge* ist, während der beständige „Klassenkampf" unserer Potozkis, Alferowskis usw. in den liberalen Gymnasien – gänzlich ohne Augen, ohne Gestalten ist – nur Volkshaufen – und alle raufen. Daß hier *lebendige* Menschen, lebendige Zaren und Zarinnen sind – und nicht nur Zaren, sondern auch Mönche und gerissene Füchse und Räuber! ... „Sie sind ausgezeichnet vorbereitet. Nach welchen Quellen haben Sie gelernt?" – „Nach Ilowaiski." Der liberale Pädagoge, er traut seinen Ohren nicht: „Wie? Aber seine Lehrbücher sind doch völlig veraltet!" (Pause, gefüllt mit den verschiedensten Erwägungen.) „Jedenfalls sind Sie vortrefflich unterrichtet. Und ungeachtet einer gewissen Einseitigkeit der Auffassung, gebe ich Ihnen ..." – Eine Eins, sage ich in Gedanken vor. Dieses Stückchen wiederholte ich in jedem Gymnasium, in das ich kam, und ich wechselte ständig. So wurde der so vielen Schülergenerationen verhaßte „Ilowaiski" – für mich, die Schülerin liberaler Zeiten, zur Quelle nicht nur *einer* Eins.

Ilowaiskis zweite Frage an Asja und mich war: „Meinen ‚Kreml' hast du gelesen?" – „Ja." – „Und *was* schreibe ich darin?" – „Über die Juden." – „Und *was* schreibe ich über die Juden?" – „Sie lieben sie nicht! ..." (Ein Lächeln spukt, und mit einer unbeschreiblichen Befriedigung wiederholt er: *„Lieben sie nicht! ..."*) Den eigenen Enkel übrigens befragte er eingehender – und tückischer. „Und dies soll ich sagen, und das! Eine richtige Vernehmung! Schließlich habe nicht ich es geschrieben. Denkt er, ich sag es ihm auswendig vor?“ beschwerte sich Andrej. „Ich zu ihm: die Deutschen, er zu mir: Livländer. Von mir aus – Finnen! Gestern hat er mich eine ganze Stunde nicht fortgelassen!“

Die Monatszeitung „Kreml“ mit einem einzigen als Redakteur, Mitarbeiter, festen Abonnenten und Austräger – Ilowaiski. (Er belieferte die Verwandten und Bekannten selbst.) Einen Zensor über sich allerdings bekam er zu spüren, denn 1905, nach drei Vorwarnungen, wurde der „Kreml“ verboten – wegen der offenen und zornigen Kritik des Historikers Ilowaiski an der historischen Geste des letzten russischen Zaren im Oktober 1905. Ich erinnere mich an eine Notiz in einem frühen Tagebuch meiner Mutter (um 1895): „Ich war zu einem Vortrag von D. I. über die Krönung Michail Romanows, in Gegenwart allerhöchster Personen. Nach Ilowaiski verhielt es sich so, daß Michail Romanow wegen seiner Unerheblichkeit zum Zaren gewählt wurde. Kühn, doch in Gegenwart der Verwandten – ungeschickt.“ Seine Furchtlosigkeit und tiefste Nichtachtung alles dessen, was ihm nicht ein für allemal als Wahrheit und Pflicht vor Augen stand, bewies er in einer noch verantwortlicheren Epoche als 1905. „Und lächelnd vor dem Thron die Wahrheit kundzutun.“ Ein Lächeln sah ich nie auf Ilowaiskis Gesicht. Ich glaube, daß auch Zaren es nicht gesehen hätten. Aber die Wahrheit bekamen sie zu hören. Der „Kreml“ wurde natürlich später wieder erlaubt, und D. I. fuhr fort, mit ihm die Häuser seiner Klienten zu überschwemmen. Das einzige, was ich behalten habe von meinem einzigen Besuch im Haus der Ilowaiskis – die Stapel dieses „Kreml“ in den tiefen Fensternischen, Stapel, die bis ans Fensterkreuz reichten und nicht allegorisch, sondern physisch den Bewohnern und Besuchern Gottes Licht und Welt verdunkelten. Dieses Zimmer, im Souterrain, mit Godunowschen Gewölben, bitte ich sich einzuprägen.

Er war ein schöner Greis. Gut gebaut, breitschultrig, mit neunzig gerader als ein Stamm, mit gerader Nase und Turgenjews Locken und Seitenscheitel und auch seiner herrlichen Stirn, darunter – eisige große durchdringende Augen, die nur auf Lebendiges zinnern blickten.

Ich schließe die meinen – und sehe: unsere kleine Drei-Teiche-Diele, in der Haustür der Alte in dem gewaltigen

Pelz, vor ihm das befangene, nach zehn Jahren noch nicht an ihn gewöhnte Stubenmädchen. „Du heißt Mascha? Dann melde deinem Herrn, der Herr vom Alten Pimen war hier. Hat den ‚Kreml' gebracht."

2

Das Haus am Alten Pimen

Es war ein Todeshaus. Alles in diesem Haus starb, außer dem Tod. Außer dem Alter. Alles: Schönheit, Jugend, Anmut, Leben. In diesem Haus starb alles, außer Ilowaiski. Der halsstarrige Greis hatte beschlossen zu leben. „Er verlebt fremdes Leben ... Alle Kinder hat er begraben, selbst aber ... Der zwanzigjährige Sohn unter der Erde, und der Siebzigjährige läuft noch auf ihr herum ..." Unter diesem Gemunkel und sogar Gemurr – lebte er.

Als ich viel später die Farrèreschen „Hommes vivants" las, da (Gott verzeihe mir, denn es ist – eine Sünde) kam mir D. I. nicht in Erinnerung, sondern er stand mir vor Augen. Das Buch ist, in seiner Grausamkeit, grob. Hundertjährige Greise lauern in einer Steinwüste jungen Reisenden auf, locken sie zu sich und pumpen ihnen das Blut aus, von dem sie leben. D. I. hat niemandes Blut getrunken, nein, auf seine Art liebte er die Kinder sogar, doch die Analogie bleibt bestehen: bei einer solchen Langlebigkeit, die an sich schon selten ist, aber mit so viel frühen Toden in der Familie – nicht geheuer. Die erste Frau, zwei Knaben, die Tochter, der Sohn und eine Tochter aus der zweiten Ehe ... Es war eine Pest, die die Jugend anfiel. Eine Pest, die ihn allein verschonte.

Man warf Ilowaiski in unserem Hause, wie auch in seinem eigenen, oft Härte, ja Grausamkeit vor. Nein, grausam war er nicht, er war nur eben halsstarrig. Er beugte seinen Nakken weder vor etwas noch unter etwas, noch über etwas, außer der fortlaufenden (und unbefristeten) Arbeit. Man könnte meinen – so viele Vorwarnungen. Wenn du von deinem Hochmut nicht abläßt, nicht Macht hingibst, das heißt vor allem, dem Offensichtlichen nicht nachgibst, werden auch diese sterben. Alle werden sterben. Doch seine Augen sahen etwas anderes. Sie sahen nicht den Sinn der einander auf dem Tisch ablösenden Körper. *Geschichte* in seinem Haus und Leben empfand der Greis nicht. (Aber vielleicht war es auch nicht Geschichte, sondern Verhängnis, das nur vor dem Dichter enthüllte?) Offensichtlich war seinen Augen allein: seine elterliche Macht und die Unfehlbarkeit ihrer Dekrete. Der Tod aber – ein Unglück, von Gott geschickt. Nicht eine Sekunde empfand der Greis sich als Schuldigen. Ja – war er es?

Über diesen Kindern lag das Verhängnis eines frühen Todes. Lächelt nicht, das gibt es. Und Ilowaiski war vielleicht, wie im Mythos, nur das Werkzeug. (Chronos *muß* seine Kinder fressen.) Schuld besteht, wenn ein Bewußtsein zu ihr besteht. Besteht kein Bewußtsein zu ihr, ist sie nicht Schuld, selbst wenn sie tödlich wäre. Ilowaiski aber lebte – in Ilowaiski lebte ein unabänderliches Bewußtsein von Rechtlichkeit. Wie soll man Unfehlbarkeit verurteilen?

Und vielleicht war das, was allen als Lebenswille erschien, jenseits des Willens, die Unfreiheit des Verhängnisses über ihm, das Verhängnis, dem kindlichen entgegengesetzt, war das eines über ihn verhängten langen Lebens wie über jene das eines frühen Todes: Langlebigkeit, zum Fluch geworden (Sibylle, die nicht sterben kann).

Und weil alles – Mythos ist, weil es kein Nicht-Mythos, kein Außerhalb-des-Mythos, kein Aus-dem-Mythos-heraus gibt, weil der Mythos alles im voraus geraubt und ein für allemal in Stein gehauen hat, ersteht Ilowaiski heute vor mir als Charon, der – eins nach dem anderen – alle seine sterblichen Kinder im Nachen über die Lethe fährt.

Da sind sie, jene ersten Jungen in den Fenstern des Familienalbums und vierzig Jahre älter als ich, mit ihrer jungen Mutter in der Mitte. Zwei Ebenbilder, wie aus dem Gesicht geschnitten: dem Vater, die große Stirn, die blauen Augen, die geraden Züge, bis zum letzten Augenblick über die mütterlichen Knie hinweg einander mit dem unbeweglichen Wasser der Lethe bespritzend ...

Da ist W. D., die geliebte Frau des Ungeliebten, – die einen anderen liebte, unter der Sonne Neapels ihr Unglück heraussang und nach der Geburt des ersten Sohnes starb – mitten im Wort, mit einem Bukett im Arm, im feinen Kleid, im

Staat –, ein Blutgerinnsel wanderte und wanderte, erwanderte das Herz, – W. D., mit Korallen übergossen, mit dem noch nicht erkalteten Wangenrot des Südens und der ersten Freude. Da steht sie, winkt mit dem Ende des Korallenkolliers dem Sohn, den sie zurückläßt …

Und – der Nebel über der Lethe lichtet sich – nicht Album!, nicht Porträt! – Nadja, die lebende – kastanienbraun und rosig, ganz ein samtenes Glühen, wie ein Pfirsich in der Sonne, in ihrer granatapfelroten (Proserpina!) Pelerine, die sie mit der zweigeteilten Geste eines Schüttelfrosts aufschlägt zugleich und enger zieht, – oh, nein, nicht im Totenhemd! Der Mythos kennt kein Totenhemd, alle sind Lebende, als Lebende gehen sie in den Tod, der – mit einem Zweig, der – mit einem Büchlein, der – mit einem Spielzeug …

(Alles in diesem Nachen wechselt, nur der Fährmann nicht.)

Da ist Serjosha, lebender Abglanz abgelebter Geschlechter (oh, wie hast du *nichts* verstanden, Historiker!), vornehm, zart, mit schmalem Backenbärtchen in dem völlig kindlichen Gesicht, hell-schwarzäugig, nicht rosig – leuchtendbleich –, ein lebendes Jahr 1812! – von der Gravüre – aus der Familienchronik – gleichsam hineingewachsen in seine (ach, studentische!) Uniform. (Und da steht ein geheimnisvolles Wort aus dem tiefsten Inneren meiner Kindheit auf: Serjosha Bor-Ramenski …) Serjosha Bor-Ramenski, der Raoul Dobri aus dem Jungmädchenroman der Zénaïde Fleuriot … Und bei alledem die ewige Gestalt des Jünglings, Ganymed, der von Zeus entführte, Herakles' Hylas, der von der Nymphe in den Fluß gezogene … *Dieser* Fluß aber ist Lethe, ein Fluß ohne Nymphe, Fluß ohne Laut, Lethe, die nichts braucht, nicht einmal seine wundersamen Augen.

Serjosha und Nadja, ihr lieben, ich sehe euch im Frühling 1903 an einem glückseligen Ort: dem genuesischen Nervi. Serjosha – im Schatten des Zimmers und der Mutter, Nadja – im vollen, nur von dem Schatten der Mutter durchschnittenen Licht. Serjosha wird von der Mutter behütet, Nadja – bewacht. Hier sind sie beide im Landauer bei der bataille de fleurs. Alle Blumen – ihr, alle Papiererbsen, mit Sand (vielleicht auch Blei) – der Mutter. Der Italiener hält nicht an sich und legt los: auf die Schöne – die Rose, auf den Drachen – Dreck. (Wie nur hat A. A., selbst eine Schönheit, mit vierzig Jahren ohne ein einziges graues Haar, es fertiggebracht, ein Drache zu sein?) Nadja lacht, die Mutter verzieht keine Miene, doch nach der ersten Fahrt entlang der „marina" befiehlt sie dem Kutscher umzudrehen, – und zwar ohne Rückkehr. Von der Blumenschlacht – in jenes selbe einzige Zimmer, wo die, im Vergleich, gesunde Schwester und der bereits ernstlich kranke Bruder wohnen und einander mit Husten wecken. In Nadja verliebt ist der Student van der Vlass, kein Holländer, sondern Kiewer, auch krank, auch schön, welchen Asja und ich „den Klosterkater" nennen, weil er dick ist und irgendwie besonders rein und in einem einzelnstehenden, zellenartigen Häuschen wohnt. Asja und ich überbringen Briefchen von ihm an Nadja, manchmal auch Nadjas. Sie küßt uns dann leidenschaftlich, viele Male nacheinander auf den Kopf, preßt uns an ihre heiße Brust. Die Verliebten beschirmt meine Mutter, auch jung, auch krank, stundenlang die ihr unerträgliche A. A. mit ihr selbst unerträglichen Haushaltsgesprächen besetzend: Beobachtungen, Überlegungen, zuweilen reinen Hirngespinsten: wie man, zum Beispiel, Rüben einsalzt ... (Nachher, zu uns: „Mag sie sie nur einsalzen! Ißt sie ja dann selbst.") – und den wachsamen Wächter ablenkend bis zum völligen Vergessen aller gesetzten Fristen. Doch an einem wonnigen Tag endet alle Wonne. A. A., ohne das Ende der Kur abzuwarten, unter dem Vorwand der Teuerung des Lebens (zu zweit im Zimmer, die Pension fünf Franken, Millionen ...), tatsächlich aber der Erfolge Nadjas (des unzuverlässigen „Befunds" dieser Erfolge) wegen, bringt die Kinder fort aus dem Seebad Nervi in das feuchte Ilowaiskische „Spasskoje". Nadja weint, van der Vlass, und nicht er allein, weint (besonders weinte einer mit einem großen roten Bart, und dabei nicht einmal aus unserer Pension, auf den Nadja auch nicht einen Blick nur gewendet hatte), unsere Mutter weint, Asja und ich weinen, der sittsame Serjosha weint aus Ehrerbietung für die Mutter nicht, doch blickt er sich, aus der Equipage, unermüdlich um, damals schien es, nach Nervi, erwiesen hat sich – nach dem Leben.

Die Mutter. Mutter war sie dem Sohn, nicht den Töchtern. Möge mir ihr Schatten verzeihen, und möge er sehen, daß

ich vor allem und nach allem – nicht richte. Es gibt da ein ukrainisches Märchen von der leiblichen Mutter und der Taufmutter. Ein Mädchen kommt des Nachts beim Gotteshaus vorüber, sieht – Licht, tritt hinzu. Eine stille Messe, der Geistliche ein Fremder, die Betenden – seltsam: die einen hat sie seit langem nicht gesehen, die andern gar nie. Plötzlich berührt jemand ihre Schulter. Sie dreht sich um: die verstorbene Patin. „Lauf fort von hier, Mädchen. Denn sonst ist deine richtige Mutter hier und sieht dich – und reißt dich in Stücke." Aber zu spät: die Mutter – hat sie erblickt, sieh, dort durchs Volk drängt sie heran. Das Mädchen – flieht, die Mutter ihr nach, so jagen sie über die leeren Felder (die Tochter auf der Erde, die Mutter hinter ihr – auf der Über-Erde). Doch neben ihr ist die Taufmutter, läßt nicht zu, daß ihr ein Leid geschieht, deckt im Laufen die andere, jene, die leibliche, mit Kreuzen ein, wehrt sie, sich bekreuzigend, ab. Schließlich – Schluß. Der Dorfrand, die erste Kate. Die Hähne krähen. Und die Patin, zum Abschied: „Nie wieder, Mädchen, geh nachts in die Kirche, wenn du Licht darin siehst. Die friedlosen Seelen beten dort mit einem friedlosen Popen. Wäre ich nicht – deine leibliche Mutter hätte dich zerbissen, von ihrem Todesstündchen an spitzt sie die Zähne auf dich."
Als ich dieses Märchen, wie immer in solchen Fällen zur Klärung für mich selbst, zu erzählen und dann abzufragen begann – worum handelt es sich? was ist der Grund? –, nur einer meiner Gesprächspartner: eine Gesprächspartnerin, kategorisch: „Völlig eindeutig. Eifersucht. Denn die Tochter ist doch – die Nebenbuhlerin." Eifersucht nach dem Tode auf die Jugend, der Unglücklichen – auf die Glückliche, der Toten – auf die Lebende. Und, zurück zu A. A.: die nicht zur Ruhe gekommenen Leidenschaften der Toten, *nie* lebendig Gewesenen. Denn A. A. hat nie gelebt. Als junge Schönheit den alten Ilowaiski heiratend, heiratete sie das Geld und den Namen. So bekam sie die Schlüssel an den Gürtel, an den Hals – das Kreuz. Er verfolgte sie, nach dem, was zuhause erzählt wurde, mit grimmiger Eifersucht. Der halsstarrige Greis liebte die Schönheit. Er ließ sie nirgendshin, nur einmal, mit irgendeinem seiner Trabanten, zu einem Ball, den er ihr hernach zeitlebens vorhielt. Grundlos. Sie war stolz und treu. (Zur Untreue, wie zur ei-

genen Schönheit, ließ sie sich schlicht nicht herab. So sehe ich sie denn: wie sie dasteht mit einer Haltung, als wolle sie die eigene Schönheit niedertreten.) Kinder kamen. Kinder, die sofort von ihr getrennt wurden mit der traditionellen Wand der Ammen, Kinderfrauen, Bonnen, Gouvernanten und Hauslehrer. Gar nicht zu reden von der Wasserscheide des elterlichen Oben und kindlichen Unten. Die Kinder lebten tatsächlich unter den Eltern wie unter dem Scheffel: das, worauf die Eltern, mit all ihren Lasten, mit all ihrer eigenen Last schritten, war für die Kinder – oben, d. h., es lag ihnen schlechthin auf den Köpfen. Wie die Atlanten den Himmelsbogen mit den Himmelsbewohnern tragen. (Nicht umsonst hatte ihr Unten ein Gewölbe!) Davon bekamen sie auch ihren Knacks. Und, zurück zur Erziehung: wie hätte man da zum eigenen Kind – durchdringen können? Durch diese ganze Dicke aus Unterwürfigkeit und Standhaftigkeit – sich durchschlagen? Dazu muß man – *sehr* lieben. Und ist es möglich, ich frage es nur, ist es unumgänglich, ist es denn so unverbrüchlich – ein Kind zu lieben von einem Ungeliebten, vielleicht – Unerträglichen? Anna Karenina vermochte es, aber da war es ein Sohn, der Sohn – in ihr, der Sohn – der ihrer war, der Selbst-Sohn, der Sohn ihrer Seele. Als solch ein Sohn erwies sich für A. A. das letzte Kind – Serjosha, das Kind ihrer Seele und ihres Leibes, *sie* lebendig – hätte man sie nicht von Anfang an getötet.

Physische Ähnlichkeit ohne seelische gibt es nicht. Und wenn Serjosha, ganz Sanftmut, Schüchternheit, Zärtlichkeit, auf den ersten Blick als das seelische Gegenteil der Mutter erschien, dann deshalb, weil man ihn mit ihr, der jetzigen, verglich, nicht aber mit der von damals, der gleichaltrigen. Und hat sie nicht die höchste Demut bewiesen da, als sie mit dem Ungeliebten die Ehe schloß und sich ein für allemal fügte: zerbrechend, ebenso, wie auch ihr Sohn sich, ohne auch nur einen Gedanken des Unmuts, mit der verbunden hätte, auf die er mit einem Brauenzucken gewiesen worden wäre – von ihr. Nur sehen wir in Serjosha, dem noch nicht vom Leben angerührten – die Ruhe der Ergebenheit, und in ihr – die Verstockung der Ergebenheit.

Inzwischen schmiedete das Leben die schöne Frau nach und nach um. Weißt du das Nimmer und Nirgendshin, fängst du hier an zu leben. So ist das. Du lebst dich ein in die Zelle. Das, was beim Eintritt widersinnig und widergesetzlich schien, wird zum Maß der Dinge. Der Kerkermeister wird ja auch, da er Ergebenheit sieht, milder, gibt etwas nach, und es beginnt das ungeheuerliche, aber wirkliche Bündnis des Gefangenen mit dem Kerkermeister, der Nichtliebenden mit dem Nichtgeliebten, eine Nachbildung – *ihre*, nach seinem Bild und Ebenbild. Aber was für ein „Bild und Ebenbild" kann es da geben? Zwischen dem Greis und Gelehrten und der nichtliebenden Schönheit? Was konnte A. A. von D. I. „übernehmen"? Die Geschichte, die Arbeit seines Lebens? Nein, die Geschichte schrieb er selbst. Ideen? Sie waren ihr, wie jeder wirklichen Frau, einerlei (wären es nicht gewesen, wenn, weil aber dieses „wenn" nicht war ...). Also, um keine müßigen Fragen zu stellen – sie konnte von ihm nur die Methoden übernehmen. Seine Methoden des Haushaltens, der Haushaltsführung, der Kinderzucht, des gleichgeschalteten Denkens usw. Methoden, die bei ihr sogleich zu Gewohnheiten entarteten, sogar zu Manien, denn im Land – das ist eins, im Haus – ein anderes, eins – im Buch, ein anderes – im Leben. Alle Unduldsamkeit Ilowaiskis gegen Andersstämmige, übertragen auf die eine deutsche Wirtschafterin, alle Theorie der staatlichen Akkumulation – in den Grenzen der eigenen Vorratskammer, der gesamte ideelle Domostroi übertragen auf die *lebenden* Kinder. Unbestreitbar – Ilowaiski war im Hause ein Tyrann, aber ein ideeller Tyrann, d. h. kein kleinlicher. Ein für allemal, en bloc. Und mehr Olympier als Tyrann: Zu den Kindern ließ er sich einfach nicht herab. A. A. aber, die nicht aus dem Haus ging, ging in alles hinein, in jeden Schritt der Kinder, jede Geste, und gerade deshalb – weil das alles eben rein äußerlich war, kam sie nie in sie selbst hinein. Der Unterschied zwischen dem Papst, welcher sanktioniert, und dem einfachen Soldaten der Bruderschaft Jesu. Mit einem Wort, A. A. war im Hause seine rechte Hand, die rechte Hand aber ist immer ärger als der Kopf. „Junge Mädchen müssen Bälle besuchen", Ilowaiski. – „Ja, aber wenn sie heimkommen, die Kleider auf die Bügel hängen", A. A. (Kraß ausgedrückt, war natürlich sie es, die den Brunnen ihrer Kindheit *vergällte*.) „Junge Mädchen müssen mit solchen tanzen, die ihren Eltern gefallen", D. I. –

„Das heißt, nicht tanzen mit solchen, die *ihnen* gefallen", A. A. Der Druck des Geschuldeten wurde übertragen auf das Untersagbare. Das physische Verbot wurde zum geistigen. Warum? Warum und woher die Verbote? Deshalb, weil ihr selbst, vor so kurzem erst, zu leben verboten worden war, sie es sich selbst hitzig (gewiß wohl mit der Kälte der Berechnung, aber trotzdem hitzig in der Einbildung!) verboten hatte, weil sie sich selbst im Haus am Alten Pimen lebendig begraben hatte. Die Töchter, besonders eine, wachsen als Schönheiten auf. „Ich war auch eine Schönheit." Die Töchter wachsen fröhlich auf. „Auch ich habe gelacht."
So also unbewußt (das unterstreiche ich dreimal) das eigene vernichtete Leben auslassen an den Töchtern. Wenn, in dem vereinfachenden Mythos der Verwandtschaft und des Gesindes, D. I. das Leben seiner Kinder „verlebt" hat, hat A. A. es „verbissen". Nicht ausgesaugt, nein. Sie nährte sich nicht von ihren Säften, denn dann wären diese Säfte ihr von Nutzen gewesen, an dem war es nicht, sie hat sie mit harter Hand abgedrückt, ihnen den Weg nicht freigegeben, daß ihre weiblichen Ableger auch nicht glücklich seien. Ein anderes Altern nährt sich neben der töchterlichen Jugend, dieses aber legte sich als Grabstein auf sie. Ich bin erstickt – so atme auch du nicht.
Ungeheuerlich? Aber eine solche Ehe – ist nicht ungeheuerlich? Ist sie selbst schuld! Aber hat sie es denn selbst – gewußt? Wußte sie, was eine Ehe ist? Die Heutigen wissen es. Jene, vor fünfzig Jahren, sind in diese Hölle geflogen wie die Schmetterlinge ins Licht, mit Leib und Seele. Traten fehl in sie, wie in einen Graben. Und – wer weiß? Vielleicht auch noch die Macht der Eltern, eine drohende und überredende Mutter? Ein vom Unglück verstocktes Herz – eben. Doch warum an Unschuldigen auslassen? Aber wußte sie denn, was sie tat? Es war die wissende Natur in ihr, die Rache nahm für ihr niedergetretenes Selbst. *Sie* – erzog, in voller Unschuld. (Es ist kennzeichnend und bestätigend, daß das Leiden, an dem von ihren drei Kindern zwei zugrunde gingen, *ihr* Leiden, *ihre* Gabe, *ihr* Erbe war. Freilich, auch D. I. hatte in seiner Jugend Tuberkulose gehabt, doch – wann war diese Jugend? und gab es sie einmal? Und das ist auch schon der Anfang eines neuen Mythos, von den Eltern, die sich vom Tode loskaufen mit ihren Kindern ...)

Sie quälten die Mädchen nicht. Oh, sie haben ihnen vieles erlaubt. Sie hatten schöne Kleider, Freundinnen, die Brüder der Freundinnen, sie hatten Karten für die Parade und Logen für das Ballett, und, das Wichtigste – sie hatten „lebende Bilder“. Sage ich dieses Wort, habe ich die Epoche genannt. Es war das Morgengrauen des zwanzigsten Jahrhunderts, der nahe Vorabend des Jahres fünf. Man hörte, vorerst noch wie ein Bachrauschen, von Studentenunruhen. Das Wort „Pedell“ – eines der ersten Worte, derer ich mir in der Kindheit bewußt wurde, wegen des Zusammenklangs mit „Pudel“. Und – vor diesen Zusammenkünften, Fragen, Anfragen, schrecklichen Leuten, Ideen – ein Schutzschild: lebende Bilder. Ein schwankender Schild: eine heile Wand aus altertümlichem Stoff. Und dahinter ...

Eine reglose Gruppe aus lebendigen Menschen, gefärbt mit bengalischem – grünem oder himbeerrotem – Feuer. Die Gruppe atmet nicht, das Lächeln ist erstarrt, die Flamme flackert, brennt zuende ... Vorhang! Beifall. Die schöne Nadja, *Frühling* für jeden, der ihr begegnet, eine erstarrte Allegorie des Frühlings, mit einem bengalischen Wangenrot auf dem pfirsichfarbenen. Eine lebendige Schönheit, die zur schlafenden Schönen erstarrt. Die Schönheit, schlafend unter den bebrillten – halbblinden – weitsichtigen – tränenden – und Gott weiß was für welchen noch – Augen der Greise, der Greise – Helenas, der Greise – Susannas, der siebzigjährigen Altersgenossen ihres Vaters ... (Ich könnte Namen nennen, manche davon – historisch, doch wozu? Alles das ist fortgegangen – in den Mythos ...)

Aber was taten die bärtigen Studenten und Dozenten dabei? (Bartlos war in der ganzen Gruppe allein Serjosha, der ständige Partner aller Verwandlungen Nadjas: Mai aller ihrer Frühlinge, Königssohn – der Schönen.) Den Kneifer kann man abnehmen, aber den Bart? Aber sie nahmen doch auch an den „Frühlingen“, den „Pompadours“ teil. Bärtige – Marquisen? Und dieser contre-sens im Hause eines Historikers? So traurig es ist, ich muß doch lächeln. Und Jahrzehnte später bin ich nicht imstande, nicht zusammenzuzucken vor einer solchen Verdichtung des Unheimlichen: „Lebende Bilder“ – in einem toten Haus, tote Bilder aus lebendigen Menschen.

Es gab lebende Bilder, es gab Ausfahrten, ein Tanzen unter Aufsicht, das mir die Trostlosigkeit der ersten Assembleen in Erinnerung bringt. Doch die Mädchen hielten sich schadlos. Das Leben hält sich immer schadlos. Den Teetisch der Jugend umwuchs allmählich ein Kreis junger Freidenker (später – nur noch rechter Kadetten!). Die Kerzen des alten Hauses zuckten sogar unter ihren zuverlässigen Schilden von einem ersten Anhauch der „Ideen". Welcher? Der Jude ist auch ein Mensch. Und die tapfersten: „War doch auch Christus ein Jude ..." Das noch schüchterne, aber auch in seiner Schüchternheit bedrohliche, mit nichts als seinem bloßen Klang angefüllte Wort „Freiheit" wurde laut. Welche Freiheit? Alle. Wovon? Von allem. Und, natürlich, vor allem – vom Haus. Nein, nein, nicht von den Eltern. Die Eltern waren noch unantastbar, unterstanden noch keinem Urteil, und unterjochten denn sie? Nein, nicht D. I. mit seinen Dekreten über frühes Schlafengehen und ebensolches Aufstehen, nicht A. A. mit ihren Notationen und Intonationen – die Eltern waren selbst *Unterjochte* – das Haus unterjochte, das Haus selbst, mit allen, die vordem in ihm lebten und so lebten, wie man heute nicht mehr leben kann (aber war es denn irgendwann möglich?). Das Haus unterjochte mit seinen Mauern, dick wie in einer Bastion, unterjochte mit den tiefen Fensternischen, wie nach Geistermaß eingefügt, unterjochte mit den nicht geschlossenen, nicht geöffneten – nur einen Spalt offenen – Türen, unterjochte mit Zimmerdecken, über die unermüdlich, nachts, jemand lief, auf und ab, auf und ab, unterjochte mit dem hereinlugenden, dicht heranrückenden Garten. Oh, vor allem mit dem Garten, mit seiner scheinbaren Freiheit, in Wirklichkeit aber all dem Postenstehen des schlaflosen rohen Holzes, das so augenfällig die Hand – des Gewesenen hochhielt, mit dem Garten und seiner Feuchte, dem Garten und seinem Alter, der nirgendshin führenden Pforte. Mehr als alles aber unterjochte das Wort: Pimen. Wer war Pimen? Was für ein Heiliger? Warum bewahrte er nicht? Warum ließ er von dreien *nicht* auf den Friedhof nur einen, die eine? „Freiheit" hieß für die Ilowaiski-Mädchen nur Befreiung von diesem schrecklichen Heiligen, der sie mit dem Krückstock in den Sarg zu stoßen schien. Freiheit vor dem Wächter, der das Haus bewachte, das sie bewachte. (Oh, *Pimens* Sache war

nur das *Haus*, das Haus zu erhalten in vollem Umfang, mit allem, was darin war, Kommode, Sarg oder Sohn.) „Sich losreißen, weg vom Alten Pimen!“ Sie wußten selbst nicht, was sie da sagten. Einmal, nach einem solchen Ausbruch, Nadja: „Serjosha und ich werden im übrigen nicht lange hier wohnen. Das Haus erbt Olja.“ Und Olja, als beleidige sie eine solche Verfügung (ein Geschenk!) – heftig: „Dann sprenge ich es in die Luft!“ Aber Rußland, mit *allen* Alten Pimens, wurde vorher gesprengt.
Das elterliche Joch – bestand, doch als Joch – der Ausführenden, unfreiwillig. (Vergessen wir nicht, daß selbst über Zeus – das Schicksal steht.) Das Joch kam nicht von ihrer Gegenwart, sondern von einer Allgegenwart, einem Überall-Wesen: schon in der Luft des Hauses und dreißig Werst weit ringsum (und dreißig Jahre weit voraus!). „Und deine Rechte möge mich treffen“ – das bedeutete durchaus nicht, daß A. A. immer über den Töchtern saß und an ihnen herumhackte (die Töchter waren für sie nur ein Teil des Haushalts, ein ebensolcher wie die Truhen), nicht, daß D. I. zu unbestimmten Stunden kam und ertappte. Das Joch war eben, daß es keine unbestimmten Stunden gab und geben konnte, daß dieses Haus selbst eine in die Länge gezogene „Stunde Geschichte“ war, daß es allzu leicht war, sich dem Joch physisch zu entziehen: zu umgehen. Es war, um die Sache in ihre rechten Maße zu bringen, der Fallstrick des Vertrauens. Nein, das ist nicht das Wort: Die Eltern vermochten nicht einmal zu denken, daß man sie täuschen könnte. Eben ihr blinder Glaube (an die Unverbrüchlichkeit ihrer Wahrheit und ihrer Macht) hängte das Schloß vor. Schlösser gab es nicht. Man weiß ja übrigens längst, daß der Glaube stärker bindet als alle Ketten. Kann man den, der vertraut, schon nicht betrügen, wie dann erst den, der nicht zweifelt, nie einen Zweifel kannte? Die Töchter, wie auch die Mutter, waren ehrlich und stolz. Das Haus am Alten Pimen war bei all seiner lastenden Schwere erfüllt von einem angeborenen Adel. Es gab nichts Nichtiges in ihm. („Bei uns war es schwer, bei uns war es nicht so nichtig“ – Olja Ilowaiskajas Wort über die Familie, in die sie aus dem Alten Pimen hinausgeschritten war.) Das war nicht die alltägliche Tragikomödie erteilter und hintergangener Verbote, Schikanen und Finten, schiedlich-friedlich endend wie alles All-

tägliche. Das Haus am Alten Pimen konnte kein gutes Ende nehmen. Darum auch hat es solche Macht über mich, weil es nicht weniger reinblütig tragisch war als das Haus des Priamos. Weil über ihm – das Verhängnis waltete. Das Verhängnis, wirksam eben in der physischen Entrücktheit des elterlichen Jochs, in ihrem physischen Olympiertum: oben, im Licht, von wo in die Gartennebel des Halbsouterrains hinunter unsichtbare Dekrete gingen – Ströme. Das einzige Haus übrigens, zu meinen russischen Lebzeiten, wo die *Eltern* oben wohnten und die *Kinder* unten. Sowohl im Drei-Teiche-Haus als auch in allen seinesgleichen gehörte den Kindern das enge, niedrige, aber warme und helle Oben, den Eltern das repräsentative, geräumige, aber öde und kalte Unten. Die Kinder retteten sich vor den Eltern nach oben. Hier aber waren die Kinder von den Eltern in die Vorhölle niedergestürzt worden, unter das zuverlässige *Gewölbe* ... des Hades. Augenscheinlich war das Alter des Alten Pimen altertümlicher als das des Adels (Uran, die Titanen ...).
Aber mitunter kommt mir, vertiefe ich dieses Bild noch, D. I. schon nicht mehr vor wie Zeus, sondern wie Hades, der Herr der Unterwelt.
Arme Nadja, die, die Rechnung der gewalttätigen Granatapfelkerne begleichend, mit Ausnahme des einen italienischen Frühlings, im heimischen Hades – ihr ganzes Leben verbrachte!
Und arme Mutter, die von dem ganzen Granatapfel der Prüfung – nicht einen Kern übrigließ, für immer im Hades blieb.
Und arme W. D., auch jenseits der Schwelle des väterlichen Reichs von Granatperlen umwunden ...
Und arme, mit der Armut – glückliche Olja, die alle Schätze Plutons eintauschte für die Weizenähre der Erde, der Liebe.
Arme – ihr, und Armer – du.
Zeus oder Hades – dieser Vater hielt und führte seine Kinder wie der Olympier. Solchen wie ihm ist kein Urteil zu sprechen. Und sie werden auch nicht mehr sein. Sie *waren*.
Doch es war in ihm ein Bereich, *nicht* olympisch, *nicht* höllisch, wo es weder Lorbeer noch Granatäpfel gab, nichts, au-

ßer Asche und Schlacke. Das war der Bereich seines Hasses: des Judenhasses. Ich habe noch gar nichts von dem alttestamentarischen, zelotischen, *judäischen* Herzen Ilowaiskis gesagt. Denn was war sein Haß auf die Juden anderes als der biblische, von Sabaoth befohlene und von Moses gesetzlich niedergelegte Haß der Rechtgläubigen auf die Andersgläubigen und der, ihn überlebende, judäische Haß – auf die Christen? Ilowaiski, bittere Tränen weinend über den nie gesehenen, aus der Ferne verstoßenen Enkel, in dessen Adern jüdisches Blut fließt (den armen Sohn Oljas, der nicht lange zu leben hatte) – was ist er anderes als der Zelot und Hebräer, weinend über den Enkel, in dem christliches Blut fließt? Und Ilowaiskis Verfluchungen des letzten, am Leben gebliebenen Kindes – der Tochter, dafür, daß sie in sein Geschlecht – das Judentum brachte, sind es nicht eben jenes Zeloten selbe Verfluchungen der Tochter, die sein Geschlecht – mit einem Christen schändete?
Sind sie nicht – Zwillinge? Nicht – Doppelgänger?
Zwischen einem solchen Judenfeind und jenem Zeloten ist das Tau des Hasses, das bindet, und durch die sie verbindende *Ader* blicken sie aufeinander wie in einen Spiegel.
Aber der *Rechtgläubige*, hassend, hat recht. Der *Orthodoxe*, hassend, übertritt.
Hatte D. I. einen Gott – dann den Gott des Alten Testaments, den tötenden, vernichtenden, den Gott mit der Dürre aus den Nüstern und der Heuschrecke unter dem Hemd, – *jenen* Gott, nicht unseren.
Und, um alles zu sagen mit einem Wort der damals siebzehnjährigen Asja – zu Rosanow, als Antwort auf eine seiner zelotisch-begeistert-entlarvenden Tiraden: „Wassili Wassiljewitsch! Es gibt nur einen solchen Juden auf der Welt."
(Rosanow, mit den Augenbrauen): „ ? "
„Das – sind *Sie*."

Aber, um an der Oberfläche der Zeit, des Ortes und des Daseins wieder aufzutauchen, – Ilowaiski war keineswegs grillig. Niemals – „was mein linker Fuß möchte" (der, mit dem er heute zuerst aufgestanden war!) – immer – *der Kopf*. Zwischen ihm und dem Bagrow-Großvater gab es nichts

Gemeinsames, außer dem unvermeidlichen Gewicht der Persönlichkeit* und dem in beider Leben einzigartigen Fall einer Rührung über ein unter ihr Dach geratenes einsames und furchtloses weibliches Wesen. Über eine neue Ausprägung der Frau – die einzigartige. D. I. hat meine Mutter sichtlich verehrt, und sie, die so leidenschaftlich und unumwunden in ihren Urteilen war, hat ihn nie, in nichts, kein einziges Mal während meiner ganzen Kindheit mit auch nur einem Wort verurteilt. So seltsam, wie sie einander zugetan waren, war auch ihre Stellung zueinander: Der Vater der ersten Frau, zugetan der zweiten. Die zweite, die an der ersten (dem Schatten der ersten!) so litt – zugetan dem Vater dieser ersten. Dem Wesen nach aber ähnelten sie sich, entfernt, in irgend etwas, entsprachen einander (ganz ebenso wie die sich ganz unähnlichen Sofja Nikolajewna und der Bagrow-Großvater). Ich gehe noch weiter: Gäbe es nicht ein Gesetz, nach dem die Tochter eines abgeschiedenen Gelehrten und Greises – unbedingt eine Schönheit und Sängerin (oder Tänzerin) ist, gäbe es nicht dieses Gesetz der umgekehrten Erbfolge, meine Mutter hätte ihm mehr zur Tochter getaugt als seine eigene, seine eigenen. Und so fand er, der weder in der Ehefrau noch in den Töchtern eine Helferin traf (und auch nicht zugelassen hätte!), Gefallen an der Helferin eines anderen, der Stellvertreterin seiner geliebten Tochter im Herzen seines einzigen Freundes. Meine Mutter nun, die als entfernte zwar, aber wahrhaft Deutsche Mühsames über alles liebte und Mühe ehrte, konnte kein Wort der Verurteilung finden für den, der sein Lebtag, freiwillig oder unfreiwillig, in der Arbeit wie im Leben nichts anderes kannte. Und nicht kennen wollte. Gegenseitige Anerkennung von *Stärke*. Ich denke, hätte sie ihr Verhältnis zu D. I. mit Worten bestimmen wollen, wäre dieses Wort gewesen: *„Das* untersteht keinem Urteil mehr." Was ist – *„das"*? Eben die unmenschliche Einsamkeit, die das Blut erkalten macht in den Adern der eigenen Kinder. Die unmenschliche Einsamkeit des Dienstes.

Aber auch er – verzieh ihr nicht wenig, nicht nur ihr gesamtes, für ihn in seinem Grund fremdes Wesen, sondern

* Quand c'est un caractère, c'est toujours un mauvais (Le Tigre) (M. Z.).

auch das für ihn in ihr Wesentlichste: ihre Neigung für das Jüdische: ihr ständiges, in Rußland wie im Ausland, Mit-Juden-umgeben-Sein, erklärlich weder von ihrer Abstammung (einer halbpolnischen) noch von ihren Kreisen (sehr rechten) her – *nur* mit Heinrich Heine, *nur* mit Rubinstein, *nur* mit dem jüdischen Genius und ihrer weiblichen Eingebung, *nur* mit ihrem Geist, *nur* mit ihrem Gewissen – ich wollte sagen, *nur* mit ihrem Christentum, doch da ich mich an das Wort erinnere „ist nicht Grieche noch Jude", kann ich das nicht, denn für sie *waren* es Juden, und waren – ihr lieber als die „Griechen", und mit dem Oberton aller dieser *„nur"* (alle zählst du nicht durch!), dem Leitmotiv in *ihrem* und *meinem* Leben – dem Tolstoischen „Gegen den Strom"! – selbst des eigenen Bluts – und gegen den Stand – jedes Kreises (von stehendem Wasser).

Diese Neigung also, für ihn völlig unverständlich und unannehmbar, verzieh ihr Ilowaiski sofort, schweigend, wie einen organischen Mangel an einem geliebten Geschöpf, ein für allemal.

Als sie starb, trauerte der Alte tief. Ich erinnere mich an seinen Brief an uns in Tarussa, nur im Schriftzug noch fest. „Sie haben nicht nur einen nahen Menschen verloren, sondern einen großen Menschen", schrieb er an seinen einzigen Freund, meinen Vater. „Freunde gibt es viele, einen Freund – nicht", noch eine solche brummige, verschämte (meinem Vater gegenüber!) Aussage von ihm. Diese Freundschaft, denke ich, gründete sich überhaupt nicht auf eine ideelle Gemeinsamkeit. War mein Vater auch ein treuer Untertan – so doch, wie auch als Rechtgläubiger, passiv, traditionell, aus angeborener Friedfertigkeit, Toleranz – und Gleichgültigkeit: von der rückhaltlosen Vertiefung in anderes: das eine. Und ist denn einer ein ‚treuer Untertan' zu nennen, der, wenn er schon seine Orden anlegte, das ausschließlich dann tat, wenn er für irgendeinen bei einer Versammlung festgenommenen Studenten bitten ging, den er selbst nie gesehen hatte. Ist einer „ein frommer Christ" zu nennen, der, weil er seine Angehörigen nicht verstören, vor allem aber aus seinem Tod kein „Ereignis" machen wollte, starb (Sohn, Enkel und Urenkel eines Geistlichen!) – *ohne* Geistlichen, obwohl er wußte, daß er starb. Ein solcher „Monarchist" und „Rechtgläubiger" ist vor allem

– Mensch. Und – nur Mensch. „Unterm Himmel ist für alle Raum“, – das war sein einzeiliges, den Kindern bei jeder Gelegenheit mitgeteiltes Bekenntnis. Ilowaiski aber – außer der Liebe zu Rußland, die für ihn Haß gegen Fremdstämmige hieß, außer der Liebe zur Monarchie bis zum Gerichthalten über den Monarchen – kannte er nichts und wollte er nichts kennen. Diese Freundschaft beruhte auf geliebten Körperwesen, auf Schatten. Nichts ist fester als eine Freundschaft – auf Gebeinen! Sie waren zwei Greise, die ein und dieselbe Familie verloren hatten. Alte Freunde – da richtet man nicht.
Ich sehe sie zu zweit, in dem niedrigen breiten Zimmer mit den vielen, vielen immergleich-einsamen Fenstern zum Garten. Über der Tür, die in es führte, das Jagdhorn Ilowaiskis (er ging nie auf die Jagd!), mit dem er Gäste und Kinder zu Tisch rief, die Jugend überraschend mit der Gewalt seines Tons, seiner Lungenflügel. Das Rolandshorn des Historikers, das heute für immer verstummt ist.
Asja und ich in Spasskoje, auch Krjukowo genannt, nach der Station der Nikolajewskaja-Eisenbahn. In der Kindheit erschien uns dieses ungesehene Krjukowo als Haken*, der Eisenhaken des Trödlers, oder auch als Krückstock, Baba-Jaga, also wieder – als Altes. Von der Station fuhren wir im Kremser, einem Ding ohne Zukunft und Vergangenheit: *längs* der Ereignisse, – vorbei an den schwarzen Tannen, die weich mit stachligen feuchten Tatzen über das Gesicht strichen, wie mit einem Weihwasserwedel. Ein ausladendes Gebäude, dargereicht wie auf der flachen Hand von der sumpfigen Ebene. Zum Haus hin – durch einen Vorgarten, das, was er war, das, was er nicht mehr sein wird. Innen Stille. Die alte Zeit. Ich fühle, daß die Zimmer hier allein leben, *fortdauern*, ohne zu bemerken, daß die Hälfte der Familie schon nicht mehr ist. Ohne auch die gebliebene Hälfte zu bemerken. So daß das Heraustreten A. A.s, von irgendwo seitlich, in grauer Latzschürze, mit einem Stapel Wäsche auf dem Arm, und nach ihr D. I.s, auch in Grau und auch mit Weißem (einem Packen Zeitungen!), eher … unerwartet ist, eher … störend. Wir werden nie erfahren, wie sehr die Zimmer alter Häuser, die wir hinter uns zu-

* Haken – russ.: крюк (Anm. d. Übers.).

rücklassen, ohne sie wahrzunehmen, uns nicht bemerken, uns, wie Wellen eines alten Meeres, zurücklassen – in *ihrem* Fortgang. Wellen eines Meeres und Geschlechts, die nur selten, nach unberechenbarer Laune, nach hundert Jahren dem Ufer – unseren Ring, dem Urenkel – unser Gesicht wiederbringen.

Asja und ich sitzen, anfangs wie auf Nägeln, und dann schon – wie angenagelt – auf der Kante der mit Stoff bezogenen Sitzbank, auf die A. A. uns gesetzt hat, die selbst, unbequem und gebieterisch und, wegen der Geradheit ihres Rückens, als stünde sie, uns gegenüber sitzt auf einem harten Stuhl mit einer Arbeit in den Händen, zu denen (den Händen und der Arbeit) sie sich gleichwohl nicht herabzulassen scheint. Zwischen den Alten ein Kandelaber für zwei Kerzen mit grünen Blendschirmen, die das Licht wie unter gesenkten Stirnen her auf die Gesichter schicken. „Und meinen Sie nicht, Iwan Wladimirowitsch ..." – „Und meinen Sie nicht, Dimitri Iwanowitsch ..." Aber was „I. W." und „D. I." nicht meinen, hören wir nicht. Wir sitzen eingelullt von den greisen Intonationen und langweiligen Gesprächsstoffen und behext – ein wenig wie Vögel – von dem unablässigen Blick A. A.s (dem sich erinnernden? vergleichenden? nichtssehenden?), und ich erkenne an ihr die wundersamen Augen Serjoshas wieder. Serjosha war ihr lebendes Konterfei, und jetzt, nach seinem Tode war sie *sein* lebendes geworden. Derselbe von Geburt an ironische Mund, dieselbe Bereitschaft eines Lachens in den Augen (rire latent) – eines Lachens, nicht von ihm noch von ihr herausgelacht. Sterbend hat ihr der Sohn gleichsam seine Jugend hinterlassen, welche kaum merklich um die Mundwinkeln spielt – wie Versteck. An diesem Abend – liebte ich A. A., und sie, als spürte sie es, aber vielleicht auch milderen Herzens nach dem Verlust der Ihren, plauderte liebreizend und wie mit ihresgleichen mit uns, den Verwildernden, den Waisen, die kinderlose Mutter – mit den mutterlosen Kindern, lobte die Gediegenheit unseres Schuhwerks, die Reinheit unserer französischen Aussprache und war am Ende des Abends in einen solchen Grad unerklärlicher Rührung geraten, daß sie zu schenken versprach: Asja – „Die Solnzew-Kinder", mir – „Die Jugend Katja und Warja Solnzews", verfaßt von einer Verwandten

von ihr. Das Verwunderlichste – daß wir diese Bücher wirklich bekamen, jede – ein neues, jedes mit einer Widmung: „Von der herzlich liebenden A. A."
So war der Sohn an diesem Abend in den Körper der Mutter hinübergewechselt.
... Doch die Tafelrunde der Ilowaiskischen Jugend hatte ihren eigenen – stillen – Winkel. Das war das Himmelreich des „Engelchens" Serjosha, des Schwans unter den ihn umgebenden Weißgefütterten, unter den Muttersöhnchen – des Sohns der Mutter. Hier gab es weder Streitigkeiten noch Fragen. Hier war von Geburt an alles entschieden: vorbestimmt. Als einziges der Kinder vertraute Serjosha von Geburt an auf den *Pimen* und fragte sogar, als er starb, nicht nach. Ein musterhafter Knirps im Kleidchen, musterhafter Gymnasiast, musterhafter Student – widerwärtig? Wenn nicht der nicht wiederzugebende Zauber seiner Augen wäre, des Lächelns, der Angewohnheit, des leichten Anflugs teils von Sträflichkeit, teils von Spott über sich, teils über euch, darüber, daß ihr an diese Sittsamkeit also schon geglaubt hattet ... Die ein wenig zusammengekniffenen hell-schwarzen, in voller Übereinkunft mit dem Mund ein wenig spöttelnden und auch in den Winkeln wie zusammengekniffenen – Augen eines gewissen ununterbrochen tapfer zu sein bestrebten Abschiednehmens, Zu-Gast-Seins (nicht von ungefähr starb er auch in einem Gastzimmer!), Augen, älter als der, der blickt, die Augen des Geschlechts, Augen – des letzten seines Geschlechts, der Stille, das Engelchen, das Muttersöhnchen, Liebkind der Alten, Weißgefütterter, Schwarzhunderter?
Kein Stiller, sondern der Stillste, nicht Engelchen, sondern Engel, nicht Muttersohn, sondern Sohn – der Mutter, nicht Liebediener alter Damen, sondern Eiferer des ältesten Vermächtnisses, nicht Weißgefütterter – selbst das Weiß, kein Schwarzhunderter – ein Hermelin.
Seltsam: in diesem schönen Jungen lag eine Ähnlichkeit mit Pawel, ja, trotz der Mißgestalt, trotz der Schönheit. Pawel war die häßlichste Ausprägung jenes Typs, dessen herrlicher Pol Serjosha war. Der Typ war der gleiche: ein Gesicht des Todes. Die sehr augenfälligen Nüstern der ein wenig zu kurzen, wie mit der Schere gestutzten Nase, die sehr augenfälligen Zähne, die tiefen Augenhöhlen, die Höhlungen un-

ter den Jochbeinen. Nicht einmal, daß der Tod weniger von ihnen wegzunehmen gehabt hätte (nicht die Magerkeit war das Eigentliche), sondern er hatte weniger an ihnen zu arbeiten (modeler – formen), um sein eigenes Bild zu bekommen. Es gibt solche Gesichter oft bei Kindern, richtiger: viele Kinder mit einem solchen Gesicht (viele – die Kinder, eins – das Gesicht). Viele Jungen. Unbedingt: dunkeläugige. Ich appelliere an die mitfühlende (evokative) Vorstellungskraft des Lesers.
Trage ich den Kopf immer weiter und weiter fort in die Vergangenheit, bemüht festzustellen, aufzufinden, wen ich als ersten, allerersten, in der allerersten Kindheit, Vorkindheit, liebte, – gerate ich in Verzweiflung, denn beim allerersten (der grünen Schauspielerin aus den „Lustigen Weibern von Windsor") findet sich ein noch ersterer (die grüne Puppe in der Passage), und bei diesem *eigentlich ersten* – ein noch *eigentlicher erster* (die fremde Dame an den Patriarchenteichen) usw., usw. (nur in eine *andere* Weite) – wenn es sich erweist, nach dem Dichterwort:

In soviel Augen sah ich tief,
Daß nimmer ich ergründen kann,
Wann ich das erste Mal geliebt
Und *nicht* ich liebte – wann? –

und ich selbst – in dem unberechenbaren Zustand eines von Geburt an – von *vor*-der-Geburt an – Liebenden: sogleich mit dem zweiten beginnend, oder vielleicht dem hundertsten ... in dem Zustand einer Fortsetzung ohne Anfang, in dem Zustand einer Fortsetzung, die sich fortgepflanzt hat ... Doch ein Ende kann es für dieses Satzgefüge (wegen seiner inneren Unendlichkeit selbst) nicht geben.
Es ist wahr, es gibt ein Zeugnis meiner Mutter über meine stürmische Liebe (im Alter von zwei Jahren) zu dem dunkeläugigen und -haar-und-häutigen Studenten Ainalow, doch an diese Liebe erinnere *ich* mich nicht, außerdem, wie konnte die Mutter wissen, daß das – die erste war, sich verbürgen dafür, daß ich nicht schon von den Armen der Amme, zu anderen, *nicht* ihren, strebte. (Gibt es einmal Dinge, die nie enden, immer werden – und diese Dinge gibt es, und alle kennen sie –, dann ist es doch gesetzmä-

ßig, daß Dinge da waren, die nie angefangen haben, immer waren.) Jetzt aber, da ich mich so stark in Serjosha eingelebt habe, und bei der Erregung, die er, der von mir *Hervorgerufene*, in mir hervorruft, beginnt es mir so vorzukommen – ich bin nahe daran, es zu glauben, – das erste männliche Wesen, das ich geliebt habe, sei er gewesen.
Ich sehe mich als vierjähriges dickes Mädchen stundenlang in völligem Schweigen ausharren neben Serjosha, zusehen, wie er mit dem Spaten von der Oka zu unserer Datscha hinauf in die steile Flanke des Bergs eine Treppe gräbt. Und als Augusta Iwanowna, gereizt über soviel Standhaftigkeit und Standfestigkeit – mich von der Stufe fortzubewegen, an der Serjosha gerade grub, war unmöglich –, einmal sagte: – „Was guckst du nur und guckst auf diese Treppe? Nichts dabei ist solches interessant!" – antwortete ich, mit dem ganzen Bauch seufzend: „Ich gucke seine blauen Hosen an ..." Waren sie blau? Ich weiß es nicht. Er war damals Gymnasiast, und die Gymnasiasten hatten graue. Oder aber, im Sommer, grobe, leinene. Das Blau der Oka? Der Liebe? Doch das Wort und das Gefühl „blaue" – sind mir erinnerlich.
Aber etwas noch steht auf, Früheres? Späteres? „Serjosha und Nadja" – nicht die Ilowaiskis, andere, nicht der Bruder Serjosha und die Schwester Nadja, andere, anders. In der Beilage zur „Niwa". Gelesenes, Gehörtes? Bei uns in Tarussa, wie in allen solchen Familien Rußlands – um sich zu bergen vor der dunklen Nacht –, drängte man sich unter den weißen Kreis der Lampe (ihr Fuß hatte den Umfang einer Bärentatze: der Bär klettert zum Bienenkorb!), und jemand las etwas vor. Manchmal „vergaß man" die Kinder. Ich erinnere mich nur an ein Brennen und an – ein grausendes Geheimnis in der Mitte der Brust, dort, wo die Rippen auseinandergehen: niemandem etwas zu sagen von Serjosha und Nadja, von Serjosha und Nadja ... Serjosha und Nadja. Die Beilage zur „Niwa", das Morgengrauen des zwanzigsten Jahrhunderts.
Sonderbar, daß ich vom Alten Pimen den ersten Unterricht im Leichtsinn bekam – einem, der sich nicht eingelebt hatte. Hier ist er, schwarz auf weiß, in dem himbeerfarbenen Album Nadjas, das damals bei unserer Schwester Valeria zu Gast war.

Ich bringe dir in einer Mußestunde
Zehn Zeilen zu Papier geschwind.
Hör diesen Rat aus schwesterlichem Munde –
Trau nicht den Männern, liebes Kind!

Du bist so fröhlich immer, liebst das Lachen,
Im Köpfchen weht ein Flatterwind,
Doch willst du, daß sie dich nicht weinen machen,
Trau nicht den Männern, liebes Kind!

Laß sie von Treue reden, dir verheißen,
Daß sich der Not die Kugel find, –
Und wenn sie sich für dich in Stücke reißen,
Trau nicht den Männern, liebes Kind!

Doch wirst du ihnen einmal Glauben schenken,
So lehren sie dich, wer sie sind,
Daß du dein Leben lang daran mußt denken.
Trau nicht den Männern, liebes Kind!

Ich sagte: Leichtsinn, obwohl man dem Inhalt nach sagen müßte: Vernunft. Doch da weder das eine noch das andere mir an der Wiege gesungen wurde – beherzigte ich auch die Lehre nicht, und ich, wie übrigens auch Olja selbst, und die arme Nadja, und alle wir, die einstigen, seienden, werdenden, bis zum Ende der Zeiten – Amen –, traute dem „Nichttrauen" nicht, traute – dem, der kam.
Doch es geht nicht um mich, es geht um den Ton der Epoche, der einem begabten und untadeligen jungen Mädchen solche Verse ins Album der außergewöhnlich begabten und beseelten Schwester diktierte.
Ich verurteile nicht. Unschuldig. Das gleiche, wie „Am Dreikönigsabend einmal", und vor allem doch – die gleichen Mädchen! („Wie ist euer Name? Er schaut und antwortet: Agathon.")* Der ewige Warn- und Wächter-Ruf der einen Schwester – zur anderen (der einen vertrauensseligen – zur anderen!) – „Glaube nicht: er betrügt!" Nicht Ausgeburt einer (unsterblichen) Jungfräulichkeit, sondern

* Es sind Verse: „Как ваше имя? Смотрит он / и отвечает: Агафон." (Anm. d. Übers.).

Ausgeburt einer ganzen Kultur, die mit Puschkin eröffnet wurde und so lange währte, bis sie beim letzten Blättchen eines jungfräulichen Adelsalbums angelangt war, auf dem stand – ich habe schon vergessen, von wessen Hand:

> Kehr ich von meiner Reise heim,
> Mesdames, will ich der Ihre sein.*

(Sobinows Abschied von den Moskauer Damen, Morgengrauen des zwanzigsten Jahrhunderts.)
Serjosha einmal – ich war schon sieben – zu mir: „Willst du mir nun deine Gedichte abschreiben?" – „Doch, natürlich, verdammt noch mal!" – „Aber warum denn ‚verdammt noch mal'?" – mit einem solchen Befremden, ja sogar Leiden, ungeachtet des kaum merklich aufscheinenden Lächelns, daß ich mir sofort das Kinn auf die Brust schlug (warum nicht ihm?) und zugleich alle vier „Hasen"-Zähne in die Unterlippe grub. Ein seltsames Gefühl, das man bei mir, der von damals, auch nicht gesucht hätte: Ich schämte mich vor Serjosha (sieben Jahre vor siebzehn) immer für mich – für so eine. Was für eine? So eine gesunde (er war damals noch nicht krank), ungestüme, dreiste, mit schwarzen Fingernagelrändern. Ich, wie ein Neger, schämte mich meiner untilgbaren Schwärze. Ich erinnere mich, welche Anstrengung es mich kostete, ins Wohnzimmer zu gehen, wo er auf dem grünen Diwan zwischen grünem Philodendron in seiner Uniformjacke von der Farbe des Himmels saß mit anderen Studenten, doch nicht solchen wie er, auch in Studentenjakken, aber nicht solchen wie seiner. Was für ein Zähnezusammenbeißen – über diese ganze parkettene Wüste zu gehen und ihm die Hand zu geben. „Schreibst du immer noch Verse? Schreib nur, schreib!" Von dieser Stimme kam mir sofort die Lust zu weinen. Zu weinen und zu bereuen, daß ich so böse war und grob, wieder der Gouvernante eins versetzt hatte, die mich gereizt hatte, mit der Zahnpulverdose, und er dagegen – so gut mit mir, so lieb … Und je sanfter und gütiger er mich befragte, weil er vielleicht etwas spürte und sich bemühte, mich zum Lachen zu bringen: „Na, nun

* Когда я кончу мой вояж, / Mesdames, тогда я буду ваш! (Anm. d. Übers.).

lach mal, lach mal, lach doch mal nun, du Lachnicht!" – um so tiefer neigte ich den Kopf mit aufsteigenden Tränen und – mit letzter Stimme: Ich hole besser das Heft, und Sie lesen selbst …" Er war wohl der einzige Mensch in meiner gesamten Kindheit, der über meine Gedichte nicht lachte (die Mutter – ärgerte sich), mich mit ihnen, wie einen Stier mit dem roten Tuch, nicht in die Versuchung des Zorns brachte … Vielleicht – schrieb er selbst Gedichte? Prosa – das weiß ich. Mit zwölf Jahren (Erzählung meiner Mutter, der Augenzeugin) fing er auf Drängen seiner Eltern an einem ihrer „Freitage" sein Stück „Mutter und Sohn" zu lesen an. Handelnde Personen: „Die Mutter – 20 Jahre alt, der Sohn – 16 Jahre alt." Ein Ausbruch von Gelächter, und der Autor, der nicht den Grund, aber die Schande begriff, floh augenblicklich und ohne Wiederkehr in sein Kinderzimmer, von wo ihn nicht einmal die Mutter herausholen konnte.

Die Mutter aber vermochte alles über ihn. Ich sage mehr: Er konnte nicht anders als die Mutter. Er konnte nicht anderes als die Mutter. Ich denke, sie redeten wenig miteinander – sie schauten mehr. Denn Worte sind immer gefährlich. Mit Worten hätte er ihr sagen müssen: „Mama, warum läßt du Nadja nicht in Ruhe? Mama, warum verdüsterst du unsere Jugend? Mama, wir werden bald sterben." Mit den Augen sagte er ihr das Eine: „Ich liebe dich. Ich bin dein."

Diese Liebe hieß bei der liberalen Jugend „Konservativismus", ebenso wie der verteidigte Instinkt der Selbsterhaltung „politische Opposition" hieß. Befremdliche Worte gibt es (und meistens – Fremdworte!) für die einfachsten Dinge. Aber ehe du dich bis zur Einfachheit durchgedacht hast …

Lieber Serjosha, nehmen Sie nach etwas mehr als einem Vierteljahrhundert meine Dankbarkeit entgegen für jenes großköpfige, kurzgeschorene, unschöne, niemandem gefallende Mädchen, dem Sie so behutsam das Heft aus den Händen nahmen. Mit dieser Geste haben Sie mir es – gegeben.

Danke auch für die alte Welt, heute von allen, allen, allen verraten, am meisten sogar, wenn auch unschuldig, von denen, die sie wiederauferstehen lassen wollten. Ihr reinster Spiegel waren Sie.

Danke für die Treue zum Haus – sogar zu einem solchen.
Danke für die Mutter.

Nach Nervi begannen Bruder und Schwester zu sterben. Nicht gleich. Zu uns ins Ausland gelangten Gerüchte, daß sie vom Vater nach Spasskoje gebracht worden seien. Daß er sie dort mit Hafergrütze ernähre und bei offenem Fenster schlafen lasse. Ach was (meine Mutter über dem Brief), Hafergrütze ist gut, und das Fenster ist auch gut, aber – diese Feuchtigkeit dort ... Spasskoje steht doch auf Sumpf ... Warum nicht einfach auf die Krim? Aber auf die Krim (die zu vermutenden Beweisgründe des Alten Pimen) allein – das geht nicht. Wieder werden sich alle in Nadja verlieben, und der musterhafte Serjosha plötzlich umgeben von irgendwelchem Gesindel? Und fährt die Mutter mit ihnen, heißt das – alles verlassen. Alles, das heißt – das Haus. Das Haus, das heißt – die Truhen. Und wem überlassen? Der kleinen deutschen Wirtschafterin? Ausgeschlossen! Sie ist ja selbst noch ein Küken. Das einzige, was sie kann, ist, mit erschrockenen blauen Augen und ohne ein Blinzeln auf alle zu gucken, besonders auf Serjosha, der noch keiner Fliege etwas getan hat ... Wie soll sie fertig werden mit dem verschlagenen Stubenmädchen, dem hinterlistigen Hausknecht, der Trinkerin von Köchin und all den Landsleuten und Vettern dazu – mit diesem ganzen Raubgesindel? Außerdem, auf die Krim, das heißt – sich teilen, in zwei Familien. Und wer schenkt den Tee ein bei D. I.s gelehrten Freitagen? Olja? Aber man muß ja neben Olja selbst eine Gouvernante stellen, denn von den dreien ist sie die schlimmste, heimlichste und eigensinnigste, wieder habe ich bei ihr die Borsalbe für Augenbrauen- und Wimpernwachstum entdeckt – nicht nur eigensinnig, sondern auch verschwenderisch, denn ich habe die Vaseline unter Verschluß, demnach hat sie neue. Und alle diese Vaselinen und Wimpern, nur um dem zu gefallen – verhüt es Gott! – wie konnte uns der ins Haus kommen? – diesem R. Und bei all dem auf die Krim?
Und am Abend, als Antwort auf diese Vorstellungen, D. I. lakonisch: „Ich bringe sie nach Spasskoje. Frische Luft und Hafer – das ist die Hauptsache."

Serjosha starb als erster. Er wußte, daß er starb. Dieses unschuldige, in den irdischen Dingen nicht bewanderte Engelchen erwies sich in dieser letzten irdischen Sache und in der ersten unirdischen tatsächlich als Engel: als Wissender. Wie viele von ihnen habe ich gesehen, während der ganzen Krankheit meiner Mutter, an jedem Beaurivage, in jedem Quisisana (fast schon – jeder Kapelle!), an der Riviera ebenso wie im Schwarzwald und in Jalta – Ärzte, die den letzten Fetzen Lunge herausräusperten mit der strahlenden Gewißheit, das sei „eine kleine Bronchitis", Familienväter, die nicht auf den Gedanken kamen, von den Kindern Abschied zu nehmen, Jünglinge, die ihre Abende auf zwanzig Jahre voraus einteilten, wolfsähnliche Greise, die sich noch in die Möglichkeit der Möglichkeit fraßen – mit rohem Fleisch (die Frauen, ausnahmslos, auch die jüngsten, wußten) – Schwerkranke mit der Erfahrung fremder Krankheit, fremder alltäglicher und unter denselben Anzeichen erfolgter Tode, bis vor die Tür dieses gewissen Zimmers, in das man den Todgeweihten bringt, oder, wie in Nervi, in das Haus gegenüber, die eiserne Wendeltreppe hinab, unter die Gruftgewölbe des Schwesternputzes – und er nun, ohne jede Sterbenserfahrung, denn er starb an dieser Krankheit in der Familie als erster und war niemals in einem Sanatorium – ohne sich zu betrügen, weder mit einer Aussicht auf die Krim noch mit der eigenen Wangenröte, noch mit jener eigentümlichen Leichtigkeit im Körper, die so leicht für Kraft: dem Tod in den Adern, der für Leben gehalten wird, er nun verstand sofort – und – hielt stand. Alle irdischen Gedanken, die er hegte, waren nur bei Nadja (er *wußte* es auch bei ihr) – Nadja so schnell wie möglich wegbringen, Nadja retten ... Alle anderen Gedanken – in Gott.

Und die Mutter? Die Mutter war in ihm, er starb mit ihr im Innern, wie, im Innern, mit dem eigenen Herzen.

Nadja, die schon nicht mehr aufstand, sah das Hinaustragen des Bruders vom hohen Fenster des Salons aus, in welchem sie jetzt wohnte. Gestern sieht sie – den Freund des Bruders gehn, der ihr gefällt und der wiederkommen wird, heute – den Bruder, welchen sie liebte und welcher nun niemals wiederkommt. Nach welchem – auch sie geht. Getragen wird – über denselben Schnee, mit denselben kleinen Tannenzweigen, auf denselben Schultern … Es ist das letzte Mal von oben, so von oben, so nach unten wie noch nie, auf neue Art – deutlich, auf hohe Art – fern, deutlich und auch vergebens und auch nah und auch fern – wie auf der flachen Hand, einer eine Werst weit vorgestreckten! – wie das eigene Gesicht am Grunde des Brunnens – zum letzten Mal das Gesicht Serjoshas, von dem azurblauen Kragen, der es stützt, noch immer, als wolle es tapfer sein … Das Lächeln … Die Wimpern …

Neben der braunäugigen rotwangigen Sterbenden, den Arm um die Schulter der Freundin gelegt, ihr Halt gebend, sie sogar zurückhaltend – mit hellem Haar, Augen, deren Farbe allein schon zu weinen schien, mit einem Renaissance-Köpfchen, das zum ersten Mal sein eigenes Gewicht zu erfahren schien, Vera Muromzewa, die nach Worten suchte und keine fand, außer Tränen. Unten, auf dem Schnee, ein einsames schwarzes Figürchen: jene kleine deutsche Wirtschafterin, die sich so gefürchtet hatte, Serjosha anzublicken, und wenn sie schaute – dann mit irgend etwas Größerem als Angst. Die Messe zuende zu hören, war ihr nicht gewährt worden, und auf den Friedhof hatte man sie nicht gelassen – das Haus war zur Rückkehr fertigzumachen – und da räumt sie nun hastig auf, nur nicht das Haus, sondern den Hof – von eben diesen Zweiglein (daß der Hausknecht nichts merkt!). In den Armen einen ganzen Strauß – schwarze, zottige, so ähnlich jenen, in Spasskoje. Diese Zweiglein wird sie aufbewahren bis zum Tage ihres Todes, für den Boden ihres Sarges, auf dem Boden ihres Wirtschafterinnenkoffers, wenn die Nadeln abfallen, wird sie sie in ein Säckchen sammeln, das Säckchen zubinden mit dem Band von der Schokoladenschachtel, die ihr von den jungen Ilowaiskis (das bedeutet, auch von *ihm*) zum letzten Heiligabend überreicht worden war. Heiligabend … Tannenbaum …

Gott schickte Nadja, die einen Monat später starb, einen schweren Tod. Wissenschaftliche Worte sind nicht angebracht bei etwas so Ewigem wie dem Tod einer jungen Schönheit. Wie auch immer die Begleiterscheinungen ihrer Krankheit hießen – es waren entsetzliche Qualen, und nicht ein einziger Arzt befreite sie von ihnen. Auch darum starb sie schwerer als der Bruder, weil sie leben wollte.

Nicht um ein nicht schändliches, schmerzloses Lebensende betete sie, sondern um das Leben – wie es auch immer sei – nur leben!

Was kann grausamer sein als eine solche Nadja, die aus dem glühenden Bett mit glühender Hand der Nonne heimlich Geld zusteckt, damit man für ihre Gesundheit bete in allen Klöstern Moskaus.

Sie starb im Februar, und man trug sie hinaus über eben jenen Schnee. Der halsstarrige Greis – an diesem Tag sah er zum ersten Mal wie ein Greis aus, und er war schon weit über siebzig – weinte bei der Beerdigung. Nadja lag – die Schöne im Sarg. Die schlafende Schönheit des Altpimenschen lebenden Bildes, jetzt aber – wahrhaftig schlafend, mit demselben eine winzige Spur listigen, nun aber – wissenden Beginn eines Lächelns, oder dem, was uns, blicken wir auf Schlafende, als Lächeln erscheint. „Ich habe nichts Schöneres je gesehen", erzählte Vater, neben uns schreitend, neben Asja und mir, auch an schwarzen Tannen vorüber, nur nicht nassen – vor Hitze knackenden, Schwarzwald-, nicht Spasskoje-Tannen (ich schließe die Augen, spüre den Geruch und höre, wie das Reisig knackt ... Und alle sie sind gestorben, gestorben ...). – Mit gelösten kastanienbraunen Locken (sie starb schwer, und man konnte ihr das Haar nicht kämmen), das Gesicht – rosig, ein Lächeln ... – und mit einem Ton beinahe der Entrüstung, wäre nicht er selbst, von Kopf bis Fuß, die pure Duldsamkeit: „Solch eine Schönheit ... – Solch eine Schönheit ..." Und unvermittelt den Satz wie den Spaziergang abbrechend: „Jetzt müssen wir nach Hause. Sonst wartet Mama zu lange." (Meine Mutter starb ein Jahr darauf an derselben Krankheit.)

Hier muß ich etwas sehr Seltsames erzählen. Ich erzähle das (es war im Februar 1905) zum ersten Mal. Ich erzähle es deshalb, weil diese ganze Welt – des Ilowaiskischen Alten Pimen und unserer Zwetajewschen Drei Teiche, der jungen Schönen von Nadjas Art und der, so wie ich, auf sich gestellten Mädchen – beendet ist. Beendet ist nicht nur diese *meine* Zeit, sondern diese *gesamte* Zeit. Ich erzähle es aufgrund einer untilgbaren Schuld – des Herzens.

Als ich in einer geschlossenen Lehranstalt in Freiburg aus einem Brief Vaters von Nadjas Tod erfuhr, war das erste, was ich fühlte – das Ende einer Schnur, das sich plötzlich in meiner Hand befand. Das zweite: einholen. Zurückbringen auf der noch heißen Spur. Ja zurückdrängen (wie die Tränen) – dorthin, woher es kam. Dies ungeschehen machen. Ihr zuvorkommen – rückwärts. Sie wieder hinstellen auf den vorigen (lebendigen, meinen) Platz, und, vor ihr aufgestellt, sie nicht durchlassen. Die erste Antwort auf den Schlag war: mich losreißen von meinem Platz. Doch wohin? Der Friedhof des Jungfrauen-Klosters ist weit, und dort ist sie ja auch gar nicht. Wo denn suchen? In Nervi, natürlich, wo ich sie zum letzten Mal sah, vor dem Hintergrund des Ligurischen Meeres, unter der gebogenen Krempe des weißen Huts, sich aus der um die Ecke biegenden Equipage lehnend. Und da, wie auf Kommando – bin ich in Nervi. Nachdem ich im Schritt des klopfenden Herzens alle die von Wein überdachten Pfade unseres Gartens abgelaufen bin mit den bis auf den Kopf herunterhängenden Zitronen und Mandarinen, und zu meiner Namensvetterin, der „marina", hinabgestiegen bin („Siehst du, so eine Berühmtheit bist du, überall steht dein Name", – Nadja, lachend, zu mir ...), von dort – ins Haus, zuerst in ihr und Serjoshas Zimmer, wo sie zu zweit husteten: wer – wen, dann ins Speisezimmer, wo sie zum Neuen Jahr die Bötchen mit den Wünschen schwimmen ließen, und alle *die* an das Eine dachten, nur sie, Nadja – an etwas anderes, und nichts traf ein! Dann in das klösterliche Haus, und habe sie nirgends entdeckt, habe entdeckt, daß sie *überall* – nicht ist, und war in einer Sackgasse. Wo nur muß ich sie suchen, um zu sagen ... Was? Eben das. Nachdem ich es müde geworden war zu raten und es auf die Zeit des Einschlafens verschoben hatte, las ich Vaters Brief noch einmal: „Ich habe eine traurige Nachricht für Euch. Gestern, am soundso vielten Februar, ist nach schwerem Leiden die arme Nadja gestorben ..."

Gestorben. Das heißt, sie ist nirgendwo?

Und da beginnt ein hartnäckiges Suchen nach ihr – überall.

„Wohin gehst du?" – „Ich habe das Kopftuch vergessen im Schlafsaal." – Ich verschlucke die Treppe, durcheile den hallenden Korridor, an den Ecken mich fast dem eigenen Körper entreißend, fliege auf sich überholenden und den-

noch zu langsamen Füßen hinein ... Vielleicht – hier? Sie weiß ja, daß alle unten sind. Doch – nichts, außer dem Glanz des kalten, von mir blankgeriebenen Waschbeckens, außer dem kalten Weiß des von mir zugedeckten Betts, in der Reihe ebenso weißer und hoffnungslos leerer. Hatte ich mir denn nicht denken können, daß es hier zu hell ist? Daß hier nur *sein* oder *nicht sein* möglich ist. Wo aber ist es, jetzt, dunkel? Es gibt einen dunklen Ort, immer dunklen, das Musikzimmer, allein auf seiner Etage, einer unbewohnten. Doch sie lassen mich bis zur Klavierübung nicht dorthin. Wie die drei Stunden bis sechs aushalten?
„Klavierüben, Marina." Mit absichtlich langsamem Schritt gehe ich hinaus, ich laufe schon nicht mehr, ich laufe nicht, sogar als ich allein auf der leeren Etage bin, unter völliger Selbstbeherrschung, akkurat, in allen Einzelheiten werde ich fertig mit der schwer nachgebenden Tür (Zeit zu kommen geben ...). Vorsichtig, um nicht zu verschrecken, stecke ich den Kopf vor, nach ihm, wie einen unzuverlässigen Fremden, lasse ich den Körper hinein. (Das für mich heute Verwunderlichste, daß ich sie nicht nur nicht fürchtete – ich fürchtete, *sie* zu erschrecken.) Ich setze mich. Drehe mich nicht um. Ich öffne den Flügel. Hanon. In voller Ehrlichkeit spiele ich alle aufgegebenen Übungen durch, ich überstürze die Ereignisse nicht, es kommt selbst (kommt sie selbst?) ... Doch als ich übergehe zur „Invitation à la valse", hält das Herz nicht durch, und, ohne das Spiel zu unterbrechen, im Takt des Pedaldrucks: „Nadja! Nadja! Nadja!" – zuerst in Gedanken, dann flüsternd, dann halblaut ... (Laut habe ich nicht gerufen, mit aller Stimmkraft nie beim Namen genannt.)

Das Mägdlein schläft – ihr, Eltern, jammert nicht ...

Welcher Gott gab dem eichenen Frl. Risky ein, meiner Klasse eben diese Verse aufzugeben? Und hat nicht derselbe Gott das kümmerliche Frl. Annie mir Beethovens „Lied für Elisa" aufgeben lassen? ...
Nadja sah ich niemals, wie ich auch rief, wie ich auch flehte, wie auf der Hut ich auch war – an allen Korridor-Ekken giraffengleich den Kopf wendend nach jedem vermeintlichen Geräusch, Geräuschlein; wie ich auch verharrte

– wie angewurzelt, ein witternder Jagdhund – auf immer derselben Waldwiese unseres täglichen Spaziergangs, während die anderen Ball spielten; wie diebisch ich auch hineinwuchs in die Wand zwischen den Kleiderschränken, an denen sie jetzt gleich vorüberkommen muß; wie ich auch Ausschau hielt hinter dem mir gewogenen Vorhang aus Weihrauch in der Reihe der siebenhundertjährigen hölzernen törichten und klugen Jungfrauen und, noch beharrender, aus den eigenen Augen springend – in den vielversprechenden Portieren des Fremdenzimmers ... Von der Schwelle des Fremdenzimmers, vom Bett des Krankenzimmers, in allem sich Bewegenden, in allem Anscheinenden – jedem Schweigen – jedem Tönen – mich anschleichend – mit plötzlichem Angriff – mich selbst bestärkend – mich entkörpernd ...

Nadja habe ich niemals mit Augen gesehen.

Im Traum – ja. Immer derselbe Traum: ich komme, sie war eben noch da, ich gehe ihr nach – sie geht fort, ich rufe – sie dreht sich um mit einem Lächeln, aber geht weiter, ich will hinterhereilen – kann es nicht.

Doch die Zeichen – gab es. Ein Duft, beim Spaziergang, aus dem Blumenladen, der sofort die Blumenschlacht wiederauferstehen ließ und sie, als Blume. Eine Wolke mit der Röte ihrer Wangen. Mit der Höhlung ihrer Wange. Sogar der dünne Gerstenkaffee, bevor man die Milch zugoß – das Gold ihrer Augen. Zeichen – gab es. Liebe wird immer finden. Alles war Zeichen.

Vielleicht sieht man in meiner Erzählung die Hauptsache nicht: meine Sehnsucht. So sage ich, diese Liebe war – die Sehnsucht. Die tödliche Sehnsucht. Sehnsucht nach dem Tod – um einer Begegnung willen. Das unduldsame kindliche „sofort!“. Und wenn es hier nicht geht – dann nicht hier. Und nicht lebend – dann so. „Sterben, um Nadja zu sehen“ – so nannte sich das, sicherer als zweimal zwei, sicher wie das Vaterunser, so hätte ich aus dem Traum her geantwortet auf die Frage: was ich am meisten möchte. Und weiter? Weiter – nichts – alles. Sehen, ansehen. Ansehen – immer. Und seltsam: ich, die ihr Äußeres selbst so schonungslos bewertete, die sich ihrer Unschönheit so schämte vor ihrer (und Serjoshas – und jeder) Schönheit, keine Sekunde lang zweifelte ich: „Und was, wenn Nadja, die so schön ist, nachdem sie mich, die Unschöne und zudem noch Kleine gesehen hat – gar nicht will?“ Als hätte ich damals schon Goethes Vers gekannt:

> So laßt mich scheinen, bis ich werde,

und daß ich werde, *ich wirklich werde* dort nach dem Bild meiner Seele, nämlich eine ebensolche wie Nadja, und sogar, wenn *nicht*, sogar wenn die alte Hülle bliebe ... –

> Und jene himmlischen Gestalten,
> Sie fragen nicht nach Mann und Weib, –

das heißt, auch auf Schönheit und Unschönheit schauen sie nicht ... Als ob ich schon *damals* das wußte, was ich so unbesiegbar, unauswurzelbar und triumphierend jetzt weiß: daß ich dort – zurückgewinne. Auch das letzte Vorauswissen der Menschen mit ihren so reinherzigen Fabeln von Hund und Löwe, Meise und Kranich, Maultiertreiber und Zar – ich wußte, daß ich in *dieser* Liebe keine Nebenbuhler haben werde.

Was ist das Wichtigste in der Liebe? Wissen und verbergen. Von dem Geliebten erfahren und verbergen, daß du liebst. Das *Verbergen* (die Scham) überwältigt manchmal das *Wissen* (die Leidenschaft). Die Leidenschaft des Geheimnisses – ist die Leidenschaft des Offenbaren. So war es auch mit mir. Es war mir unerträglich, von Nadja zu reden, und unerträglich, nicht von ihr zu wissen. Aber sie nennen war noch unerträglicher, als nicht zu wissen von ihr. Ich lebte, wie ein schüchterner Bettler, von zufälligen Gaben, wie dann, herangewachsen, zur Zeit der Revolution, von Musikalmosen auf der Straße, nachts, unter fremden Fenstern. (So wurde mir einmal aus einem nächtlichen Fenster am Arbat Rachmaninow „gegeben“ – von Rachmaninow selbst.) Ich lebte von zufälligen Worten über sie, ohne sie, mit eigenen, zu veranlassen. Mehr noch: Sobald Vater, bei unseren langen Streifzügen durch die Tannenwälder (und die Mutter lag, lag und lag; es war ihr letzter Sommer, schon im Liegen, schon unter den Tannen), sobald Vater nur anfing, uns irgend etwas von *jener* zu erzählen, lenkte ich (das Gewitter des Glücks) ab – mit einer abwegigen, ablenkenden, zu ei-

ner Einzelheit der Krankheit hin- und von der Geliebten *weg*lenkenden Frage, mit einer unwahrscheinlichen, für mich widernatürlichen Schläue und Gewandtheit. So bat ich, ganz klein noch, Gott zum Heiligabend morgens, daß am Abend die Tanne noch nicht dasei, auf die ich so besessen wartete, von der ich lebte. So unterbrach ich, als ich älter war, bei den ersten Worten, mit einer Ausflucht oder einem Scherz, eine Liebeserklärung, deren Ende ich, so kam es vor, dann niemals mehr hörte.
Was zog diese junge Verstorbene aus einer solchen Ferne, vom Friedhof des Jungfrauen-Klosters in den Schwarzwald *(fernerher!)* zu mir, dem kleinen Mädchen, das sie so wenig kannte? Denn jetzt sehe ich, daß *meine* Liebe *ihr* Wille war, daß *sie* zu mir kam, mir nachfolgte über die pelzbedeckten Schwarzwaldberge, *sie* mich leise und beharrlich hinrief vor den Schaum des örtlichen Niagara – eines kleinen, kalten, tiefen und stürmischen Flüßchens, reißend und abstürzend wie das Leben. *Sie* hieß mich schweigen über sie – zu allen, besonders zu Mutter. *Sie* schaute auf mich aus jedem lieblichen glühenden Gesicht im Sanatoriumssessel. Sie, meine Kurzsichtigkeit ausnutzend, brachte mich dazu, mich zu verlieben in eine dieser jungen Kranken, indem sie mich mit einem Wechsel von Ähnlichkeit und Unähnlichkeit, Bezauberung und Entzauberung, grob gesagt: mit der Unausweichlichkeit eines Kontrastes zu ihren Gunsten nur noch stärker auslieferte – sich. Eine Verliebtheit, die ich bei meiner damaligen und immerwährenden Ehrlichkeit: einer Furchtlosigkeit des Sich-Bewußtwerdens und des Benennens, nicht einen Augenblick als Verrat empfand: nur als Ersatz – und was für einen schmerzhaften!
Mehr noch: Es war, als hätte die junge Verstorbene mir all ihr nichtverausgabtes Wangenrot übergeben, denn sobald nur jemand: „Arme Nadja!“ sagte – oder die Mutter, auf ihre Kameradin blickend (eben jene!): „Ich fürchte, sie wird sterben wie Nadja“, – da, wie eine aufschnellende Feder, nicht vom Stuhl aufspringend, sondern herausspringend aus mir selbst, eilte ich schon „nach dem Buch“ oder „nach dem Stock“, denn ich wußte, daß ich nicht über noch eine Sekunde hin, mit keinerlei Kraft, keinerlei Willen, die Röte zurückhalten werden kann: die Glut! Die Liebe ist blind? Aber wie blind sind die Menschen für sie! So, daß sogar die

Mutter mein Geheimnis nie erriet – es stand auf der Stirn geschrieben! – und bei der Rückkehr besorgt zu mir sagte: „Was hast du nur für heftige Bewegungen! Mitten im Satz ... Das kann einem ja einen Schreck einjagen. Das Buch ... Der Stock ... Es brennt doch nicht!" Nein, es brennt.

Warum nicht Serjosha? Warum liebte ich *ihn* nicht, die eingestandene Liebe meiner frühen Kindheit? Warum haderte ich nicht mit seinem Tod, nahm ihn an – wie alle?

Darum, weil Serjosha selbst ihn annahm, Nadja aber – nein.

Darum, weil Serjosha schon nicht mehr leben wollte, doch Nadja – ja.

Darum, weil Serjosha mit Leib und Seele starb, doch Nadja – nicht. Mit Leib und Seele fortging dorthin, mit allem, was in ihm war, aber Nadja, von allem, was in ihr war, in ihr *schlug!*, nicht scheiden wollte, mit allem – blieb.

Und auch darum vielleicht, weil um Serjosha schon die Mutter *so* getrauert hatte, aber um Nadja so, wie ich (das meine ich auch jetzt noch), niemand – je.

Liebe Nadja, was brauchtest du von mir? Verse? Doch meine Verse waren damals kindlich, dazu noch auf deutsch ...

Warum bist du gerade mir nachgegangen, vor mir aufgestanden – gerade vor mir und keinem anderen von allen denen, die noch vor so kurzem hinter dir standen und um dich herum?

Vielleicht, liebe Nadja, bist du, da du von dort sogleich alles Künftige sahst, als du nun mir, dem kleinen Mädchen nachgingst – *deinem Dichter* gefolgt, dem, der dich heute, fast dreißig Jahre später, auferstehen läßt?

D. I. Ilowaiski sah – genauer: hörte – ich zum letzten Mal am Vorabend der Eröffnung des Museums Alexanders III., im Mai 1912, bei uns zu Hause, zu ungewöhnlich später Stunde. Nicht auf die Dienerin wartend, die über den Hof wohnt und wahrscheinlich schon schläft, öffnet Serjosha Efron, mit dem ich mich kurz zuvor verheiratet hatte. Ein Knarren der Haustür, und dann ein Knurren, aus dem sich die Worte klären: „Also nicht zu Hause?" Und, in den Saal vortretend: „Eine Garderobe – wird dasein?" Schweigen, danach ein Hüsteln des Gefragten. Der Fragende, zudringender: „Die Garderobe, frage ich, wird sie dasein? Gibt es Quittungen, will ich wissen." Aus dem Eßzimmer lugend, sehe ich, wie Serjosha, mit immer noch liebenswürdigem Lächeln, leicht zurückweicht vor dem unnachgiebig, mit der Leidenschaftslosigkeit des Verhängnisses auf ihn zurükkenden Pelz, in dem ich (im Mai!) D. I. Ilowaiski erkenne. „Sonst" (er klopft sich auf den wie bei einer Soutane weitgeschnittenen Ärmel) „geht mir der gar noch, mein Biber, sozusagen" (mit galliger Ironie:) „zur Feier des Tages – verlustig! Auch eine neue Mode, wirft ihn übers Ärmchen und ‚können ganz beruhigt sein', nur mit einem Lächeln, ohne jede Quittung ... Wer kennt sich aus in ihm – Bedienter oder verkleideter Räuber? Steht ihm schließlich nicht an der Stirn geschrieben, und wenn es geschrieben steht – ist es Lüge. Nein, eine Nummer braucht man, die Nummer!" Nachdem ich mich hinter dem Samowar verborgen habe, sehe ich weiter zu. Pause, und, mit zusammengekniffenen Augen: „Aber wer Sie sind, will mir nicht einfallen ... Im Vestibül, da habe ich Sie für Andrjuscha gehalten, aber jetzt sehe ich – nein: noch länger und noch magerer" (und, mißbilligend) „und dem Alter nach anscheinend *noch* jünger ..." – „Ich bin der Mann des Schwiegersohns ... das heißt der Schwiegersohn der Tochter – Marinas ... Ich wollte sagen: Iwan Wladimirowitschs. Der Ehemann." Ilowaiski, mißtrauisch: „Ehemann?" – und schon gleichgültig: „Aaah-ha ... Also, richten Sie, junger Mensch, Iwan Wladimirowitsch aus, daß sein Schwiegervater vom Alten Pimen gekommen ist und nach der Garderobe gefragt hat."

Und, nachdem er den leiblichen Enkel mit dem fremden Schwiegersohn vertauscht hatte – schon als Sage! schon als Geist! – mit dem Biberpelz die eichenen Dielen fegend, durch den dunkelnden Saal, den Saal, der in diesen wenigen Minuten völlig dunkel geworden war – wie ein schneebedecktes Feld, über das schneebedeckte Feld seines Wolfsloses, durch die knarrende Haustür, über die hölzernen Stege, durch die aufkreischende Pforte, vorbei an den ersten Laternen – der letzten Dämmerung – heim, zu seinem Patron – dem Pimen, zu dem Patron aller Chronisten – dem Pimen, zum Alten Pimen, auf der Kleinen Dimitrowka, zum Kleinen Dimitri, zu Dimitri dem Ermordeten – in sein kinderloses, tödliches, totes Haus.

Ein langer Gedankenstrich. Ein Gedankenstrich so lang wie sechs Jahre: der gesamte Krieg und der Anfang der Revolution. Ein Gedankenstrich, für Ilowaiski vollendet mit dem Verlust seiner ganzen Welt.

1918. Frühling. Es klopft an der Tür. Ein seltener Gast. Bruder Andrej, von dem ich nie etwas weiß, weder von seinem Leben noch seiner Umwelt, weder Kummer noch Freuden, nicht einmal die Adresse, nichts, außer, daß er uns, die Halbschwestern, unvergleichlich mehr liebt als seine richtige, und wenn er überhaupt jemanden liebt auf der Welt – dann uns.

„Marina! Wohnt bei dir noch dieser Untermieter – wie hieß er? – Iks?" – „Wohnt noch hier." – „Dann bewirke du bitte, daß man Großvater freiläßt." – „Wie – freiläßt?" – „Na, er sitzt bei der Tscheka, schon eine Woche." – „Wofür?" – „Für seine Überzeugungen. Sie sind gekommen und haben ihn verhaftet. Gegen jeden Anstand." – „Und wie alt ist er jetzt?" – „Das weiß Gott – vermutlich um die Hundert herum." – „Waas?" – „Neunzig auf jeden Fall." – „Gut, ich versuche es."

Spät am Abend halte ich Wache bei dem damals noch funktionierenden Telefon meines Mieters Iks. Tap-tap-tap-tap auf der Treppe. Ich öffne. „Genrich Bernardowitsch!" – „Ja?" – „Alles, was recht ist, gut sind Ihre Bolschewiken – hundertjährige Greise ins Gefängnis setzen!" – „Was denn nun noch für Greise?" – „Meinen Großvater Ilowaiski." – „Ilowaiski ist Ihr Großvater?" – „Ja." – „Der Historiker?" – „Ja, doch, natürlich." – „Und ich dachte, er sei längst gestorben." – „Überhaupt nicht." – „Aber wie alt ist er denn?" – „Hundert." – „Wie?" (Ich ging ein wenig herunter:) „Achtundneunzig, Ehrenwort, er erinnert sich noch an Puschkin." – „Erinnert sich an Puschkin?" – Und, plötzlich erfaßt von einem krampfhaften, hysterischen Lachen: „Aber daaas ist doch ein Witz ... Ich ... ich ... soll den Historiker Ilowaiski!! Ich habe doch noch nach seinem Lehrbuch gelernt, hab eine Fünf bekommen ..." – „Nicht *seine* Schuld. Aber Sie verstehen, das ist gegen den Anstand, lächerlich irgendwie – dasselbe, als wollte man einen Veteranen von Borodino einsperren." – „Ja" (er denkt schnell und gründlich nach) – „daaas – ist wirklich ... Erlauben Sie, ich rufe sofort an ..." Aus Höflichkeit entferne ich mich, und schon

auf der Treppe höre ich den Namen Dzierżyńskis, des einzigen Freundes meines Iks. – „Genosse … Ein Mißverständnis … den Ilowaiski … ja, ja, eben der … stellen Sie sich vor, er lebt noch …"
Eine Woche lang betrieb mein bescheidener Iks die Sache Ilowaiski, er – die personifizierten zwei Füße – mit einem Automobil! Eine Woche fragte ich nichts, denn mehr, als ich glaubte – wußte ich. Und am siebenten Tag zur gleichen nächtlichen Stunde – tap-tap-tap-tap (in genau vier Sprüngen nahm er die Treppe) – tuck-tuck-tuck. – „Marina Iwanowna!" – „Ja." – „Ich kann Sie beglückwünschen! Man hat Ihren Großvater freigelassen." – Er strahlt, aber das Gesicht ist böse, ebenso Strahlen und Erbostheit in der Stimme. – „Aber wiiissen Sie – das war nicht leicht!" – Ich, schüchtern: „Danke, ich finde keine Worte, um …" – „Keine Ursache, mit Vergnügen, eigentlich ganz ohne Vergnügen, unter anderen Umständen hätte ich sonst *nicht*, aber … Er ist wirklich neunzig?" – Ich, um doch mit etwas zu danken: „Achtundneunzig." – „Sieht aus wie – sechzig. Auch die Stimme rüstig. Ja. Sie sagen – erinnert sich an Napoleon?" – „An wen Sie wollen! Aber vor allem – an Puschkin!" – Iks, für eine Sekunde die Augen halb schließend: „Bemerkenswert!" – Ich, die Sekunde nutzend: „Und wofür hat man ihn eingesperrt?" – Iks, die Augen weit öffnend: „Für deutsche Orientierung." – Ich, in der vollen Reinherzigkeit der Verblüffung: „Aber er ist doch Kosak, es gibt sogar eine Staniza ‚Ilowaiskaja'." – „Ich sagte nicht: für deutsche Abstammung – für uns spielt die Abstammung keine Rolle, wir sind" (als lege er mir, eins nach dem anderen, sechs Stückchen Zucker in den Mund) „in-ter-na-ti-o-nal, ich sagte ‚Orientierung'." – Ich, vieldeutig: „Aaah-ha …" – „Er ist sehr, sehr rüstig für sein Alter. Und nicht nur für seins." – „Er ist noch vor kurzem Fahrrad gefahren. Und hat das Horn geblasen." – „Das Horn? Sagen Sie nur!" (Mit Neugier:) „Wozu eigentlich?" – „Daß es alle hörten. Das Rolandshorn – Sie wissen doch, das historische. Und geritten ist er, bis sie ihm das Pferd weggenommen haben." – „Wir", schließt Iks strahlend.
Am nächsten Morgen erscheint Andrej. – „Na, Marina, dein Iks ist ein Prachtkerl. Hat den Großvater herausgeholt." – „Ich weiß." – „Drei Wochen hat er gesessen.

Schimpft!" – „Und hast du gesagt, durch wen er ...?" – „Wo denkst du hin!" – „Schade, richte ihm unbedingt aus, daß ihn der Jude Iks aus der Gefangenschaft befreit hat." – „Wo denkst du hin, Mütterchen, wenn er das erfährt – bittet er darum, daß man ihn zurückholt!"
Er ließ sich nicht holen, er trat selbst aus. Aus der Welt, wo einen Ilowaiski ein Ypsilon festsetzt und ein Iks befreit – in eine andere Welt, an die er, glaube ich, sein Lebtag wenig dachte, da er sich ungeteilt und lebenslang einer nicht weniger jenseitigen Welt hingab: der gewesenen.
Ilowaiski starb 1919, im einundneunzigsten Jahr nach der Geburt, wie – weiß ich nicht und werde es wohl kaum erfahren, denn der einzige, der es mir sagen könnte: sein einziger Enkel und mein einziger Bruder, Andrej, ging im April 1933 selbst ins Grab, wegen desselben Altpimenschen Erbleidens, um vierzehn Jahre seinen uralten Großvater überlebend. Seine einzige Enkelin, meine Halbschwester Valeria, eine echte Erbin der Altpimenschen Leidenschaften und vor allem jener Glut des Nieverzeihens, kann es bis heute meiner Mutter (gest. 1906) nicht nachsehen, daß sie *ihre* Mutter (gest. 1890) im Hause ersetzt hat, und da sie sie in unserer, Asjas und meiner, Stimme, unserem Gesicht, unseren Gesten und sogar Buchstaben! haßt, so haßt, wie man das *Einzig*-Verhaßte, *zweimal* Auferstandene nur hassen kann, *buchstäblich nicht sehen kann,** und sieht man es – *genug davon haben* kann, es *zu sehen* – diese Schwester Valeria wird natürlich nicht bereit sein, mir etwas zu sagen.
Ich könnte hier eine in ihrem Haß biblische Szene anführen, über dem Grabe, eine Szene dieser Schwester Valeria – meiner überaus sanften Schwester Asja, in deren Armen Andrej nämlich starb, doch das gehört bereits in unsere Familienchronik.
Und, um abzuschließen mit D. I.: Ich weiß nur, daß er am Alten Pimen starb und daß er bis zum letzten Tag gearbeitet hat. Und wenn ich es nicht wüßte – ich wüßte es.
Ich habe ein Andenken an ihn, auf mich bezogen, sein Buch über meine Namensvetterin Marina, zu deren Ehre die Mutter mir den Namen gab.

* hassen – russ.: ненавидеть, nicht sehen – не видеть (Anm. d. Übers.).

Welcher Winter war das? Sie fließen alle in einen, zeitlosen, zusammen. Jedenfalls war es ein Winter mit „Springern“, überlebensgroßen Wesen in weißen Leichenhemden, die aus den weißen Schneewehen heraus über einsame Pelze, und manchmal auch, unter dem Pelz, über den Anzug herfielen, wonach – der verspätete Fußgänger dann – in Weiß ging, das überlebensgroße Wesen aber, unversehens im Wuchs geschrumpft, – im Pelz. In diesem Springer-Winter also komme ich mit der nun verstorbenen T. F. Skrjabina zu musikalischen Freunden von ihr und treffe unmittelbar auf die Worte: „Ein ungewöhnlicher Alter! Hart wie Stein! Erstens, kaum, daß er sich gesetzt hat, eine Untersuchungsführerin von uns – vom Schrank herunter ihm fast auf den Kopf – fünf Bände Russisches Recht. Und als ich zu ihr sage: ‚Ida Grigorjewna, nun seien Sie doch etwas vorsichtiger, so kann man ja jemanden erschlagen!‘ – sagt er zu mir: ‚Seien Sie unbesorgt, meine Gnädige, ich fürchte den Tod nicht, und die Bücher erst recht nicht – da habe ich in meinem Leben schon mehr davon geschrieben.‘ Die Vernehmung beginnt. Genosse N packt den Stier bei den Hörnern. ‚Welche politischen Überzeugungen teilen Sie?‘ Der Angeklagte, schwerfällig: ‚Po-li-ti-sche Ü-ber-zeu-gun-gen?‘ Nun, N denkt, der Alte ist schon ganz schwachsinnig, man muß ihn einfacher fragen: – ‚Wie stehen Sie zu Lenin und Trotzki?‘ Der Angeklagte schweigt, wir denken schon, er hat wieder nicht verstanden, oder vielleicht ist er taub? und plötzlich, vollkommen gleichmütig: ‚Zu Le-nin, Trotz-ki? Nie ge-hört.‘ Aber das ist für N zuviel: ‚Nie gehört? Und die ganze Welt hört nichts anderes mehr? Ja, was sind Sie denn nun, zum Teufel, Monarchist, Kadett, Oktobrist?‘ Und er, schulmeisternd: ‚Haben Sie meine Werke gelesen? Ich war Monarchist, und ich bin Monarchist. Sie sind wie alt, gnädiger Herr? Dreißig, nicht wahr? Und ich werde einundneunzig. Im zehnten Jahrzehnt, mein Herr, ändert man sich nicht mehr.‘ Da haben wir alle gelacht. Ein kerniger Alter. Würdevoll.“

„Der Historiker Ilowaiski?“

„Ganz richtig. Wie haben Sie das erraten?“

„Und wie meinen Sie, hat er wirklich nichts gehört von ihnen?“

„Was nicht gehört! Natürlich hat er. Vielleicht haben die

andern ihm geglaubt, ich – nicht. In seine Augen war so eine Glut gekommen, als er das vorbrachte. Dunkelblau!"
Die Erzählerin (ehemals Untersuchungsführerin der Tscheka), betroffen von der Furchtlosigkeit des Großvaters und vieler anderer, weniger vorzeitlicher Angeklagten, diese Untersuchungsführerin, da sie allmählich mitbekam, daß auch die Weißen – Menschen sind, tauchte bald darauf als Angestellte in einem Museum für bäuerliches Handwerk, Abteilung Spielzeug, auf. Die Weißen hatten ihren Mann getötet. Sie hatte einen großköpfigen, kahlgeschorenen, vierjährigen hungrigen Sohn …

Bleibt das Ende von A. A. Es ist schrecklich. Nachdem sie alle verloren hatte (die letzte Tochter war im Ausland), blieb A. A. allein, hineingezwängt mit allen ihren Möbeln und Truhen in ein einziges Zimmer, jenes, im Souterrain, mit dem Gewölbe, ehemals Nadjas, mit den Fenstern zum Garten. Ringsum war eine neue Welt, von dem ersten engen Kreis der ins Haus gesetzten Mieter – bis zum Gesichtskreis der neuen Ideen – bis zu dem gewaltigen Horizont der Revolution mit seinen ununterbrochenen Morgenröten. Wie kam sie zurecht mit dieser Welt? Das erste ist, sie kämpfte mit ihr. Sie war geblieben, aber zum Schutz. Wessen? Ihrer Habe. Und sie hielt diese Stellung. Um mitten im Feuer der Revolution, mit einem solchen Namen, in einem solchen Gericht nicht nur einen, sondern ganze zwei Prozesse gegen einen solchen „Arendator" (so nannte sie das anstandshalber) zu gewinnen, dazu mußte man *sie* sein, das heißt, nach dem Wort einer ihr nahestehenden Person, ein Fanatiker des Eigentums.
Versuchen wir, ihren Tag wiederherzustellen, den immer gleichen Tag der elf Revolutionswinter.
Aufstehen in der Kälte. (Macht nichts, ist gesund, das ganze Leben hat sie bei offener Lüftungsklappe geschlafen.) Tee ohne Zucker (schwer). Schwarzbrot (wortwörtlich *schwer*). Schlangestehen nach Seife. (Macht nichts, steh ich durch. Stehe meins ab. Von dem, was mir zusteht, laß ich nicht.) So also, unter voller belustigter Zustimmung aller anderen Anstehenden („Ja, *die* Bürgerin kennt keinen Spaß, wo die steht, kommst du nicht durch!") die siegreiche Vertreibung eines „Unverschämten" und ihr Stückchen nichtwaschender

Seife – in den Händen. Nach Hause. Essen. Sie ißt wenig, daran ist sie gewöhnt. (Schlimm bloß – kein Hafer! Als ob sie und D. I. ihr Leben nur vereint hatten, um zusammen Hafer zu essen. Etwas Rührend-Pferdiges ist in dieser Assoziation ...) Nach dem Essen – in den Truhen graben. Ich sehe sie auf den Knien, mit dem immer noch hochnäsigen Köpfchen immer noch einer Marquise den eisenbeschlagenen Deckel der Truhe abstemmend. Der Kopf – schmerzt. Tut nichts, eigene Fracht drückt nicht! Rollen von Wollstoff, Leinen, Cheviot, Moiré, Atlas ... Worauf werde ich verzichten? Wovon mich losreißen? Wenn man daran denkt, daß alles dieses Lumpenhunde tragen werden. Hündinnen. Für eine Lumpenhündin knie ich hier ...

Smolensker Markt. Eine bejahrte Dame in einem Pelz mit Puff-Falten, hohen spitzen Schuhen. Unter einer weißen kaukasischen Wollkapuze (Serjoshas noch) – schwarze Augen ohne jedes Wohlwollen. Bietet nicht an, hält nicht hin; nachdem sie ihn über den abgewinkelten Arm gehängt hat – zeigt sie. Schweigend. Aber die Ware spricht für sich selbst. „Wieviel?" – „Soundso viel." – „Aber was denn, Tantchen ..." (unter dem durchbohrenden Blick) – „aber wie denn, Bürgerin ..." (und, die Augen nicht ertragend) – „aber ich bitte Sie, Madame ... Sie wollen den Bürger ja ins Unglück stürzen ... Wollen Sie?" (Die Ziffer.) – „Nein", als hätte Eis geknirscht. Oh, gerade die wird wohl eine Kopeke vom Arschin nachgeben – *denen*, wo sie doch ihren eigenen jugendlichen Begierden und ihren leiblichen Kindern nicht nachgegeben hat. Niemals – niemandem – in nichts. Und so, unter dem doppelten Druck der unguten Augen und der Güte der Ware: der Bürger ihr in die Hand die Scheine, sich unter die Achsel – die Arschine. Stehn und nachzählen, jeder – seins, in der Schamlosigkeit der eine wie der andere das Bild völliger Gleichheit zeigend.

Nach Hause, in die Höhle, mit einer Handvoll Raffinade im Papier, mit Weißbrot, doch nicht unter dem Arm, sondern auf dem Boden des englischen, schweinsledernen, Köfferchens.

Brief auf Brief von der Tochter. Ruft sie unablässig ins Ausland. Aber – wie sich von den Sachen trennen? Mitnehmen? Alles kriegst du nicht mit. Verkaufen? Schon der Gedanke macht schaudern. Etwa ohne alles, allein, ohne die

Nachhut der Truhen, Körbe, Säcke, Bündel? Ab und an eine Sendung an die notleidende Tochter: Mal ein paar englische Pfund aus einem günstigen Verkauf auf dem Smolensker, mal ein Seidenkleid, grisperle, aus dessen Schleife allein sich die in Serbien schon ein ganzes Kleid näht.
Jemand schreibt 1927 über sie aus Moskau an die Tochter:
„Die Umstände Ihrer Mama sind entsetzlich – ein einziges Zimmer, vollgestellt mit Sachen, und Tag und Nacht brennt Licht ..."
Am Tag – wegen des Strauchs, der bald mit der Schnee-, bald mit der Laublast das Licht wegnimmt.
In der Nacht – wegen der Gedanken.
So – bis 1929.

Januar und Nacht. A. A. im Begriff, schlafenzugehen. Das Licht brennt – dasselbe, wie auch am Tag: Oberlicht, weiß, gleichmäßig. Vor dem Fenster – der Garten, hartgefroren. Dicht am Fenster – so groß wie sein ganzer eichener Fensterladen – der vereiste Fliederstrauch, gleich einem Wachtposten.
Sie legt den karierten Oberrock ab, den Unterrock mit dem Häkchen, das Leibchen mit den zwölf Knöpfen (der vierte hängt nur noch an einem Faden – festnähen!), löst die Schnüre, legt die Sachen akkurat zu einem Stapel. Im bloßen Hemd, schiebt sie sich durch das Truhen-Gedränge, hebt einen schräg, zu einem Buckel, gewölbten Deckel hoch, deckt eine Marmorplatte auf, hält den Schwamm unter den Strahl. Sie zieht die Nachtjacke an, fädelt den Faden in eine Nadel. Nachdem sie die Haarnadeln herausgezogen hat, bürstet sie, bis es glänzt. Flicht das Zopfband in den Zopf. Sie stellt sich auf die Bastmatte, betet zum Lämpchen hin: „Unser tägliches Brot gib uns heute", und für den Frieden der Seelen.
Es klopft. An den Laden – der Strauch, mit dem vereisten Zweig, wie mit einem vereisten Finger. Wahrhaftig wie mit einem Finger, seinem zweiten, gekrümmten, Knöchel. Einmal – noch einmal. Was dann, wenn es wieder ...? Das dritte Mal. Und da, schleichend, entfernt es sich. A. A., kaltblütig: – Das sind die Nerven. – Trotzdem, zur Sicherheit, drängt sie sich zwischen den harten Ecken der Truhen hin-

durch, kniet sich auf die immer noch nicht fortgeräumten Stapel des „Kreml“, drückt die Stirn gegen den Rahmen. Nichts. Die leere Wand des Ladens. Die abweisende vereiste Scheibe.
Wovor auch Angst haben in einem solchen Haus? Mit soviel Bewohnern? Wieviel Mieter – soviel Revolver. Hinter solchen Fensterläden? Mit einem solchen Hausmeister? Wer sollte denn nachts Angst einjagen, wozu? (In diesem Moment vergaß A. A., daß man auch klopfen kann, um zu warnen, nicht nur, um zu erschrecken. Und wäre sie, wie sie es in der ersten Verwirrung tun wollte, sofort – hinausgegangen, hätte sie vielleicht nicht das Schreckliche gesehen, sondern das Vertraute – und in der Schwärze der Nacht Hell-Schwarzäugige! – das, nicht auf der Erde, sondern über der Erde, fortging vom Fenster. Und wenn sie auch niemanden, nichts gesehen hätte, außer dem Fliederstrauch, ans Fenster geschmiegt – ein zur Vorsicht Mahnender kann in Ermangelung anderer Möglichkeiten auch einmal mit einem Zweig klopfen ...)
Sie faßt sich wieder, geht in das eisige Bett.
Schließt die Augen, schaltet *nicht* das Licht aus. Das Licht brennt, dasselbe wie am Tag, ebenso wie am Tag; gleichmäßig, leblos. Unter den geschlossenen Lidern – das Gesicht dieses Soldaten vom Markt, dem sie gestern den Brokat verkauft hat. (Jenen, für Nadjas Bojarenkostüm, aus dem ja nun nichts geworden ist.) Ein junges Gesicht, bartlos. Den „bolschewikischen“ Wirbel über die Stirn. Aber schade, nur so wenig pro Arschin, ein guter Brokat, hätte mehr gebracht.
Und – der Sohn? Vergessen? Nein. (Neulich, als sie den Garten aufräumte, kam sie mit dem Spaten an einen Strauch: er begann zu klingen, wie eine Krone. Zum Jahrestag nicht vergessen, den Porzellankranz vom Grab zu nehmen: alle Blumen sind abgeschlagen, nur noch der Draht ...) Aber dorthin, auf den *Grund*, wo er ist, und nur er allein, steigt sie niemals hinunter. Sonst – könnte sie nicht leben. Und leben – muß man. Wozu? Und die Truhen? An wen soll denn das kommen alles: das Ungetragene, Unangerührte, Nichtzugeschnittene, durch die Jahrzehnte Bewahrte und bis auf den heutigen Tag Aufbewahrte. Die Tochter – weit fort ... An diese? Alle – die?! Nein, man

muß leben, alles verleben, daß es nicht bleibt, nicht übrigbleibt. Nichts. Niemandem.
Sie schläft.
Das Unglück kam nicht durch das Fenster. Das Unglück kam durch die Tür. Klopfen. A. A. schläft. Das zweite Mal, dringlich. – „Wer ist da?“ – „Iwan, der Hausmeister. Alexandra Alexandrowna, ich habe was zu besprechen mit Ihnen.“ – „Besprechen? Morgen!“ – „Nein, eine unaufschiebbare Sache, verzeihen Sie bitte die Belästigung, ich bleibe nicht lange.“ – „Komm nicht gleich herein, ich öffne und lege mich wieder hin.“
... Er tritt ein. Steht stumm da. Die Augen sonderbar. A. A., gebieterisch und nervös: „Und?“ Die Stimme verlierend: „Was denn?“ Der, zur Tür: „Kommt rein, Jungs.“

Das alte Haus schien auf nichts anderes gewartet zu haben.

Sie kamen als Bande. Kamen nach den Millionen, fanden aber nur vierundsechzig Rubel und Kopeken. Das „Hab und Gut“ rührten sie nicht an – Lappen. Flohen in den Kaukasus, wurden verfolgt, ergriffen, verurteilt, einige – erschossen.
Das Haus am Alten Pimen endete in zweifachem Blut.

Ich schließe mit den Worten der gleichnamigen Erinnerungen Vera Muromzewas, mit deren Namen ich die meinen auch begonnen habe:
„Heute ist in der Gemeindekirche des Alten Pimen ein Komsomol-Klub.“

1933

Die wörtliche Übersetzung des „Waldkönigs“ von Goethe.
Wer galoppiert so spät durch Wind und Nacht? Es ist der Vater mit dem Kind. Er hat den Knaben fest an sich gedrückt, das Kind hat es ruhig beim Vater, das Kind hat es warm beim Vater. „Mein Sohn, was verbirgst du so scheu das Gesicht?“ – „Vater, siehst du den Waldkönig nicht? Den Waldkönig mit Krone und Schwanz?“ – „Mein Sohn, das ist ein Nebelstreifen!“ – „Liebes Kind, komm zu mir, komm mit mir! Ich werde wunderbare Spiele mit dir spielen. An meinem Strand sind viele bunte Blumen, meine Mutter hat viel goldene Kleider!“ – „Vater, Vater, hörst du das etwa nicht, was der Waldkönig mir flüsternd verspricht?“ – „Beruhige dich, mein Sohn, fürchte dich nicht, mein Sohn, im dürren Laub – raschelt der Wind.“ – „Willst du, zarter Knabe, mit mir gehn? Meine Töchter werden dich wunderbar umsorgen, meine Töchter führen den nächtlichen Reigen, – sie wiegen, *sie tanzen, sie singen* dich *ein.*“ – „Vater, Vater, siehst du denn nicht – dort, in der düsteren Finsternis, des Waldkönigs Töchter?“ – „Mein Sohn, mein Sohn, ich sehe es genau: es schimmern die alten Weiden so grau ...“ – „Ich liebe dich, mich versehrt deine Schönheit! Willst du nicht selbst,* nehme ich dich mit Gewalt!“ – „Vater, Vater, jetzt hat er mich ergriffen! Der Waldkönig hat mir weh getan!“ Dem Vater graust es, er galoppiert schnell, er hält das stöhnende Kind umarmt, er ist mit Mühe, mit letzter Kraft zum Hof gesprengt – das Kind in seinen Armen war tot.
Ich weiß, daß es eine undankbare Aufgabe ist, nach einer genialen und freien poetischen Übersetzung eine wortgetreue, prosaische, unfreie zu geben, doch ist dies für meine heutige Aufgabe unumgänglich.
Bleiben wir zunächst bei den unübersetzbaren Worten, den folglich – unübertragbaren Begriffen. Es sind eine ganze Reihe. Beginnen wir mit dem ersten: хвост. Хвост ist auf

* Не хочешь охотой – wörtlich etwa: Willst du nicht aus eigenem Antrieb (охота – Lust, Verlangen, auch: Jagd) (Anm. d. Übers.).

deutsch sowohl Schwanz wie auch Schweif; beim Hund, zum Beispiel, Schwanz, und Schweif – beim Löwen, beim Teufel, bei einem Kometen – und beim Waldkönig. Deshalb setzt mein „geschwänzt" und „mit einem Schwanz" den хвост des Waldkönigs herab, erniedrigt ihn. Das zweite Wort – fein, übersetzt bei mir mit нежный (zart, lieblich, zärtlich), und schlecht übersetzt, denn es bezeichnet vor allem eine hohe Eigenschaft: избранность (Auserwähltheit), неподдельность (Unverfälschtheit), изящество (Feinheit, Eleganz), благородство (Vornehmheit, Adel), благорожденность (edle Herkunft) – einer Sache oder eines Menschen. Hier ist es sowohl edel als auch vornehm, als auch zart (нежный), als auch außergewöhnlich. Das dritte Wort, das Verb reizt, reizen – in der ersten Bedeutung – раздражать (aufreizen, verstimmen), возбуждать (aufregen, aufbringen), вызывать на (provozieren zu, anstacheln zu), доводить (bringen in – unabänderlich Übles: in Zorn, ins Unglück usw.). Und erst in der zweiten Bedeutung – очаровать (bezaubern). Das Wort ist, hier, weder in der vollen noch in der ersten Bedeutung übersetzbar. Näher am Kern als die übrigen ist: „Ich bin aufgereizt von deiner Schönheit, sinngemäß: „versehrt". Das vierte, in derselben Zeile – Gestalt – фигура (Figur), телосложение (Körperbau), внежний вид (äußere Erscheinung, Aussehen), форма (Form, Gestalt). Die Bildung des Gesichts, ausgeweitet auf den ganzen Menschen. Das, wie der der Mensch erscheint. Das fünfte – scheinen, im Deutschen sowohl казаться (scheinen, den Anschein haben) als auch светиться (schwach leuchten, schimmern), als auch мерцать (flimmern), als auch мерещиться (in der Vorstellung erscheinen, vorschweben). Das sechste unübersetzbare: „Leids". „Мне сделал больно" (hat mir weh getan) ist weniger als „Leids gethan", welches in gleichem Maß und gleichzeitig einen Schmerz bedeutet wie einen Schaden und einen bösen Zauber, und im hier gegebenen Goetheschen Fall einen nicht wiedergutzumachenden bösen Zauber – den Tod.
Haben wir nun alles aufgezählt, was Shukowski nicht übersetzen konnte oder nur mit großer und vielleicht nicht belohnter Mühe hätte übersetzen können, wenden wir uns jetzt dem zu, was er eigenmächtig (sofern dieses Wort bei Versen anwendbar ist) verändert hat. Schon die erste Stro-

phe läßt uns sehen, was wir bei Goethe nicht sehen: der Reiter ist ein Greis, das Kind – zittert, zittert schon, bevor es den Waldkönig erblickt, was uns sofort auf den Gedanken bringt, der Waldkönig sei eben ein Wahnbild, was bei Goethe nicht ist, bei dem das Kind wegen der Glaubwürdigkeit des Waldkönigs zittert. (Sah, weil es zittert – begann zu zittern, weil es sah.) Ebenso ist auch die Geste des Vaters verändert, der bei Goethe das Kind fest und warm hält, und der es bei Shukowski wärmt, auf das Zittern antwortend. Auf diese Weise fällt auch das Erstaunen des Vaters fort: „Kind, was drückst du dich so ängstlich an mich?" – ein Erstaunen, gerechtfertigt und verstärkt bei Goethe von dem herrlichen Wohlgefühl des Kindes *vor* der Vision. Die zweite Strophe ist in jeder Zeile abgeändert. Das erste Erscheinen des Waldkönigs, beschreibend, aus dem Mund des Kindes: „Lieber! Der Waldkönig hat mir in die Augen gefunkelt!" – bei Goethe hingegen („Siehst denn du den Waldkönig nicht?") – imperativisch, hypnotisch – das Kind vermag sich nicht vorzustellen, daß man dies nicht sehen kann, es suggeriert dem Vater den König. Der ganze Unterschied zwischen: „Ich sehe" und „Siehst denn du nicht?". Wenden wir uns zu der Erscheinung selbst. Bei Shukowski sehen wir einen Greis, einen erhabenen, „mit dunkler Krone, dichtem Bart", einen *umdüsterten* König Saul etwa, wie ihn der Hirt David sieht. Wir werden von ihm, wie von jederlei Majestät, trotz allem dennoch ruhig. Bei Goethe – ein unbestimmtes – unbestimmbares – Wesen, unbekannt welchen Alters, ohne Alter, aus nichts als Löwenschweif und Krone, – ein *Dämon*, dessen Geschweiftheit der Streifen (полоса), Streif – лоскут (Fetzen), отрезок (abgeschnittenes Stück), обрывок (abgerissenes Stück) – des Nebels abstandslos entspricht, ebenso wie dem Bart Shukowskis ein Nebel-allgemein über einem Wasser-allgemein.

Von welcher Art sind die Versuchungen, mit denen der Waldkönig das Kind lockt? Sagen wir es gleich, daß Goethes Waldkönig das Herz eines Kindes – besser kannte. Die wundersamen Spiele, die er mit dem Kind spielen wird – sie sind betörender als das unbestimmte „Lustiges viel in meinem Land", ebenso wie auch die goldenen Kleider, mit denen es seine, des Waldkönigs, Mutter fein anziehen wird, verführerischer sind als die kalten goldenen Prunkgemächer. Noch weiter weichen die vierten Strophen voneinander ab. Wenn das Kind die Verlockungen des Waldkönigs aufzählt (und zudem Verlockungen welcher Art – „Gold, Perlen, Freude ...“. Wie ein Pascha – einer Türkin ...), erregt uns das unvergleichlich weniger, als wenn das Kind sie nur erwähnt und anzeigt und verschweigt: „Vater, Vater, hörst denn du nicht, was der Waldkönig mir leise verspricht?“ Und dieses *was*, verstärkt vom Leisen der Versprechung, Ungenannten des Versprochenen, spielt sich in uns zu Vorstellungen von solcher Kraft, solchem Schauder und solcher Seligkeit hinauf, wie sie dem idyllischen Autor der „Perlen und Strahlen“ nicht einmal geträumt haben. Entsprechend auch die Antworten der Väter: von nichts aufgestört bei Shukowski – „Oh, nein, mein Kleines, du hast dich verhört, – da hat der Wind, erwacht, die Blätter bewegt.“ Und zu Tode erschrocken, erschreckend – Goethe: „Beruhige dich, Kind! Fürchte dich nicht, Kind! Im dürren Laub – raschelt der Wind.“ Eine Antwort, mit jedem Wort Alarm – den Alarm des Herzens – schlagend. Eine Antwort, uns mit einem Wort die Jahreszeit gebend, die hier genauso bedeutend und unvermeidlich ist wie die Tagesstunde, – die an Möglichkeiten und Unmöglichkeiten reichste von allen Zeiten des Jahres.

Jetzt haben wir den Gipfel der Verführung und der Ballade erreicht, jene Stelle, wo der Waldkönig, das Ungestüm zügelnd, tiefere Intonationen als die väterlich-mütterlichen findet, wo er uns über die gesamte Skala weiblicher Einwirkung führt, die gesamte Tonleiter weiblicher Intonation: von weiblichem Einschmeicheln bis zu mütterlicher Zärtlichkeit; wir sind zu der Strophe gekommen, die, unabhängig vom Sinn, allein mit ihrem Klang schon ein Wiegenlied ist. Und wiederum, wieviel intimer und genauer ist Goethes „Waldkönig“ als Shukowskis, nimmt man schon allein das althergebrachte und volkstümliche warten – нянчить (betreuen, umsorgen), das von der Mehrheit der russischen Leser mit ждать (warten) übersetzte – Shukowski läßt es ganz fallen, ersetzt: „du wirst meine wunderschönen Töchter kennenlernen“; bei Shukowski – wunderschöne, bei Goethe – schlicht Töchter, denn sein, Goethes, Waldkönig kann an eine andere als an Knabenschönheit jetzt nicht

denken. Bei Shukowski die schönen *Töchter*, bei Goethe – die Töchter werden schön *umsorgen.*
Und erneut, wie vordem schon, bei Shukowski ein Beschreiben der Erscheinung, bei Goethe – sie selbst: „Lieber, der Waldkönig hat die Töchter zusammengerufen! Sie nicken mir zu, sehe ich, aus den dunklen Zweigen ..." (Stünde doch wenigstens „siehst du?") – und: „Vater, Vater, siehst du denn nicht – dort, in diesem schrecklichen Dunkel des Waldkönigs Töchter?" Eine Intonation, in der wir die eigene Ungeduld erkennen: wenn wir sehen, und der andere – nicht sieht. Und wie verschieden die Antworten, wie den Fragen entsprechend: olympisch – Shukowski: „Oh, nein, alles ist ruhig in der nächtlichen Tiefe. Es stehen graue Weiden dort seitab", – eine Antwort, die nicht einmal das Schwingen der Zweige, nämlich eine Illusion der Sichtbarkeit, einräumt! Und die erschütterte, die Herzschlag-Antwort – Goethe: „Mein Sohn, mein Sohn, ich seh es genau ..." – die Antwort eines Menschen, der bittet, der den anderen beschwört zu glauben, um es sich selbst glauben zu machen, und uns mit dieser genauen Sichtbarkeit der Weiden noch mehr überzeugt von der bestrittenen Erscheinung.
Und schließlich der Schluß – die Sprengung, die offenen Karten, die abgerissene Maske, Drohung und Ultimatum: „Ich liebe dich! Deine Schönheit hat mich versehrt! Willst du nicht selbst – nehme ich dich mit Gewalt!" – Und Shukowskis passives: „Kind! Ich bin gefesselt von deiner Schönheit!" – wie ein verwöhnter Pascha zur Sklavin, ein Pascha, der selbst gefangengenommen ist, dieser selbe Pascha, der Türkise und Perlen verhieß. Oder der siebzigjährige Goethe, von der Betrachtung römischer Gravüren zur Betrachtung eines fünfzehnjährigen Mädchens schreitend. Erzählend, betrachtend, ausmalend – als sollte es ein Gemälde werden ... Und sogar die geniale Übertragung – die Formel – der folgenden Zeile: „Неволей иль волей, а будешь ты мой!" (mit Zwang oder Willen, du wirst doch mein) – ist schwächer als Goethes „Willst du nicht selbst – nehme ich dich mit Gewalt!" – so wie die Form „du wirst von mir genommen werden" weniger *nimmt* – als „ich nehme dich", den Zugriff – der Hand des Waldkönigs, welche schon greift, und von welcher es bis zu dem kindlichen Schrei „weh!" weniger als ein Schritt, weniger als ein Pfer-

desprung ist, – abschwächt und entfernt. Bei Shukowski ist dieser Schrei nicht da: „Lieber! Der Waldkönig jagt uns nach! Da ist er schon, ich habe keine Luft, ich kann nicht atmen." Bei Goethe ist zwischen dem Schrei des Waldkönigs – „nehme ich dich mit Gewalt!" – und dem Schrei des Kindes – „er hat mir weh getan!" – nichts, außer dem zweimal wiederholten: „Vater, Vater", – und dem Keuchen unter dem Zugriff selbst; bei Shukowski aber – aller Abstand der Absicht. Bei Shukowski sitzt der Waldkönig im Nacken.

Und – das Nachwort (denn der Text endet hier), das, was wir alle schon, seit der ersten Zeile der zweiten Strophe schon, wußten – der Tod, das einzige bei Shukowski fast wörtlich mit Goethe Zusammenfallende, denn die Dynamik des Textes ist vorbei.

Ich wiederhole: Es ist eine undankbare Aufgabe, meine händelsüchtige wörtliche arrhythmische außerkünstlerische Übersetzung und die geniale freie Wiedergabe Shukowskis gegenüberzustellen. Gute Verse sind stets besser als Prosa – sogar als die beste, und Shukowskis Vorteil vor mir ist allzu offenkundig. Aber ich habe nicht Prosa mit Versen verglichen, sondern den genauen Text des Originals mit dem genauen Text der Übertragung: Den „Waldkönig" von Goethe mit dem „Waldkönig" von Shukowski.

Und nun die Schlußfolgerungen.

Die Texte sind gleich groß. Den „Waldkönig" besser übersetzen, als Shukowski, ist nicht möglich. Und soll nicht versucht werden. Nach einem Jahrhundert Bestand ist dies schon keine Übersetzung mehr, sondern ein Original. Es ist einfach ein anderer „Waldkönig". Der russische „Waldkönig" – aus der Chrestomathie und den Angstträumen der Kinder.

Die Texte sind gleich groß. Und völlig verschieden. Zwei „Waldkönige".

Doch nicht nur zwei „Waldkönige" – auch zwei Waldkönige: ein glühender alterloser Dämon und ein erhabener Greis, doch es sind nicht nur zwei Waldkönige – auch zwei Väter: ein junger Reiter und, wiederum, ein Greis (Shukowski hat zwei Greise, Goethe – nicht einen), bewahrt ist nur das Eine Kind.

Zwei Variationen auf ein Thema, zwei Erscheinungen des einen Textes, zwei Zeugnisse der einen Erscheinung.

Jeder sah die Geschichte aus den eigenen Augen.
Goethe, aus der Schwärze seiner feurigen Augen – *sah*, und wir mit ihm. Unser Gefühl während der Frist des Traums vom Waldkönig: Wieso sieht der Vater das nicht?
Shukowski, aus der Glätte seiner braunen, guten, verständigen – sah nicht, mit ihm sahen auch wir nicht. Er glaubte an Nebel und Weiden. Unser Gefühl im Verlauf des „Waldkönigs" – wieso sieht das Kind nicht, es sind – Silberweiden?
Bei Shukowski stirbt das Kind von der Angst.
Bei Goethe vom Waldkönig.
Bei Shukowski ist es einfach. Das Kind hatte Angst, der Vater konnte es nicht beruhigen, dem Kind war, als werde es gepackt (vielleicht hatte ein Zweig es gepeitscht), und von all diesem ihm Erschienenen stirbt das Kind glaubwürdig. Wie jener Irre, der aus Glas zu sein meinte und eine ernüchternde Eingebung gesunden Menschenverstandes mit einem zerspringenden Herzen beantwortete und dem Laut: dsin ... (Ein Gleichnis, das weit fortführt.)
Einmal nur, ganz am Schluß, als sei er schwankend geworden, verläßt Shukowski seine Vernunft mit einem einzigen Wort: „der Reiter, geängstigt" ... doch sofort, selbst geängstigt, übergeht er es.
Der Waldkönig Shukowskis (Shukowski selbst) ist unendlich gütiger: gütiger zu dem Kind, bei ihm tut dem Kind nichts weh, es kann nur nicht atmen; gütiger zu dem Vater – ein trauriger, aber doch natürlicher Tod; gütiger zu uns – die ungestörte Ordnung der Dinge. Denn einräumen, wenn auch nur für eine Sekunde, daß es den Waldkönig gibt, ist – uns absetzen von allen unseren Plätzen. Also – ein betrüblicher, aber gewöhnlicher Zufall. Auch die Erscheinung selbst ist gütiger: ein Greis mit Bart, ein Großväterchen, „türkisene Strahlen" ... Du wunderst dich sogar – wovor hatte das Kind Angst?
(Etwa vor der dunklen Krone, etwa vor der Kraft der Liebe?) Ein Schauermärchen für die Nacht. Schauerlich, doch ein Märchen. Das Schauermärchen eines nicht schauerlichen Großväterchens. Nach einem Schauermärchen kann man dennoch schlafen.
Das seltsame Märchen durchaus keines Großväterchens. Nach dem schauerlichen Goetheschen Nicht-Märchen kann

man nicht leben – so, wie man gelebt hat (in jenen Wald! Nachhause!).
... Gütiger, kälter, erhabener, irrealer. Der Bart ist erhabener als der Schwanz, die Töchter, die geschauten, sind sowohl erhabener als auch kälter, als auch irrealer als die Töchter, die umsorgen; der ganze Text Shukowskis ist auf der Schwelle zwischen Leben und Traum.
Die Erscheinung Goethes ist gänzlich Leben oder gänzlich Traum, gleich, wie man es nennt, ist doch *eines schauerlicher als das andere,* es liegt nicht an der Benennung, sondern an der Okkupation des Atems.
Was ist die größte Kunst? Strittig.
Aber es gibt Dinge, größer als die Kunst.
Schrecklicher als die Kunst.

November 1933

Vom Tisch her, wo das geschah.
Von einem Wort, aus dem Haufen,
an dem er, der Tisch,
zur Ruderbank wurde, vom Oka-Fluß her
und den Wassern.
Paul Celan, Und mit dem Buch aus Tarussa

1892 Marina Iwanowna Zwetajewa wird am 26. September (8. Oktober) 1892 in Moskau geboren. Ihre Mutter, Marija Alexandrowna (1868–1906) entstammte der Verbindung des Deutsch-Serben Alexander Danilowitsch Meyn mit der Tochter eines polnischen Adligen. Sie war, als Pianistin und Malerin hochbegabt, von der Familie gedrängt worden, ihre Konzertkarriere und den geliebten Mann aufzugeben und den verwitweten Mann ihrer Freundin zu heiraten.

Iwan Wladimirowitsch Zwetajew (1847–1913), der zwei Kinder in die neue Ehe brachte, entstammte einem der ältesten russischen Geschlechter, war Sohn eines Landgeistlichen, lehrte nach Studium und erfolgreichem Forschungsaufenthalt in Italien an der Moskauer Universität und den Höheren Frauenkursen Kunstgeschichte und begründete das „Museum Alexanders III.", das heutige Puschkin-Museum, das erste öffentliche Kunstmuseum Rußlands. Elfmal reiste Prof. Zwetajew zwischen 1898 und 1912, zwischen dem Jahr der Grundsteinlegung und dem der Eröffnung des Museums, nach Westeuropa, gelegentlich in Begleitung seiner Frau, die ihm als gute Kennerin antiker Skulptur zeichnend und übersetzend half.

Kindheit in der Moskauer Trjochprudny-Gasse 7 und im Sommerhaus in Tarussa mit der zwei Jahre jüngeren Schwester Anastassija (geb. 1894). Erzieherin zunächst die Baltendeutsche Auguste Iwanowna, später Alphonsine Dijon. Eine russische Kinderfrau hatte nur die Schwester. Früh Klavierunterricht, da die Mutter die Töchter zu Pianistinnen machen wollte. Von der Mutter ungeliebt, weil die sich einen Sohn gewünscht hatte, träumt Marina von phantastischen Adoptionen – durch einen Teufel, durch Altgläubigen-Nonnen in Tarussa oder durch eine Tante in der Schweiz, bekennt jedoch 1926, daß sie das Entscheidende in ihrem Leben doch der Mutter verdanke: „Die Musik, die Natur, die Poesie ... Heroica."

1898 Musikschule von Frau Sograf-Plaxina. Erste Gedichte in Russisch und Deutsch.

1901 In der Vorbereitungsklasse für das Gymnasium.

1902 Die Mutter erkrankt an Tuberkulose und geht zur Kur. Marina lebt in Nervi bei Genua, wo die Schwestern (und wohl auch die Mutter) in der „Pension russe" von dem Anarchisten Wladislaw Kobylanski beeindruckt sind.

1903 Privatschule von Lucille und Marguerite Lacaze in Lausanne am Genfer See, Boulevard de Grancy 3.

1904/05 Wohnt mit der Schwester Anastassija in Freiburg im Schwarzwald, Pension der Schwestern Brink, Wallstraße 10, und besucht eine Privatschule. Die Erinnerung an den St. Georg am Schwabentor und an den Schwarzwald beherrscht sie ihr Leben lang. Ihre Liebe für „Übermaß" und „Schwärmerei", nur deutsch zu benennen, wie sie meinte, geht auf diese Zeit zurück.

1906 Marinas Mutter stirbt auf dem Rückweg von Jalta nach Moskau in Tarussa. Die Schwestern besuchen nun das Gymnasium. Marina schafft sich eine Gegenwelt in der Poesie. Die Helden ihrer Jugend werden Napoleon I., Sarah Bernhardt und Marija Baschkirzewa. Ihre bevorzugten Dichter sind im Deutschen Goethe, Novalis, Heine, Hölderlin, Wilhelm Hauff, Friedrich de la Motte Fouqué („Undine"), im Französischen Edmond Rostand (Napoleondrama „L'Aiglon") und Dumas père.

1909 Reise nach Paris, wo sie sich ein Zimmer nimmt, an der Sorbonne Vorlesungen über altfranzösische

Literatur hört, die bewunderte Bernhardt aber verfehlt.
In Moskau Bekanntschaft mit dem Symbolisten Lew Kobylinski-Ellis, einem Freund von Andrej Bely. Ellis wird der erste Kritiker und Mentor der jungen Dichterin. Marinas romantische Beziehung zu Ellis' Freund Wladimir Nilender, der ihr einen Heiratsantrag von Ellis überbringen soll, sich aber selber in sie verliebt, beschleunigt ihre Emanzipation: sie trägt die Haare kurz, bevorzugt hohe Absätze (da mit ihren 163 cm relativ klein) und raucht.

1910 Im März wird Ellis des Diebstahls wertvoller Radierungen aus dem Rumjanzew-Museum überführt und Professor Zwetajew der Vernachlässigung seiner Aufsichtspflichten beschuldigt. Schokkiert durch die Verbindungen und den Aufruhr der Tochter, verbietet Professor Zwetajew Marina den Umgang mit Ellis und Nilender und schickt die Mädchen im Sommer 1910 nach Dresden, wo sie bei einer Pfarrersfamilie auf dem Weißen Hirsch gutes Benehmen und Hauswirtschaft lernen sollen. Marina hat nur Augen für das romantische Sachsen.
In Moskau erscheint, vor der Familie verheimlicht, als Privatdruck in 500 Exemplaren Zwetajewas erstes Buch „Abendalbum" (Večernij al'bom), es ist Marija Baschkirzewa gewidmet und steht unter einem Motto von Rostand – Ersatz für den untersagten Brief an den geliebten Nilender, wie sie später sagt. Das Büchlein wird von Waleri Brjussow, Nikolai Gumiljow, Marietta Schaginjan und Maximilian Woloschin besprochen. Woloschin führt die junge Dichterin in den Kreis um den Symbolisten-Verlag „Musagetes" ein, sie lernt Wjatscheslaw Iwanow, den Kritiker Michail Gerschenson, den Philosophen Fjodor Stepun kennen, auch die Essayistin Adelaida Gercyk, deren Prosastil sie später prägte.

1911 Verläßt kurz vor dem Examen die Schule. April auf der Krim, Gursuf, Koktebel; lebt im Hause

Woloschins, wo sie den siebzehnjährigen Sergej Efron (1893–1941) trifft, der, noch Gymnasiast, kleine Erzählungen veröffentlicht. Efron ist Sproß einer russisch-jüdischen Revolutionärsfamilie: Die Mutter, dem Adelsgeschlecht der Durnowo entstammend, war unter dem Einfluß von Kropotkin Revolutionärin geworden, hatte gemeinsam mit ihrem künftigen Mann illegal gearbeitet und war mehrere Male vor Gericht gestellt und eingesperrt worden. Die Eltern starben kurz nach ihrer zweiten Emigration 1905 in der Schweiz. Der Sohn Sergej, 1914 wegen Tuberkulose vom aktiven Kriegsdienst freigestellt, tritt in die Junkerschule ein, was ihn 1917 auf die Seite der Weißen Armee führt.

1912 Heiratet am 27. Januar Sergej Efron.
Zweites Buch „Zauberlampe" (Volšebnyi fonar'), es ist Sergej Efron gewidmet.
Hochzeitsreise nach Sizilien, Rückkehr über Paris.
In Moskau Umzug nach Samoskworetschje, 1914 in die Borisoglebski-Gasse 6.
5. September Geburt der Tochter Ariadna/Alja (gest. 1975). Drittes Buch „Aus zwei Büchern" (Iz dvuch knig).

1913 Tod des Vaters.

1913 bis 1915 „Gedichte einer Jugend" (Junošeskie stichi), zu Lebzeiten unveröffentlicht, Erstdruck 1976.

1914 Oktober Begegnung mit Sophia Parnok (1885 bis 1933), die Frauen verlieben sich ineinander, leben und reisen zusammen, die Trennung Anfang 1916 ist die „erste Katastrophe" in Marinas Leben.

1915 bis 1917 Zwetajewas Gedichte erscheinen regelmäßig in der Petersburger Zeitschrift „Sewernyje sapiski", darunter auch einige aus der späteren Sammlung „Werstpfähle I" (Versty I), einem lyrischen Tagebuch des Jahres 1916.

1916 Jahreswechsel 1915/16 mit Sophia Parnok in Petrograd. Begegnet Michail Kusmin und Ossip

Mandelstam, verpaßt aber die bewunderte Anna Achmatowa. Ende Januar und Ende Februar Besuche Mandelstams in Moskau. „Gedichte über Moskau" (Stichotvorenija o Moskve). Die kurze, im Juni nach einem erneuten Besuch Mandelstams jäh abbrechende Beziehung beschreibt sie später in „Geschichte einer Widmung" (Istorija odnogo posvjaščenija). Erste Gedichte aus den großen Achmatowa- und Blok-Zyklen.

1917 Nach der Februarrevolution sympathisiert Marina Zwetajewa mit den Besiegten, sieht dann allerdings in Kerenski kurze Zeit einen neuen Bonaparte.

Im April Geburt der Tochter Irina (gest. 1920). Sommer auf der Krim. Bekanntschaft mit Ilja Ehrenburg.

Ablehnend zur Oktoberrevolution. Sergej Efron schließt sich den Gegnern der sozialistischen Revolution an. In den ab 1917 entstehenden Gedichten des späteren Zyklus „Schwanenlager" (Lebedinyj stan) dichtet die Zwetajewa eine romantische Verklärung des Zaren und der weißen Freiwilligenbewegung.

1918 Der Versuch, die Kinder von Moskau auf die Krim zu bringen, schlägt fehl. Marina Zwetajewa bleibt in Moskau, die Zeit beschreiben ihre Tagebücher („Irdische Zeichen" [Zemnye primety]). Ein halbes Jahr angestellt im Volkskommissariat für Nationalitäten unter Volkskommissar Stalin, Erinnerungen daran in „Meine Stellungen" (Moi služby).

1920 Die Tochter Irina stirbt in einem Kinderheim.

Arbeit an dem später verlorengegangenen Stück „Der Schüler" (Učenik).

1921 Durch Vermittlung von Pjotr Kogan ständige Lebensmittelration. Bekanntschaft mit Theaterleuten aus dem von Jewgeni Wachtangow geleiteten „Dritten Studio" des Künstlertheaters, darunter der Dichter Pawel Antokolski, die Schauspieler Juri Sawadski und Sophia Holliday, und vor allem mit dem bewunderten Fürsten Sergej Wolkonski.

Ihre Liebe zu Sophia Holliday beschreibt sie später in der „Erzählung von Sonetschka" (Povest' o Sonečke).
Herbst Besuch bei A. W. Lunatscharski im Kreml, um Hilfe für Woloschin und andere auf der Krim hungernde Autoren zu erwirken (erfolgreich).

1917
bis 1922 entstehen sechs Theaterstücke und die Gedichtbücher „Werstpfähle II" (Versty II), „Schwanenlager", „Handwerk" (Remeslo).

1922 Nachdem im Juli 1921 von Sergej Efron (der nach der Niederlage der Weißen Armee über Gallipoli und Konstantinopel nach Prag gegangen war und dort studierte) Nachricht gekommen war, verläßt Marina Zwetajewa im Mai 1922 Moskau und geht zunächst nach Berlin (Pension am Prager Platz, danach Trautenaustraße 9).
Nach ihrer Ankunft in Berlin erscheinen „Werstpfähle I" und das Versmärchen „Zaren-Jungfrau" (Car'-Devica) in einem in Moskau und Berlin arbeitenden Verlag; in Moskau das Stück „Casanovas Ende" (Konec Kazanovy); in Berlin die „Gedichte an Blok" (Stichi k Bloku) und „Abschied" (Razluka).
Zwetajewa und Pasternak, die sich in Moskau kennengelernt hatten, entdecken einander als ebenbürtig: Zwetajewa liest in Berlin Pasternaks Buch „Meine Schwester das Leben", über das sie ihren ersten Essay schreibt, und Pasternak liest in Moskau die „Werstpfähle". Kurz darauf beginnt der Briefwechsel der beiden; von den etwa 100 Briefen an Pasternak sind 19 erhalten, sehr viele sind aus Entwürfen in Zwetajewas Tagebuch zu rekonstruieren, von Pasternak sind 84 Briefe erhalten.
Im Sommer 1922 holt Sergej Efron Marina Zwetajewa und die Tochter nach Prag. Sie wohnen zunächst in Horní Mokropsy 19 (jetzt 66) und 33 (jetzt 90), dann in Praha-Smíchov, Švédská ul. 1373, schließlich in Dolní Mokropsy 37 (jetzt 642) und Všenory 23 (jetzt 324), kurz in Jíloviště.

1923 Die Tochter geht kurze Zeit auf eine russische Schule in Moravská Třebova, und Sergej Efron zieht mit in dieses mährische Städtchen. Zwetajewa wohnt inzwischen in der Švédská. Unterstützung durch Marc Slonim, den Herausgeber der sozialrevolutionären Zeitschrift „Wolja Rossii" und Anna Tesková, Übersetzerin und Vorsitzende der Kultur-Sektion in der Prager Tschechisch-Russischen Gesellschaft, mit der sie nach der Übersiedlung nach Paris in regem Briefwechsel steht. Beginn des Briefwechsels mit dem jungen Berliner Kritiker Alexander Bachrach. Plan einer „Theseus"-Trilogie („Ariadne", „Phädra", „Helena"). In Berlin erscheint „Handwerk". Arbeit an „Der schöne Jüngling" (Molodec).

Zehnteiliger Gedichtzyklus „Leitungen" (Provoda) und dreiteiliger „Der Dichter" (Poėt), beide Pasternak gewidmet, der im März aus Berlin nach Moskau zurückkehrte.

1924 Zwetajewa schreibt die großen Liebesgedichte „Poem vom Berg" (Poėma Gory) und „Poem vom Ende" (Poėma Konca), die Konstantin Rodziewicz gewidmet sind, einem ehemaligen Offizier der Weißen Armee und Studienkollegen ihres Mannes, mit dem sie im Herbst und Winter 1923 gelebt hatte.

Die Versdramen „Schneesturm" (Metel'), „Fortuna", „Ein Abenteuer" (Priključenie) und „Phoenix" erscheinen in Zeitschriften.

Freundschaft mit Olga Tschernowa-Kolbasina, der ehemaligen Frau des letzten Vorsitzenden der Sozialrevolutionären Partei Viktor Tschernow, und den Familien der Schriftsteller Jewgeni Tschirikow und Leonid Andrejew.

1925 In Všenory bei Prag wird Zwetajewas Sohn Georgi (gefallen 1944) geboren.

Arbeit an der Verserzählung „Der Rattenfänger" (Krysolov).

Erinnerungen an Waleri Brjussow „Ein Held der Arbeit" (Geroj truda).

Essay über Deutschland.

Im Herbst Reise nach Paris, wo sie sich entschließt zu bleiben.

1926 Im Februar große Lesung in Paris. Verkehrt mit Konstantin Balmont, Alexej Remisow, Lew Schestow, Fjodor Stepun, Nikolai Ossorgin und Boris Saizew. Finanziell unterstützt von dem Kritiker und Übersetzer Dmitri Swjatopolk-Mirski, Salomea Halpern-Andronnikowa und Jelena Iswolskaja, siedelt sie sich nach einigem Suchen in Meudon an, avenue Jeanne d'Arc 2. Im März Lesereise nach London auf Einladung von Swjatopolk-Mirski. „Der Rattenfänger" erscheint in „Wolja Rossii". Durch Vermittlung von Pasternak Briefwechsel mit Rainer Maria Rilke. Pasternak denkt, sich mit Marina Zwetajewa verbinden zu müssen, Marina Zwetajewa mit Rilke. Unmittelbar nach Rilkes Tod am 29. Dezember 1926 Briefdichtung „Zum Neuen Jahr. Auf den Tod Rilkes" (Novogodnee. Na smert' Ril'ke), danach der Essay „Dein Tod" (Tvoja smert').

1927 Die Veröffentlichung des Essays „Dichter über Kritiker" (Poėt o kritike) mit Angriffen auf mehrere Kritiker der Emigration, die die neuen Entwicklungen in der Poesie nicht unterstützten (den Impressionisten Juli Aichenwald, den Post-Akmeisten Georgi Adamowitsch, aber auch die hochrenommierten Altmeister der Emigration Sinaida Hippius und Iwan Bunin), löst einen Sturm gegen Zwetajewa aus, der zu Entzweiungen in der Pariser russischen Emigration führt. Das erste Heft der nach ihren Gedichtsammlungen benannten Zeitschrift „Werstpfähle" trug das seine zum Eklat bei: es druckte beifällig sowjetische Texte, etwa von Pasternak und Artjom Wesjoly.

1928 Druckt die zwischen 1922 und 1925 geschriebenen Gedichte in ihrem Band „Nach Rußland" (Posle Rossii). Zugleich Teilabdrucke aus „Schwanenlager", die jedoch wegen ihrer Solidarisierung mit Majakowski bei dessen Parisbesuch im November von der Redaktion abgebrochen werden. Arbeit am Poem „Perekop", Grundlage sind die Bürgerkriegstagebücher von Sergej Efron.

Bekanntschaft mit dem jungen Dichter und Redakteur der Zeitung „Poslednije nowosti" Nikolai Gronski (1909–1934); der erhaltene Briefwechsel 1928 bis 1930 zählt 99 Briefe von Zwetajewa, 41 von Gronski.

1929 Essay „Natalja Gontscharowa", gedruckt in „Wolja Rossii" 1929, No. 5–9.

Ende der zwanziger Jahre Arbeit an einem großen Poem „Die Familie des Zaren" (Sem'ja carja); der Text ging bis auf eine Variante des Prologs („Sibirien") verloren.

1930 Schreibt ihre Erinnerungen an die Begegnung mit Ossip Mandelstam: „Geschichte einer Widmung". Übersetzt ihre Dichtung „Der schöne Jüngling" ins Französische für eine beabsichtigte Ausgabe mit Illustrationen von Natalja Gontscharowa.

1931 Öffentliche Lesung des siebenteiligen Majakowski-Zyklus und der Erinnerungen an Mandelstam.

1932 Essay „Der Dichter und die Zeit" (Poėt i vremja), erscheint in „Wolja Rossii" 1932, 1–3.

Umzug in das billigere Clamart, rue Condorcet 101, später rue Lazare Carnot 10. Sergej Efron seit 1930 häufig krank in Sanatorien. Er schließt sich der Bewegung zur Rückkehr in die Heimat an und ist für den sowjetischen Geheimdienst tätig, wovon Marina Zwetajewa bis 1937 nichts weiß. Nachdem die Zeitschrift „Wolja Rossii" ihr Erscheinen eingestellt hat, lebt die Familie in äußerster Armut – Pferdefleisch, Eier nur zu Ostern, Butter allein für den Tbc-kranken Mann, für die Tochter in 14 Jahren zwei neue Kleider. Die Prosaveröffentlichungen in den Pariser „Sowremennyje sapiski" werden vom Herausgeber z. T. stark gekürzt, etwa der Essay „Die Kunst im Licht des Gewissens" (Iskusstvo pri svete sovesti) oder die Erinnerungen an Maximilian Woloschin.

1932
bis 1934 Schreibt an dem „Brief an eine Amazone" (Lettre à l'Amazone), halb Essay, halb Geschichte einer lesbischen Liebe, gerichtet an Natalie Clifford Barney (1876–1972).

1933 Nähere Bekanntschaft mit Wladislaw Chodassewitsch.

Essay über Majakowski und Pasternak „Epos und Lyrik im heutigen Rußland" (Ėpos i lirika v segodnjašnej Rossii).

Briefwechsel mit Juri (George) Ivask, der ein Buch über die Dichterin plante. Schreibt große Teile ihrer autobiographischen Aufzeichnungen: über ihre Mutter („Mutter und die Musik", „Mutters Märchen", „Der Teufel"), über die Zeit in Tarussa („Die Kirillownas") und in Freiburg, über den Vater („Das Museum Alexanders III.", „Der Lorbeerkranz", „Museumseröffnung") und die Familie der ersten Frau ihres Vaters. Arbeitet an der Untersuchung zu Shukowskis „Erlkönig"-Nachdichtung: „Zwei ‚Erlkönige'" (Dva „Lesnych carja").

1934 Ein neuer Essay über Pasternak erscheint in Belgrad. Schreibt die Chodassewitsch gewidmeten Erinnerungen an Andrej Bely „Gefangener Geist" (Plennyj duch). Aufsatz zum Tod Nikolai Gronskis „Dichter und Bergsteiger" (Poėt – alpinist).

1935 Umzug nach Vanves, rue Jean Baptiste Potin 33.

Februar Vortrag „Meine Begegnung mit Blok"; Manuskript verschollen.

Begegnung mit Pasternak und Tichonow auf dem Pariser Schriftstellerkongreß zur Verteidigung der Kultur.

um 1935 Beginn von Puschkin-Übersetzungen ins Französische.

1936 Sieben weitere Texte zur Erinnerung an den Vater in französisch. Briefwechsel mit dem jungen Dichter Anatoly Steiger, der die Dichterin aus einem Lungensanatorium um Hilfe gebeten hatte; sie widmete ihm die „Verse an eine Waise" (Stichi sirote). „Rede über Balmont" (Reč' o Bal'monte) aus Anlaß des fünfzigsten Jahrestages seines literarischen Beginns. Erinnerungen an Michail Kusmin: „Ein unirdischer Abend“ (Nezemnoj večer).

1937 Erneute Beschäftigung mit Puschkin: „Mein Puschkin“ (Moj Puškin) und „Puschkin und Pugatschow“ (Puškin i Pugačev).

Rückkehr der Tochter Ariadna Efron nach Moskau.

Bei der Nachricht vom Tod Sophia Hollidays Niederschrift der autobiographischen „Erzählung von Sonetschka“.

Im Oktober erfährt sie von Efrons Verwicklung in politische Attentate auf einen ehemaligen GPU-Mann und auf Trotzkis Sohn. Haussuchung und Verhör durch die französische Polizei.

1938 Rückkehr Efrons in die Sowjetunion.

Umzug in ein Pariser Hotel am Boulevard Pasteur 15.

Plan einer Arbeit über den legendären Ritter Bruncvík, dessen Standbild unterhalb der Karlsbrücke sie als ihren „Mittelpunkt“, ihr „Herz“ von Prag verstand.

Bei der Besetzung der Tschechoslowakei durch die Nazis „Gedichte an Böhmen“ (Stichi k Čechii).

1939 Auf Anraten von Juri Ivask gibt sie Manuskripte nach Basel. Nach völliger Isolierung in der Pariser Emigration kehrt Marina Zwetajewa mit ihrem Sohn am 18. Juni in die Sowjetunion zurück.

Die erhoffte Wiederbegegnung mit der Schwester, dem Mann und der Tochter findet unter schwersten Bedingungen statt: Anastassija ist im Arbeitslager. Sergej Efron und Alja wohnen auf einer Datscha in Bolschewo bei Moskau. Am 27. August wird Alja verhaftet, am 7. November Sergej Efron; Schwester und Tochter überleben, Efron wird 1941 erschossen.

Marina Zwetajewa trifft nur wenige Dichter – Boris Pasternak, Anna Achmatowa, Alexej Krutschonych, Boris Sadowskoi, Pawel Antokolski, Arseni Tarkowski, Ilja Ehrenburg, Lidija Tolstaja-Libedinskaja, den Maler Lew Bruni. Sie lebt von Versübersetzungen (Iwan Franko, Washa Pschawela, Baudelaire, García Lorca).

1940 Im Herbst zieht sie in eine Moskauer Wohnung auf dem Pokrowski-Boulevard 14/5, Wohnung 62.

Plan einer Ausgabe ihrer Gedichte.

1941 Nach dem Überfall der Nazis auf die Sowjetunion wird Marina Zwetajewa nach Jelabuga in der Tatarischen ASSR evakuiert. Am 31. August erhängt sie sich und wird in einem Gemeinschaftsgrab beigesetzt. Ihrer Verfügung für den Tod kann nur geistig gefolgt werden. Im Mai 1934 hatte sie geschrieben: „Ich möchte in Tarussa auf dem Chlysten-Friedhof beerdigt werden unter einem Holunderstrauch, in einem Grab mit einer silbernen Taube, da, wo die größten und rotesten Walderdbeeren unserer Gegend wachsen.

Wenn aber das nicht geht, wenn nicht nur ich nicht dort liegen kann, sondern auch der Friedhof nicht mehr da ist, soll man mir auf einem der Hügel, über die die Kirillownas zu uns nach Pessotschnoje kamen und wir zu ihnen nach Tarussa, einen Stein aus dem Steinbruch von Tarussa aufstellen:

Hier wollte Marina Zwetajewa ruhen."

MARINA ZWETAJEWA LESEN

1

Kein russischer Dichter hat sich so sehr selber erfinden müssen wie Marina Zwetajewa. Tochter, die ein Sohn sein sollte. Dichter, in dem man die Poetessa lieber sah als den Poeten.

Als Sohn erwartet und als die unerwünschte Tochter zur Pianistin bestimmt (dem Wunschleben der Mutter), erträumt sie sich phantastische Adoptionen: durch einen Teufel im Zimmer der Stiefschwester, durch Altgläubigen-Nonnen in Tarussa, dem mittelrussischen Sommersitz der Familie, durch eine Tante in der Schweiz. Daß man eine Poetessa vor sich habe, war ein Gemeinplatz der beginnenden zwanziger Jahre. Ossip Mandelstam konnte sich nicht fassen vor Entrüstung über die „Muttergottesstrickereien" der Zwetajewa; ihr ganzes Moskau sei erlogen, bestenfalls unfreiwillige Parodie und überhaupt gebe es nur eine Frau, die mit dem Recht einer neuen Muse in den Kreis der Poesie getreten sei – die russische Wissenschaft von der Poesie, wie sie jetzt in der Formalen Schule von Eichenbaum, Shirmunski und Schklowski an Kraft gewonnen habe. „Zigeunerlyrismen" sagt Majakowski. „Kleine Welt", sagt Leo Trotzki: „Sie umfaßt die Dichterin selbst, einen Unbekannten mit Melone oder mit Sporen und – unvermeidlich – Gott, ohne besondere Kennzeichen." Valeri Brjussow, der Symbolist und frühe Förderer der Zwetajewa, will der Verkennung steuern, worauf kommt er? Auf einen Abend der Poetessen, von ihm präsidiert. Noch als Boris Pasternak 1926 Rilke auf Marina Zwetajewa aufmerksam macht, weiß er nur Marceline Desbordes-Valmore, die französische Romantikerin, zum Vergleich zu empfehlen.

Und das einer Frau, die ein „Wunder an Verstehen" erwartet. Das Wunder zwischen „Ich küsse immer – als erste" und „Zwischen uns – die Doppelklinge". In ihrer „Erzählung von Sonetschka", ihrer Geliebten während des Kriegskommunismus in Rußland, gibt es eine Stelle, die keiner der Sprecherinnen ausdrücklich zugewiesen ist, beide könnten sie sprechen:

„Vor allem aber, ich küsse immer – als erste, einfach so wie

ich die Hand gebe, nur – unwiderstehlicher. Ich kann es einfach nicht erwarten! Danach, jedes Mal: Wer treibt dich bloß? Du bist selber schuld! Ich weiß genau, daß das niemandem gefällt, daß sie alle gern demütig tun und scharwenzeln, eine Gelegenheit abpassen, hinterherrennen, Jagd machen … Vor allem das – ich kann es nicht ausstehen, wenn der andere als erster küßt. Jedenfalls weiß ich, daß ich das will."
Aber dann „Die Klinge":

> Zwischen uns – die Doppelklinge,
> Treueschneide – auch im Geist …
> Aber der Bruder, herzbezwingend?
> Und die Bezaubrung, die Schwester heißt?
>
> . . . .
>
> Zwei Seiten geschärft – und schneidet?
> Es vereint! Zerreiß, Schwert, das Kleid,
> Und, Wunde zu Wunde, Bein zu Beine,
> Zueinander uns, drohender Wächter, befreit!

Marina Zwetajewa erfand das „ewige Paar der Sich-Nie-Begegnenden". So bezeichnete sie 1929 (in deutsch) ihr Leben, das sie mit den Männern und Frauen ihrer Liebe lebte. Die Irritationen waren ungeheuer, beginnend bei ihrem Mann Sergej Efron, der nicht ahnte, wem er zugefallen war und endend bei Tanja Kwanina, ihrer letzten Liebe in Moskau, die auch nachdem sie die „Erzählung von Sonetschka" gelesen hatte, nicht begriff, wie sie geliebt wurde. Das Wunder blieb aus und der eine, von dem Marina Zwetajewa sagt, er sei der einzige gewesen, der gewußt habe, wie sie geliebt sein wolle, Nikodim Plutzer-Sarna, ihr Geliebter im Sommer 1916, ist verschollen.
Heftig und innig, Usurpation und Verzicht, beides in einem – darauf war keiner gefaßt. Als es 1940 zu Begegnungen mit Anna Achmatowa kam, war die Achmatowa, die in den Gesprächen meist geschwiegen hatte, von der ungebrochenen Wildheit der Zwetajewa aufgerührt und soll gesagt haben, verglichen mit Marina sei sie sanft wie ein Kälbchen. Zweifellos blieb in dieser Verbindung immer ein Rest an Gewaltsamkeit, die Gewaltsamkeit einer Erfindung. Doch nur auf diese Weise ist es Marina Zwetajewa gelungen, etwas Unglaubliches zu vollbringen: In ihrer Heftigkeit reinigte sie das große Gefühl und man wird sich nicht wun-

dern, von der Lieblingslektüre ihrer Jugend zu hören: „Der junge Adler“ von Edmond Rostand, „Der Trompeter von Säkkingen“ von Viktor von Scheffel, „Undine“ von de la Motte Fouqué. Herzzerreißende Geschichten von großen Passionen und großem Entsagen. Die viel verhöhnten Verse aus dem „Büchlein der Lieder“, das Scheffel in sein Versepos hineinschreibt, hört man hier etwas anders:

Behüt' dich Gott! Es wär so schön gewesen,
Behüt' dich Gott! Es hat nicht sollen sein.

Es gab für Marina Zwetajewa nur eine Gestalt, die die Spannung von Heftigkeit und Innigkeit, von Gefühlswucht und Entsagung auszuhalten vermochte, eine Gestalt, die sie ihr Leben lang gesucht und erfunden hat, die sie aus den Büchern ihrer Jugend herauslas, an der sie ihre geschichtlichen Sympathien maß und der sie sogar noch den Namen ihres Sohnes entlieh – die Gestalt des Ritters. Alexander Blok ist für sie der Ritter inmitten eines leeren Literaturbetriebs. Ritter St. Georg, der alte Schutzheilige Nordrußlands, steht ihr für die Weiße Bewegung, und ihrem Mann, dem Offizier der Weißen Armee, huldigt sie in einem „Georg“-Zyklus. Im Gesicht der Statue des Ritters Bruncvík unterhalb der Prager Karlsbrücke glaubte sie, ihre Züge zu erkennen. Ritter Bruncvík, der Legende nach Přemysl II., erwarb auf seinen Fahrten vor seiner vierzigjährigen Herrschaft über Böhmen einen Löwen und ein Zauberschwert. Wenn sie einen Schutzengel habe, so Zwetajewa, dann einen mit seinem Gesicht, seinem Löwen und seinem Schwert. 1925 nannte sie ihren Sohn Georg.
Marina Zwetajewa – der weibliche Ritter, die Amazone.
Was hat sie erzählt? Mit sechzehn besuchte sie mit dem Vater eine Charlottenburger Gipsabgießerei und durfte sich von den Kopien zwei wählen. „Und was war es, meine Liebe auf den ersten Blick – eine Amazone! Achills geliebte Feindin, von ihm erschlagen und beweint, und jene, die andere, gesittete, meine ‚erste beste‘ – niemand anderes als *Aspasia*!“ Aspasia, die kluge Hetäre, Geliebte des Perikles, Genossin der Philosophen.
Sieht man die Erfindungen in der Ritter-Amazone-Aspasia ineinandergehen? Sohn in der Tochter, Dichter in der Poetessa, Mann in der Frau.

2

Hochfahrend und wild wird sie einem begegnen, wo immer man sie aufschlägt. Aber diese Abschiede, Abweisungen, Verzichte, Sarkasmen, Beschimpfungen – vogelbeerbitter, sagt sie – haben einen unwiderstehlichen Zauber, den Zauber des Aufruhrs gegen die Vergänglichkeit. Es ist dieser Aufruhr, der sie zum Dichter macht.

„Für wen schreibe ich", fragt sie 1927 in ihrem Essay „Dichter über Kritiker": „Nicht für die Millionen, nicht für einen einzelnen, nicht für mich. Ich schreibe für die Sache selber. Die Sache schreibt sich durch mich." – „Der furchtbarste, der erbittertste (und der würdigste!) Feind des Dichters ist das Sichtbare. Ein Feind, den er nur auf dem Wege der Erkenntnis überwältigt. Das Sichtbare in den Dienst des Unsichtbaren zu zwingen – das macht das Leben des Dichters aus."

Man hat sie mit diesem Anspruch mythoman genannt, und tatsächlich haben alle, die mit ihr zu tun bekamen, diesen Kampf gegen das Sichtbare am eigenen Leib erfahren müssen und fürchten gelernt. Selbst die Tapfersten, die Helden ihrer großen Brief-Romanzen – Boris Pasternak und Rainer Maria Rilke – sind am Ende vor Marina Zwetajewas Mythisierungen zurückgeschreckt, wie erst die Zaghaften. Sie fanden da ihr Leben wieder als das sichtbare Material, aus dem die Zwetajewa das unsichtbare Entzücken ihrer Liebe, ihrer Verlassenheit, ihrer Vermessenheiten und Niederlagen arbeitete. Dem Dichter Maximilian Woloschin, ihrem Förderer und väterlichen Freund von der Krim, hat sie die Beschreibung dieser Operationen in den Mund gelegt: „Wenn Sie einen Menschen lieben", sagt er zu ihr, „möchten Sie immer, daß er ginge, damit Sie von ihm träumen können. Möglichst weit weg ginge, damit es sich um so länger träumen ließe."

Daß sie mit diesem Konzept nie die Saison bediente, gar die wechselnden Ismen, die „Quadrille der Literatur", ist nur die äußere Form ihrer Entledigung von den gefährlichen Sichtbarkeiten. Immer sind die Besiegten ihre Helden, die ins Unsichtbare Sinkenden. In der Revolution zeigt sie das Heldentum der Gegenrevolutionäre. In der Emigration sagt sie von der Sowjetunion: „Die Kraft ist dort." Der Massendissens der Frauen in Frauenkursen, im Suffragettenei-

fer, Feminismus, Heilsarmeetreiben ist ihr tief zuwider: in der Kunst gebe es keine Frauenfrage. Die Russin kultiviert ihre deutschen Verwurzelungen, mythisiert natürlich auch hier. 1919 im Tagebuch: „Frankreich ist mir zu leicht, Rußland zu schwer, Deutschland angemessen – der alte Stamm, die Eiche, heilige Eiche (Goethe! Zeus!). Deutschland ist die passende Hülle für meinen Geist, Deutschland – mein Leib: seine Ströme – meine Hände, seine Haine – mein Haar, es ist ganz mein, und ich ganz – sein! ... Deutschland – Schraubstock für den Leib und Eleusinische Felder für die Seele. Ich bei meiner Maßlosigkeit brauche einen Schraubstock." Und die Russin verbindet sich mit einem russischen Juden, dem sie durch alle Unlösbarkeiten folgt, folgt „wie ein Hund", wie sie es in der Stunde seiner tödlichen Bedrohung mit einem furchtbaren Eid geschworen hat, denn: „Alle Dichter sind Juden." Sie bleibt sich selber treu, als sie wider allen guten Rat in der sicheren Erkenntnis ihres Untergangs 1939, ihrem Mann folgend, in die Sowjetunion zurückkehrt.
Außerhalb der literarischen Schulen und politischen Übereinkünfte stehend, fehlt der Zwetajewa der Gruppen-Bonus. Und es mag durchaus auch darauf zurückgehen, daß sie von den großen russischen Dichtern des Jahrhundertbeginns Westeuropa als letzte erreicht. Sie ist ganz allein. Valeri Brjussow, einer der Organisatoren des russischen Symbolismus und nach der Revolution ein Arrangeur der literarischen „Quadrillen", nannte die Zwetajewa wegen dieser fehlenden Gruppenzugehörigkeit sogar einen „Niemand", was sie freilich selber nur als einen weiteren „titre de noblesse" verbuchen konnte.
Wahr ist, daß sie von keinem der Flügel der russischen Avantgarde mitgetragen wurde. Weder vom poetischen Aktivismus, der sich vor der Revolution geistig und nach der Revolution auch organisatorisch mit der sozialistischen Umwandlung Rußlands verband (Futurismus, vor allem Majakowski und seine „Linke Kunstfront"), noch vom poetischen Universalismus, der sein Ziel in der Anstrengung des Menschheitsgedächtnisses und der Gewinnung einer welterfahrenen Häuslichkeit für Rußland sah (Akmeismus, vor allem Nikolai Gumiljow, Ossip Mandelstam und Anna Achmatowa).

Beide Wege waren für Marina Zwetajewa ungangbar, weil sie ihre Grundlagen zerstört hätten. Der aktivistische, weil er einer ruhmredigen Ausstellung des persönlichen Lebens, eines Terrors des Sichtbaren, einer Glorifizierung der Vergänglichkeit bedurfte. Der universalistische, weil er einer Vereinigung von Alltag und Poesie, der Sublimierung des Sichtbaren, eines Einverständnisses mit der Vergänglichkeit bedurfte. An Majakowskis Beispiel hat sie ihr kritisches Verständnis des Aktivismus erörtert:

„Ruhm beim Dichter konzediere ich als Reklame – zu finanziellen Zwecken. So applaudiere ich, selber der Reklame abhold, dem – auch hier unvergleichlichen – Maßstab Majakowskis. Wenn Majakowski Geld braucht, veranstaltet er die fällige Sensation (‚Reinigung der Dichter', ‚Schlachtfest der Poetessen', ‚Amerikas' usw.). Skandal, die Leute strömen und lassen ihr Geld. Majakowski, den Dichter, schert weder Lob noch Schmähung. Er weiß, was er wert ist. Aber Geld braucht er. Und seine Selbstreklame ist gerade in ihrer Grobheit reiner als die Papageien, Affen und der Harem von Lord Byron, der bekanntlich kein Geld brauchte.

Unerläßliche Anmerkung: weder Byron noch Majakowski setzten für Ruhm ihre Leier in Gang, beide – das persönliche Leben, den Abfall. Byron braucht Ruhm? Da legt er sich einen Zoo zu, wohnt im Hause Rafaels, fährt – *vielleicht* – nach Griechenland ... Majakowski braucht Ruhm? Da zieht er sich die gelbe Jacke an und wählt zum Auftrittsort einen Bretterzaun. Das Skandalöse des persönlichen Lebens bei gut der Hälfte aller Dichter ist lediglich die Reinigung *jenes* Lebens, damit es *dort* rein sei."

Diese Forcierung von Vergänglichkeit war für Marina Zwetajewa ebenso unannehmbar wie die eines stillen Einverständnisses mit ihr. Daher der Aufruhr, als sie bei der Rückkehr in die Sowjetunion die Achmatowa in ihrer großen Dichtung der Gedächtnisse „Poem ohne Held" scheinbar nur mit irgendwelchen Banalitäten aus dem Balleben der russischen Vorkriegszeit beschäftigt fand.

Auch was den Vers angeht, hielt sich Marina Zwetajewa außerhalb der Saison. Sie macht die exzessive Anstrengung der russischen Wortwurzeln bei Welimir Chlebnikow und den Futuristen ebensowenig mit wie die (impressionisti-

schen) Lautnuancentechniken Mandelstams. Weder die Meetingssyntax Majakowskis noch die Flüstersyntax der Achmatowa. Was sie sich gewinnt, ist eine Virtuosität im Rhythmischen: russische Lied- und Sagenfolklore, russischer Kirchengesang, die Auslassungen und Kürzel der Zurufe auf der Straße, das Stammeln und Stottern der Erregung, das Stocken des Erkennens. Gedankenstrich und Ausrufezeichen sind daher die Favoriten ihrer poetischen Interpunktion – die Zeichen des Wechsels und des Affekts. Der Wechsel als Übergang, noch mehr als Ankündigung des Unerwarteten, aber dann auch kombiniert mit Einschaltungen von Fragen und Ausrufen. Und das Zeichen des Affekts nach Befehl, Aufforderung, Warnung, Wunsch, Ausruf, Anrede. Man sehe als extremen Fall das Gedicht „Der Vorhang“ von 1923: Bei 24 Versen 18 Gedankenstriche, 12 Ausrufezeichen; in der deutschen Fassung von Elke Erb sogar 29 bzw. 14.
Hier gibt es nicht den Versuch, einer Syntax des Alltags zu folgen, weder der des vertrauten Gesprächs oder des Selbstgesprächs wie bei Anna Achmatowa noch der des argumentierenden Tribunen wie bei Majakowski. Es ist eine Syntax, die dem Sichtbaren seine wesentliche, innere, unsichtbare, unvergängliche Bewegung ablauscht. „Ablauscht“ – so hat sie es selber genannt, „Silbe für Silbe ablauscht“; aber gleich hat sie eine schöne Ermunterung angefügt, die unsere Lektüre bestimmen könnte. Sie schrieb nämlich: „Wie kann ich, ein Dichter, d. h. ein Mensch des Wesens der Dinge, von Form verführt werden? Ich werde vom Wesen verführt, die Form kommt von allein ... Die allmähliche Offenbarung der Züge – so wächst der Mensch, so wächst das Kunstwerk. Wie abgeschmackt, ‚formal‘ vorzugehen, d. h. mir (und häufig noch ziemlich falsch) meine Entwürfe nachzuerzählen. Wenn es die Reinschrift gibt, ist der Entwurf (die Form) schon überwunden. Ehe du mir erzählst, *was* ich in dem vorliegenden Fall bieten wollte, zeig mir lieber, *was* du dir hast nehmen können.“

ANMERKUNGEN

Die Anmerkungen stützen sich auf die Ausgaben Marina Cvetaeva, Sočinenija v dvuch tomach. Sostavlenie, podgotovka teksta i kommentarii Anny Saakjanc, Moskau 1980, und Marina Cvetaeva, Moj Puškin, Vstup. stat'ja V. Orlova. Podgotovka teksta i kommentarii A. Ėfron i A. Saakjanc. Izd. tret'e, dopolnennoe, Moskau 1981.

Ich reiss dich aus jeder Erde

der Jakob die Stärke des Engels zeigt: zu 1. Mose 32,24–30, worin vom Kampf Jakobs mit Gott berichtet wird.

Der Tag wird kommen

Aus: *Verse über Moskau*

Der Zyklus vereint neun Gedichte von März bis August 1916. Er entstand nach der Petersburg-Reise von Marina Zwetajewa an der Jahreswende 1915 zu 1916.

Dein Name: Vogel in der Hand

Aus: *Gedichte an Blok*
Stichi k Bloku, Berlin 1922

Der Zyklus vereint achtzehn Gedichte, acht entstanden 1916, eines 1920, sieben nach dem Tod von Alexander Blok am 7. August 1921. In der ersten Veröffentlichung von 1922 schloß sich diesem Zyklus ein zweiter aus fünf Gedichten an: „Die Freundin". Marina Zwetajewa war mit Alexander Blok nicht persönlich bekannt, sah ihn aber, als er am 9. und 14. Mai 1920 in Moskau seine Gedichte las. 1923 schrieb sie an Pasternak: „Ich habe im Leben die große Begegnung mit Blok versäumt, wären wir uns begegnet, er wäre nicht gestorben."

O Muse der Klage

Aus: *Für Achmatowa*

Der Zyklus vereint elf Gedichte aus dem Jahr 1916, sie entstanden nach Marina Zwetajewas Petersburg-Reise an der Jahreswende 1915 zu 1916. Von Achmatowas späteren Gedichten, besonders von den Teilen des „Poems ohne Held", die sie bei einer Begegnung der beiden Anfang 1941 in Moskau hörte, war Marina Zwetajewa enttäuscht.

Einen schuf er aus Stein

und mein Name Marina: marina – (lat.) die dem Meer Entstiegene.

Auf Schiefertafeln schrieb ichs

der in den Ring Geprägte: Auf der Innenseite ihres Traurings waren der Name ihres Mannes Sergej Efron und das Datum der Hochzeit eingraviert.

Rolands Horn

Roland: Im Rolandslied (um 1100), das den Tod Rolands 778 bei Roncevall besingt, ruft das Horn Olifant, das der Ritter im Sterben bläst, Karl den Großen zur Rache herbei.

Augen

Ursprünglich dem Dichter Michail Kusmin gewidmet, den Marina Zwetajewa bei ihrem Petersburg-Besuch an der Jahreswende 1915 zu 1916 sah.

Die Wimpern, die Wimpern
Aus: *Georg*

Der Zyklus vereint sieben Gedichte.

Morgendämmerung überm Gleis

Vierzig Mann: Das Limit für die Beladung von Güterwaggons vor der Revolution.

Der schwarzen Kunst unkundig
Aus: *Leitungen*

Der Zyklus vereint zehn Gedichte und ist Pasternak gewidmet.

Samuel: zu 1. Samuelis, 28, worin berichtet wird, wie die Wahrsagerin zu Endor den Geist des obersten Priesters Israels beschwört, der König Saul die Niederlage im Kampf mit den Philistern voraussagt.

Sie sind, die übrig sind
Aus: *Der Dichter*

Hiobs, Jobs: zu Hiob 2, worin berichtet wird, wie Hiob von Satan in seiner Gottesfurcht mit „bösen Schwären von der Fußsohle an bis auf den Scheitel" versucht wird.

Lob der Zeit

Wera Arenskaja: um 1895 bis 1930, Marina Zwetajewas Schulkameradin, eine Schwester des Schauspielers Juri Sawadski, in Paris mit der Dichterin befreundet.

Die Klinge

Das Gedicht war neben dem Zyklus „Die Stunde der Seele“ und mehreren anderen Texten von 1923 ursprünglich dem Berliner Kritiker Alexander Bachrach gewidmet.

ZWEI

Der Zyklus „Zwei“ vereint drei Gedichte an Boris Pasternak. Das Manuskript trug die Widmung: „Meinem Bruder in der fünften Jahreszeit, im sechsten Sinn und in der vierten Dimension – Boris Pasternak.“

Versuch einer Eifersucht

Ursprünglich an Mark Slonim gerichtet, der in Prag Redakteur der Zeitschrift „Wolja Rossii“ war.

Raubst mir meine Seele nicht!

Aus: *Dem Leben*

Leben reimst auf Fett du: im Original Halbreim: žizn’ – Leben; žir – Fett.

Hab mich vergraben

Aus: *Traum*

Sbirrenhaft: sbirro – (ital.) Geheimpolizist.

Ins Hirn ein Loch gelegen

Zadeka, Martyn: Mit diesem Verfassernamen erschien 1814 in Moskau ein offenbar aus dem Deutschen übersetztes Buch der Traumdeutung, Chiromantie u. ä., das angeblich im Nachlaß des im Alter von 106 Jahren gestorbenen Zadeka, eines Weisen des elften Jahrhunderts, gefunden worden sei. – Puschkin ließ Tatjana in seinem „Eugen Onegin“ im Zadeka lesen (Kapitel V, XXII, 12).

FÜR MAJAKOWSKI

Volja Rossii; 1930, No. 11–12

„Die Literarische“

„Die Literarische“: gemeint ist die „Literaturnaja gazeta“ (Literaturzeitung), die von der Föderation der sowjetischen Schriftstellerorganisationen herausgegeben wurde.

Ein Tschernowe zum Miljuken: Wiktor Michailowitsch Tschernow (1873–1952), Gründungsmitglied der Partei der Sozialrevolutionäre, in der Provisorischen Regierung unter Kerenski Landwirtschaftsminister, 1918 Präsident der Konstituierenden Versammlung, seit 1920 in der Emigration, im zweiten Weltkrieg in der Résistance. Pawel Nikolajewitsch Miljukow (1859–1943), Mitbegründer der Partei der Konstitutionellen Demokraten, 1917 in der Provisorischen Regierung unter Kerenski Außenminister, seit 1920 in der Emigration, im zweiten Weltkrieg Gegner einer Zusammenarbeit der russischen Emigranten mit den Faschisten.

In den Stiefeln, beschlagen mit Eisen

Extranummer: gemeint ist die Eintagszeitung „Wladimir Majakowski", die von der Leningrader Sektion der Föderation der sowjetischen Schriftstellerverbände am 24. April 1930 herausgegeben wurde, das Zitat stammt aus einem Artikel von Boris Licharjow.
Gosizdat: Staatsverlag, in dem Majakowskis Werke erschienen.

Keinen Sechser setzt man

Das Liebesboot zerbrach am Sein: Vers aus einem Gedicht in Majakowskis Abschiedsbrief „An alle" vom 12. April 1930, geschrieben zwei Tage vor dem Selbstmord.

Sowjetischer Adel

Körner, mit feuerigem Antlitz: Gedicht von Andrej Bely aus seinem Roman „Petersburg"; 5. Kapitel.
Serjosha: gemeint ist Sergej Jessenin (1895–1925).
Wolodja: gemeint ist Wladimir Majakowski.
Lsan Alexanytsch: gemeint ist Alexander Blok (1880–1921).
Fjodor Kusmitsch: gemeint ist Fjodor Sologub (1863–1927).

Spitzelgeissel, Gott der Schüler
Aus: *Verse auf Puschkin*

„Zensura" ... „dura": Zensur ... Idiotin. Gemeint ist eine entsprechende Stelle aus Puschkins „Zar Nikita und seine vierzig Töchter".
Auf „Ewropy westnik" A[rsch]: gemeint ist ein früher Puschkin zugeschriebenes Epigramm auf diese Zeitschrift.

STROPHEN AN DEN SOHN

Geschrieben für ihren Sohn Georgi Sergejewitsch Efron (1925–1944)

Das dreissigste Jahr des Bundes
Aus: *Der Tisch*

Das dreißigste Jahr des kontinuierlichen, bewußten Schreibens.

Der dreissigste Jahrestag
Aus: *Der Tisch*

der Karele / Die Birke: das wertvolle karelische Birkenholz.
die meines Namens s. Anm. zu S. 175.

Übergangen bin ich, gekränkt?
Aus: *Der Tisch*

Unserer-Frau / Chimères: die Wasserspeier von Notre-Dame in Paris.

Die von der „Tscheljuskin"

„Tscheljuskin": Schiff der sowjetischen Nordpol-Expedition in den Jahren 1933/34.
Gebaren sie – das Kind: Während der Expedition wurde ein Töchterchen geboren.
Schon der zweite Schmidt: O. J. Schmidt (1891–1956) leitete die Expedition. Der erste: Leutnant P. P. Schmidt (1867–1906), einer der Führer des Aufstands in Sewastopol 1905.

Die Bäume

Todesreis: Puder aus Reis.
Eine Eiche war ... Heiliger Ludewig: Saint-Louis, König von Frankreich (1226–1270), soll unter einer Eiche Klagen angehört und Recht gesprochen haben.

Das Haus

Ursprünglich gedacht als Beginn des Poems „Die Sängerin", an dem Marina Zwetajewa 1935 arbeitete.

(Die Höhle)
Aus: *Gedichte an eine Waise*

Der Zyklus vereint sieben Gedichte, die Marina Zwetajewa an Anatoly Steiger (1907–1944) richtete.

GEDICHTE AN BÖHMEN

Der Zyklus vereint fünfzehn Gedichte.

Klage des Zorns und der Liebe
Aus: *Gedichte an Böhmen*

Hinzuwerfen den Paß: Im russischen Original deutlichere Anspielung auf eine Passage aus Dostojewskis „Die Brüder Karamasow",

5. Buch, „Rebellion". Kurz bevor er die Parabel vom Großinquisitor erzählt, weigert sich Iwan Karamasow, für eine künftige Weltharmonie den Preis maßloser Leiden entrichtet zu sehen: „Darum beeile ich mich, mein Eintrittsbillett zurückzustellen. Und wenn ich nur ein anständiger Mensch bin, so ist es meine Pflicht, dies sobald als möglich zu tun. Das tue ich denn auch. Nicht Gott ist es, den ich ablehne, Aljoscha, ich gebe ihm nur die Eintrittskarte ergebenst zurück." Bruder Aljoscha bezichtigt ihn daraufhin der Rebellion.

DER EFEUTURM

S. 145 *Fürstin Thurn und Taxis,* Maria (1855–1934): Freundin und Mäzenatin Rainer Maria Rilkes, der auf ihrem Schloß Duino seine berühmten Duineser Elegien zu schreiben begann. Sie tragen die Widmung: *Aus dem Besitz der Fürstin Marie von Thurn und Taxis-Hohenlohe.* Mit Rilke (1875–1926) führte Zwetajewa in seinem Todesjahr einen enthusiastischen Briefwechsel.

in der Pension: Vom Herbst 1904 bis zum Frühling 1905 waren Marina und ihre Schwester Anastassija (zwölf und zehn Jahre alt) in der Pension der Schwestern Pauline und Änni Brink in Freiburg untergebracht, da ihre Mutter sich ihrer Tuberkulose wegen im Schwarzwald aufhielt (bis Ende 1904 in Freiburg, dann in einem Sanatorium).

der „Engelswirt": In dem Gasthof ZUM ENGEL bei Freiburg wohnte Marinas Familie im Sommer 1904.

S. 146 *der ... undinene ... Bohrerbach:* Mit der romantischen Erzählung UNDINE von Friedrich de la Motte Fouqué (1777–1843), welche W. A. Shukowski (1783–1852) in russische Verse gebracht hatte, war Marina Zwetajewa aufgewachsen.

S. 148 *Behüt dich Gott ...:* Verse aus dem lyrisch-epischen Gedicht DER TROMPETER VON SÄCKINGEN von Viktor Scheffel (1826–1886).

Guipure: eine seidene Spitze, bei der die Konturen des Musters mit Hilfe aufgenähter dickerer Fäden besonders hervorgehoben sind.

S. 149 *Schmelz:* gehackte, röhrchenförmige Glasperlen.

S. 151 *schon das zweite Museum errichtet:* W. I. Zwetajew begründete das Museum der Schönen Künste in Moskau. (Es ist das heutige Puschkin-Museum.)

Rumjanzew-Museum: entstanden aus den Sammlungen (Münzen, Mineralien) des russ. Politikers und Ministers Graf N. P. Rumjanzew. Es wurde 1861 nach Moskau verlegt und mit ethnographischen u. a. Sammlungen bereichert.

S. 152 DIE QUELLE: illustrierte Monatsschrift für Kinder, in Petersburg 1882 bis 1917.

S. 153 *daß wir … die Japaner zerschlagen:* Mit ihrem Überfall auf die russ. Seestreitkräfte in Port Arthur eröffneten die Japaner den Russisch-Japanischen Krieg, 1904/05.

HEIDI: HEIDIS LEHR- UND WANDERJAHRE, weitverbreitetes Kinderbuch der Schweizer Schriftstellerin Johanna Spyri (1827–1901).

Edison, Thomas A. (1847–1931): hatte entscheidenden Anteil an dem technischen Fortschritt seiner Zeit (Telegrafie, Mikrofon, Glühbirne etc.).

ascenseur: (frz.) Lift.

S. 154 *„Was wird aus ihr werden?":* WAS SOLL DENN AUS IHR WERDEN?, Jugendbuch von Johanna Spyri, s. o.

VATER UND SEIN MUSEUM

S. 155 *ein altes Moskauer Mütterchen:* Warwara A. Alexejewa, *eine reiche Moskauerin aus dem Kaufmannsstand* (I. W. Zwetajew), spendete 150000 Rubel für das Museum und wünschte, daß es den Namen Alexanders III. trage.

Iwan Wladimirowitsch Zwetajew (1847–1913): Sohn eines armen Dorfgeistlichen im Gouvernement Wladimir. Besuch des Geistlichen Seminars in Wladimir. Studium der klassischen Philologie in Petersburg. 1874 Magister, danach ins Ausland. 1877 Promotion, zwei Jahre Dozent in Kiew. 1879 Professur in Moskau, 1888 Lehrstuhl für bildende Kunst. 1892 mit seiner zweiten Frau, Marinas Mutter (s. Anm. zu S. 30), Reise zu den Museen Westeuropas. 1894 schlug er die Errichtung eines Museums für bildende Kunst vor, ein Fonds wurde gegründet.

Alexander III.: Zar 1881 bis 1894.

S. 156 *Papa und Mama sind zum Ural gereist …:* im Sommer 1902. Der Marmor war für die Fassade des zu dieser Zeit schon mehr als zur Hälfte errichteten Museums bestimmt.

Augusta Iwanowna: die baltendeutsche (das Deutsche lehrende) Gouvernante der Kinder.

die Grundsteinlegung des Museums: 1898.

Ljora: Marinas Stiefschwester Valerija (s. Anm. zu S. 169).

S. 157 *Großvater:* Alexander Danilowitsch Meyn (1836–1899), Marinas Großvater mütterlicherseits, Kanzleirat des Moskauer Generalgouverneurs, Publizist. Übersetzte einen Band der GESCHICHTE PETERS DES GROSSEN von Ustrjalow ins Französische.

der Zar: Nikolai II., Zar 1894 bis 1917.

S. 157 *mit beiden Zarinnen:* die Mutter des Zaren, Maria Fjodorowna (1847–1928), und seine Frau, Alexandra Fjodorowna (1872–1918).

der Architekt Klein: Roman Iwanowitsch Klein (1858–1924) erbaute das Museum der Schönen Künste.

S. 158 *Buon giorno ...:* (ital.) Guten Tag, wie geht es Ihnen?

„Florenz in Moskau": In dem in seiner Sammlung TRISTIA (1922) enthaltenen Gedicht IN DER VIELSTIMMIGKEIT DES MÄDCHENCHORS ... nennt O. Mandelstam die Uspenski-Kathedrale ein „Florenz in Moskau".

Großfürst Sergej Alexandrowitsch (1857–1905): vierter Sohn Alexanders II., seit 1891 Generalgouverneur in Moskau.

Netschajew-Malzew, Juri Stepanowitsch (1834–1913): Glasfabrikant, Millionär, Mäzen. Er gab für das Museum mehr als zwei Millionen Rubel, tätigte Ankäufe im Ausland u. a. m.

S. 159 *Kannitverstan:* aus J. P. Hebels Erzählung, war den russ. Kindern bekannt aus W. A. Shukowskis Nacherzählung in der Ballade ZWEI UND NOCH EINE.

Poularde: (frz.) Masthuhn.

Chablis: (frz.) Weißwein aus Chablis in Niederburgund.

S. 160 *meines Vaters engster Mitarbeiter ...:* I. W. Zwetajew schrieb über die Mitarbeit seiner Frau nach ihrem Tode: *Mit seltener Vollkommenheit vier Fremdsprachen gleichermaßen praktisch beherrschend ... gab sie sich glühend der Sache der Errichtung unseres aufklärenden Instituts hin. Nicht nur einmal reiste sie in die Kunstzentren West-Europas, lebhaften Anteil nehmend sowohl an der Ausarbeitung der Bestellungen für das neue Museum als auch an der Sammlung von Kunstdenkmälern für unsere Kollektionen. Das Gebiet der klassischen Skulptur kannte sie wie vielleicht wenige Frauen in unserem Vaterland: Sie führte im Verlauf einer ganzen Reihe von Jahren Tagebücher und Notate über die Museen ... zeichnete auch den ersten Plan des künftigen Moskauer Museums ...*

S. 161 *Nervi:* ital. Badeort (am Golf von Genua), Kolonie russ. politischer Emigranten im Anfang des 20. Jh.

tour du lac: (frz.) Spaziergang am See.

S. 162 *Hildesheimer Silberfund* von 1868: 69 Gefäße und Geräte aus der römischen Kaiserzeit.

Professor Freu: nicht ermittelt.

ein Teil der Kollektionen: Nach Berechnungen I. W. Zwetajews verbrannten im Dezember 1904 175 Kästen mit Gipsen und Kopien römischer Bronzen.

S. 163 *meines Vaters Schwiegervater:* D. I. Ilowaiski, s. DAS HAUS AM ALTEN PIMEN und Kommentar.

meines Vaters achtzehnjähriger Schwiegersohn: Sergej Jakowlewitsch Efron (1893–1941), Marinas Mann.

mein Bruder: ihr Stiefbruder Andrej (s. Anm. zu S. 169).

S. 164 *rigidité:* (frz.) Steifheit.
Paktolos: wegen seines Goldsandes berühmter Fluß in Lydien, auch als Quelle des Reichtums von Krösus genannt.

S. 165 *eine verstockte „Sechzigerin":* die Sechziger, auch Volkstümler oder Nihilisten, Angehörige einer Bewegung für Demokratie und naturwissenschaftliches Denken. Sie demonstrierten den Protest gegen die herrschende Ordnung auch mit einer Nichtachtung der üblichen Art, sich zu kleiden.
die Frau des konservativsten unter den Historikern: A. A. Kowraiskaja, Frau D. I. Ilowaiskis, s. DAS HAUS AM ALTEN PIMEN und Kommentar.
Faille: ein Taft aus leichter, gesponnener Seide.
accroche-cœurs: (frz.) Schläfenlocken.

S. 166 *Witte:* Sergej Juljewitsch, Graf (1849–1915), förderte als Finanzminister (1892–1903) die industrielle Entwicklung, fiel dann in Ungnade.
mit einem gütigen, freudigen Ausdruck ...: Imperator Nikolai II. war nicht nur imstande, er liebte es, bezaubernd zu sein, – er liebte es nicht, unangenehm zu sein; wenn es nur anging, übertrug er eine unangenehme Pflicht einem anderen; ich kann mir ihn, eine persönliche Rüge erteilend, nicht vorstellen. (Sergej Michailowitsch Wolkonski, MEINE ERINNERUNGEN, Buch III, S. 160.)
plongeon: (frz.) Tauchervogel; Kopfsprung. Gemeint ist der Hofknicks.

S. 167 *Kitesh:* legendäre, versunkene Stadt.
eine alte Verehrerin Vaters: Lidija Alexandrowna Tamburer (1870 bis um 1940), Zahnärztin. Eine Freundin der Familie.

S. 168 *Sinaida* Alexandrowna *Wolkonskaja* (1792–1862): Fürstin, Schwägerin des Dekabristen, Schriftstellerin; *besungen* von A. S. Puschkin, dem polnischen Dichter A. Mickiewicz u. a. – Literarischer Salon in Moskau 1826/27. In ihrer Villa in Rom (ab 1829) lebte lange N. W. Gogol. Sie schrieb (russisch, französisch und italienisch) Lyrik und Prosa.

DAS HAUS AM ALTEN PIMEN

S. 169 *das Haus:* Dmitri Iwanowitsch Ilowaiskis Haus in einer Gasse am Alten Pimen, nahe der Kleinen Dimitrowka.
Vera Muromzewa (1881–1961): verheiratet mit dem Schriftsteller I. W. Bunin und mit ihm emigriert, war mit Nadja Ilowaiskaja befreundet gewesen. Sie hatte schon 1931 in Paris Erinnerungen unter dem Titel AM ALTEN PIMEN veröffentlicht. Zwetajewa bat sie um zahlreiche Auskünfte und sah eine Bundesgenossin in ihr.

S. 169 *warum hat Andrjuscha zwei Großväter?:* sein leiblicher Großvater: D. I. Ilowaiski, der andere (Marinas und Asjas): A. D. Meyn (s. Anm. zu S. 157).
Seine Tochter, *Maria Alexandrowna Meyn* (1868–1906), heiratete 1890 den zwanzig Jahre älteren I. W. Zwetajew, um seinen Kindern (Ilowaiskis Enkeln) die Mutter zu ersetzen. Ihre Kinder: Marina (1892–1941) und Anastassija (Asja; geb. 1894). Marina über die Mutter: *Leidenschaftliches Musikverständnis, überragendes Talent (so werde ich Klavier und Gitarre nicht mehr spielen hören!), Begabung für Sprachen, glänzendes Gedächtnis, ausgezeichneter Stil, Gedichte in deutscher und russischer Sprache, Beschäftigung mit Malerei* (in einem Brief 1914) und *Entscheidender Einfluß – der der Mutter: Musik, Natur, Verse ... Die Eroica* (in der Antwort auf eine Umfrage 1926).
Großvater Ilowaiski: Dmitri Iwanowitsch I. (1832–1921), konservativer russischer Historiker. Marinas Vater war in seiner ersten Ehe verheiratet mit dessen Tochter *Warwara Dmitrijewna Ilowaiskaja* (1858–1890). Aus dieser Ehe hatte er zwei Kinder: *Valerija* (*Ljora;* 1883–1966) und *Andrej* (1890–1933, Kunstwissenschaftler).
Augusta Iwanowna s. Anm. zu S. 156.

S. 170 *Drei-Teiche-Haus:* Trjochprudny pereulok (Drei-Teiche-Gasse) Nr. 8. Das (nicht erhalten gebliebene) Haus gehörte zur Mitgift Warwara Ilowaiskajas. Zwetajewa (an A. Tesková) am 20. 1. 1936: *... das war ... eine ganze psychische Welt – nicht weniger und vielleicht sogar mehr als* das Haus der Rostows [in Tolstois KRIEG UND FRIEDEN – E.], *nämlich das Haus der Rostows plus 100 Jahre.*

S. 171 *Pallasch* (slaw.): langer, gerader, schwerer Stichdegen.
Faille s. Anm. zu S. 165.
Moiré: Seiden- oder Kammgarngewebe mit wellenförmigem Muster.
Fermoir: Halskette mit Schließhaken (frz. – fermoir).
Patschuli: indisches Parfüm-Öl.

S. 172 *Institutsschülerin* (russ. institutka): Schülerin einer Bildungsanstalt für „höhere Töchter".

S. 173 *Alexandra Alexandrowna Kowraiskaja,* verehel. Ilowaiskaja (1852–1929): Ilowaiskis zweite Frau

S. 174 *tirée à quatre épingles:* (frz.) „hochfein", geziert (wörtlich: aufgezogen auf vier Stecknadeln).
Nadja (1882–1905), *Sergej* (1885–1905) und *Olja* (?–?): die Kinder aus der zweiten Ehe Ilowaiskis.
nach langem Ausland: 1902 bis 1906.
nachdem wir die Mutter verloren hatten: M. A. Zwetajewa starb am 5. Juli 1906 in Tarussa.

S. 175 *mettre les noms sur les figures:* (frz.) die Figuren mit ihren Namen versehen.

die Mniszek: Maryna Mniszek (gest. 1614), polnische Adlige, die den Falschen Dmitri heiratete, der der Vorwand für eine polnische Intervention gegen Rußland im Anfang des 17. Jh. war. M. Mniszek ist verewigt in Puschkins Drama BORIS GODUNOW.

S. 176 *Winogradow,* Pawel Gawrilowitsch (1859–1925), und *Wipper,* Robert Jurjewitsch (1859–1954): liberal gerichtete russ. Historiker.

KREML: Die Zeitschrift erschien in Moskau 1897 bis 1916. Vera Muromzewa: *Man sagte scherzend, der* KREML *existiere nur für einen Menschen: den Verleger, Redakteur, einzigen Mitarbeiter und einzigen Leser – Ilowaiski selbst. In der Tat: die Zeitschrift war gemeinhin völlig erfolglos, langweilig und einförmig, – Ilowaiski ritt immer zwei Steckenpferde: der innere Feind – die Fremdstämmigen, der äußere Feind – die Engländer …*

S. 177 *an der historischen Geste des letzten russischen Zaren im Oktober 1905:* Nikolai II. (Zar 1894–1917) versprach im Manifest vom 17./30. Oktober 1905 die Einführung einer konstituierenden Versammlung (Reichsduma) und bürgerlicher Freiheiten.

Michail Romanow: herrschte 1613 bis 1634, wurde siebzehnjährig zum Zaren gewählt.

„Und lächelnd vor dem Thron die Wahrheit kundzutun": aus G. R. Dershawins Gedicht DAS DENKMAL (1795).

mit Godunowschen Gewölben: Gewölben wie im Zarenpalast Boris Godunows, Reichsregent, dann Zar (1598–1605).

S. 178 *die Farrèreschen* HOMMES VIVANTS: Claude Farrères (1876–1957) Roman LA MAISON DES HOMMES VIVANTES (DAS HAUS DER LEBENDEN MENSCHEN).

S. 179 *Chronos:* einer der Titanen, der griechische Gott der Zeit (mit einer Sichel als Attribut). Da ihm geweissagt war, er werde von einem seiner Kinder gestürzt, fraß er sie gleich nach der Geburt; nur Zeus, der jüngste, wurde gerettet.

Sibylle: Apollon, der sie liebte, schenkte ihr das ewige Leben. Dafür mußte sie ihre Heimat verlassen. Sie ging nach Cumae und wurde eine Seherin.

Charon: Fährmann (auf Styx, Kokytos oder Lethe, dem Fluß des Vergessens) in der Unterwelt.

S. 180 *Proserpina:* latein. Name der Persephone. Die Tochter des Zeus und der Demeter wurde vom Gott der Unterwelt, Hades, geraubt. Demeter erwirkte ihre Rückkehr, aber da P. aus Hades' Hand einen Granatapfelkern gegessen hatte, mußte sie zurück; auf Demeters Bitten jedoch beschränkte Zeus ihre Unterweltzeit auf ein Drittel des Jahres.

S. 180 *Serjosha Bor-Ramenski:* Titelheld eines Romans von Jewgeni Tur (1815–1892).

Raoul Dobri: RAOUL DOBRI, DAS HAUPT DER FAMILIE, Roman der frz. Schriftstellerin Zénaïde Fleuriot (1829–1890).

Ganymed: der Königssohn aus Troja, den Zeus als Knaben in Adlergestalt raubte.

Herakles' Hylas: der junge Geliebte des Herakles wurde von den Najaden geraubt, als er sich über das Wasser beugte.

Nervi: s. Anm. zu S. 161.

bataille de fleurs: (frz.) Blumenschlacht.

S. 181 *marina:* (ital.) der Quai.

Spasskoje: Ort im Sumpfgebiet der nördlichen Moskwa (russ. спась – Erlöser, Heiland; спасение – Rettung).

S. 186 *Pedell:* Diener der Universitätsbehörde, Aufsichtsperson.

der Greise Helenas: im dritten Gesang der ILIAS. Die Greise sehen von der Bastei in Troja Helena kommen, derentwegen der Krieg geführt wurde. Sie verlieben sich in sie und meinen, eine so göttliche Schönheit dürfe man nicht verurteilen.

der Greise Susannas: In dem apokryphischen Buch HISTORIA VON SUSANNA UND DANIEL (SEPTUAGINTA, Kap. 13) wird erzählt, daß zwei lüsterne Greise die schöne Frau des Joakim beim Bade überraschten und sie des Ehebruchs anklagten. Daniel entlarvte die Verleumder, und sie wurden zum Tode verurteilt.

an den „Frühlingen", den „Pompadours": benannt nach den Maskeraden, die die Marquise de Pompadour (1721–1764), die Mätresse Louis' XV., veranstaltete.

contre-sens: (frz.) Widersinn.

S. 187 *die Trostlosigkeit der ersten Assembleen:* der von Peter I. in den Häusern seiner Würdenträger veranstalteten Bälle und Gesellschaften.

S. 189 *das Haus des Priamos:* Der König von Troja verlor alle seine (fünfzig) Söhne. Beim Untergang Trojas war er Zeuge, wie sein letzter Sohn, Hektor, fiel.

Uran, die Titanen: Uranos, der griech. Urgott, zeugte mit Gäa, der Erde, erst die Hundertarmigen und die Zyklopen, welche er in die Unterwelt verbannte, dann die Titanen. Diese entmachteten ihn und wurden ihrerseits von Zeus, dem Sohn des Titanen Chronos, in den Tartaros verstoßen.

alle Schätze Plutons eintauschte für die Weizenähre der Erde: Pluton ist der andere Name des Hades, des Herrschers im Tartaros. Verwechselt mit Pluto (?), dem Gott des Reichtums und Sohn der Demeter (lat. Name – Ceres), der Göttin der Erde und des Brotes.

S. 190 *Rosanow,* Wassili Wassiljewitsch (1856–1919): Schriftsteller, Kritiker und Publizist.

S. 191 *Bagrow-Großvater ... Sofja Nikolajewna:* Zwetajewa zieht eine Parallele zu diesem Paar aus den Romanen DIE FAMILIENCHRONIK und DIE KINDHEIT BAGROWS, DES ENKELS von S. T. Aksakow (1817–1860).

Meine Mutter ... die als entfernte zwar, aber wahrhaft Deutsche ... Sie entstammte einer Familie *russifizierter Baltendeutscher* (Brief an Tesková, 26. 1. 1934).

Quand c'est un caractère ...: (frz.) Ist es ein Charakter, dann immer ein schlechter. Anm. Zwetajewas von 1939. Man sprach so von dem führenden bürgerlichen frz. Politiker G. Clemenceau (1841–1929), wegen seiner impulsiven Heftigkeit genannt „der Tiger".

S. 192 *Rubinstein,* Anton G. (1829–1894): weltberühmter Pianist.

„ist nicht Grieche noch Jude": aus der BIBEL, RÖMER 10: *Es ist hier kein Unterschied unter Juden und Griechen: es ist aller zumal* ein *Herr ...*

S. 193 *„Unterm Himmel ist für alle Raum":* aus M. J. Lermontows Gedicht VALERIK (1840).

Rolandshorn: Roland (gest. 778), ein Ritter Karls d. Gr., blies, im Kampf mit den Sarazenen fallend, ins Horn; Karl hörte und rächte ihn. So lautet die Sage.

S. 194 *rire latent:* (frz.) verhaltenes Lachen.

DIE SOLNZEW-KINDER, KATJA UND WARJA SOLNZEWS JUGEND: Jugendbücher der russ. Schriftstellerin J. N. Kondratschewa (?–?).

S. 195 *Weißgefütterte* hießen Söhne reicher Eltern, da ihre (Studenten- oder Offiziers-) Uniform weißgefüttert war.

Pawel: Pawel I., Zar 1796–1801.

S. 196 *„In soviel Augen sah ich ...":* aus K. D. Balmonts (1867–1942) Gedicht DER STERNENREIGEN.

S. 198 *„Am Dreikönigsabend einmal ...":* aus W. A. Shukowskis Poem SWETLANA.

„Wie ist euer Name ...": aus Puschkins Versroman EUGEN ONEGIN.

S. 199 *Sobinows Abschied:* L. Sobinow (1872–1934), russ. Sänger, lyrischer Tenor und Liebling des Publikums.

S. 202 *Beaurivage:* (frz.) schönes Ufer.

Quisisana (ital. – Hier wird man gesund): Bezeichnung für Hotels u. dgl. in Kurorten.

S. 204 *Und alle sie sind gestorben, gestorben:* zitiert aus I. S. Turgenjews (1818–1883) Prosagedicht WIE SCHÖN, WIE FRISCH WAREN DIE ROSEN ...

S. 206 *Hanon,* Charles-Louis (1820–1900): frz. Pianist, Organist, Pädagoge. Autor von Klavierschulen.

„Invitation à la valse": (frz.), wörtlich: Einladung zum Walzer („Aufforderung zum Tanz").

„Lied für Elisa": Gemeint ist das Klavierstück „Für Elise".

S. 208 *„So laßt mich scheinen ...":* Mignons Lied in Goethes WILHELM MEISTERS LEHRJAHRE.

S. 211 *zu ... Pimen, zu dem Patron aller Chronisten:* Pimen heißt der die Chronik schreibende greise Mönch in Puschkins Drama BORIS GODUNOW.

zum Kleinen Dimitri, zu Dimitri dem Ermordeten: dem Sohn Iwans IV., dessen Ermordung Boris Godunow befohlen haben soll.

S. 212 *Borodino:* die Schlacht von Borodino am 26. August 1812, nach welcher Napoleon Moskau besetzte.

S. 213 *Dzierżyński,* Feliks Edmundowitsch (1877–1926): Vorsitzender der 1917 gebildeten Kommission zum Kampf gegen Konterrevolution und Sabotage (Tscheka).

S. 214 *meine Namensvetterin Marina:* Mniszek, s. o.!

S. 215 *„Springer":* Räuber, die mit Federvorrichtungen sprangen.

T. F. Skrjabina: T. F. Flozer, unvermählte Lebensgefährtin des Komponisten Skrjabin (dieser 1879–1915).

Genosse N: N (von lat. nomen) ist das übliche Zeichen für ungenannte Namen.

S. 216 *„Arendator":* Mieter.

S. 218 *grisperle:* (frz.) perlgrau.

BIBLIOGRAPHIE

1. *Bibliographien, Archivberichte*

Istorija russkoj literatury konca XIX – načala XX veka. Bibliografičeskij ukazatel'. Pod red. K. D. Muratovoj. Moskau–Leningrad 1963, S. 420–421.

Karlinsky, S.: Marina Cvetaeva. Her Life and Art. Berkeley and Los Angeles 1966, S. 290–309.

Razumovsky, M.: Marina Zwetajewa. Wien 1981, S. 366–385.

Saakjanc, A.: Iz knig Mariny Cvetaevoj. In: Al'manach bibliofila, Bd. 13, Moskau 1982, S. 84–112.

Korkina, E.: Ob archive Mariny Cvetaevoj. In: Vstreči s prošlym, Bd. 4. Moskau 1982, S. 419–452.

Gladkova, T., Mnuchin, L.: Bibliographie des œuvres de Marina Tsvetaeva. Paris 1982 (= Bibl. Russe de l'Institut d'Etudes Slaves, 61).

Saakjanc, A.: Iz knig Mariny Cvetaevoj. In: Vstreči s knigoj, Bd. 2. Moskau 1984, S. 130–155.

Klimov, V.: Vse o Cvetaevoj. In: Sovetskij muzej 1984, No. 3, S. 49–51.

Mnuchin, L.: Nekotorye aspekty monobibliofil'stva. In: Kniga i social'nyj progress. Moskau 1986, S. 109–144.

Zubareva, E.: Tvorčestvo M. Cvetaevoj v anglo-amerikanskom literaturovedenii poslednego desjatiletija. In: Vestnik Moskovskogo universiteta. Serija 9. Filologija. 1989, No. 6, S. 40–48.

Marina Cvetaeva. Bibliografičeskij ukazatel' literatury o žizni i dejatel'nosti 1910–1941 gg. i 1942–1962 gg. Zusammengestellt von L. A. Mnuchin. Wien 1989 (= Wiener Slawistischer Almanach. Sonderband 23).

Mnuchin, L.: Marina Cvetaeva – Boris Pasternak. Bibliografija. In: Sovetskaja bibliografija 1990, No. 5, S. 35–41.

Kemball, R.: Zavet pered ot-ezdom – (Depositum Marina Zwetajewa v bazel'skich archivach) Priloženie: Cvetaevskij archiv v Bazele – Dopolnitel'nye svedenija. In: Marina Cvetaeva: Trudy 1-go meždunarodnogo simpoziuma Lausanne 1982. Bern, Berlin 1991 (Slavica Helvetica 26), S. 417–432.

Danilova, I. (Hrsg.): Marina Cvetaeva. Poėt i vremja. Vystavka k 100-letiju so dnja roždenija. 1892–1992. Gosudarstvennyj muzej izobrazitel'nych iskusstv im. A. S. Puškina. Moskau 1992 (275 S.).

2. *Ausgaben, Übersetzungen*

Proza. New York 1953. (Predislovie Fjodora Stepuna).

Izbrannoe. Vstupitel'naja stat'ja. V. Orlova. Moskau 1961.

Izbrannye proizvedenija. Vstupitel'naja stat'ja V. Orlova. Sostavlenie, podgotovka teksta i primečanija A. Ėfron i A. Saakjanc.
Prosto serdce. Stichi zarubežnych poėtov v perevode Mariny Cvetaevoj. Sost. A. Ėfron i A. Saakjanc. Moskau 1967.
Moj Puškin. Vstupitel'naja stat'ja V. Orlova. Podgotovka teksta i kommentarij A. Ėfron i A. Saakjanc. Moskau 1967.
Gedichte. Aus dem Russischen von Christa Reinig. Berlin 1968.
Pis'ma k A. Teskovoj. Doslov Z. Mathauser: Katarze Mariny Cvetajevové. Praha 1969.
Lebedinyj stan. Perekop. 2. izd. pod red. G. P. Struve, s vstupitel'noj stat'ej J. P. Ivask. Paris 1971.
Nesobrannye proizvedenija. Ausgewählte Werke. Ausgewählte frühe Gedichte im Neudruck sowie verstreut erschienene Werke im Nachdruck von Einzelausgaben und Zeitschriftenveröffentlichungen. Mit einem Nachwort und Literaturangaben hrsg. von Günther Wytrzens. München 1971.
Neizdannye pis'ma. An L. Ellis, V. Rozanov, A. Achmatova, O. Černova, B. Sosinskij, L. Pasternak, B. Pasternak, V. Bunina u. a. Pod obščej redakciej G. Struve i N. Struve. Paris 1972.
Prosa. Hrsg. von Ilma Rakusa. Zürich–Köln 1973.
Neizdannoe. Stichi. Teatr. Proza. Paris 1976.
Iz perepiski Ril'ke, Cvetaevoj i Pasternaka v 1926 godu. Publikacija i kommentarij K. Azadovskogo, E. V. i E. B. Pasternak. In: Voprosy literatury 1978, No. 4, S. 233–281.
Mein Puschkin. Puschkin und Pugatschow. Berlin 1978.
Stichotvorenija i poėmy. Vstupitel'naja stat'ja V. A. Roždestvenskogo. Sostavlenie, podgotovka teksta i primečanija A. A. Saakjanc. Leningrad 1979.
Gedichte. 1909–1939. Auswahl, Übersetzung und Einleitung von M. Razumovsky. Wien 1980.
Lebedinyj stan. The Demesne of the Swans. Edited by R. Kemball. Ann Arbor 1980.
Rakusa, I., Ingold, F. Ph.: Marina Ivanovna Cvetaeva im Briefwechsel mit R. M. Rilke. Unveröffentlichte Materialien aus dem Berner Rilke-Archiv. In: Zeitschrift für Slawische Philologie 1980, S. 127–173.
Sočinenija v dvuch tomach. Vstupitel'naja stat'ja V. Roždestvenskogo. Sostavlenie, podgotovka teksta i kommentarij A. Saakjanc. Moskau 1980.
Stichotvorenija i poėmy v pjati tomach. Sostavlenie i podgotovka teksta A. Sumerkina. New York 1980–1984.
Ariane. Tragédie de Marina Cvetaeva. Traduite et commentée du Rose Lafoy. Paris 1981.
Moj Puškin. Izdanie tret'e, dopolnennoe. Moskau 1981.
Krysolov. Der Rattenfänger. Hrsg., übersetzt und kommentiert von

Marie-Luise Bott. Mit einem Glossar von G. Wytrzens. Wien 1982 (= Wiener Slawistischer Almanach, Sonderband 7).
Otkrytoe pis'mo k A. N. Tolstomu. In: Russica 1982, S. 347–349.
Maßlos in einer Welt nach Maß. Gedichte russisch und deutsch. Hrsg. und mit einem Nachwort von E. Mirowa-Florin. Berlin 1980. ^{2}1983.
Rilke Zwetajewa Pasternak. Briefwechsel. Hrsg. von Jelena Pasternak, Jewgeni Pasternak und Konstantin Asadowski. Frankfurt a. M. 1983.
Erzählung von Sonečka. Berlin 1984.
Florentijskie noči. Publikacija i predislovie A. Saakjanc. Perevela s francuzskogo R. Rodina. In: Novyj mir 1985, No. 8, S. 155–170.
Mein weiblicher Bruder. Brief an die Amazone. München 1985.
Rilke und Rußland. Briefe Erinnerungen Gedichte. Hrsg. von Konstantin Asadowski. Berlin und Weimar 1986.
Vogelbeerbaum. Ausgewählte Gedichte. Hrsg. von F. Mierau. Berlin 1986. ^{2}1993.
Mutter und die Musik. Autobiographische Prosa. Übersetzt von Ilma Rakusa. Frankfurt a. M. 1987.
Sočinenija v dvuch tomach. Sostavlenie, podgotovka teksta, kommentarii Anny Saakjanc. Moskau 1988.
Teatr. (Stat'ja Pavla Antokol'skogo. Sostavlenie, podgotovka teksta i kommentarij A. Efron. Moskau 1988.
Proza. Sostavitel', avtor predislovija i kommentariev A. Saakjanc. Moskau 1989.
Irdische Zeichen. Übersetzt von Ruth Malez und Marga Erb. Mit einem Nachwort von Ingrid Schäfer. Leipzig 1989.
Das Haus am Alten Pimen. Eine Auswahl. Übersetzt und herausgegeben von Elke Erb, Leipzig 1989.
Ein gefangener Geist. Essays. (Enthält: Der Dichter über die Kritik. Der Dichter und die Zeit. Die Kunst im Lichte des Gewissens. Dichter mit Geschichte und Dichter ohne Geschichte. Ein gefangener Geist.) Aus dem Russischen übertragen und mit einem Nachwort versehen von Rolf-Dietrich Keil. Frankfurt a. M. 1989.
Briefe an Bachrach und Ausgewählte Gedichte. Ausgewählt und übertragen von Irmgard Wille. Herausgegeben von Siegfried Heinrichs. Berlin 1989.
Pis'ma k Ariadne Berg (1934–1939). Podgotovka teksta, perevody i kommentarii Nikity Struve. Paris 1990.
Sobranie stichotvorenij, poėm i dramatičeskich proizvedenij. Band 1–3. Moskau 1990 ff.
Rajner Marija Ril'ke. Boris Pasternak. Marina Cvetaeva. Pis'ma 1926 goda. Podgotovka tekstov, sostavlenie, predislovie, perevody, kommentarii K. M. Azadovskogo, Evg. Pasternaka i El. Pasternak. Moskau 1990.

Phoenix. Versdrama. Russisch und deutsch. Nachdichtung von Ilma Rakusa. Frankfurt a. M. 1990.

Auf eigenen Wegen. Tagebuchprosa Moskau 1917–1920, Paris 1934. Übersetzung und Nachwort von Marie-Luise Bott. Frankfurt a. M. 1991.

Briefe an Vera Bunina und Dmitrij A. Šachovskoj. Herausgegeben von Siegfried Heinrichs. Übersetzt von Maria Razumowsky. Berlin 1991.

Marina Cvetaeva: Stat'i i teksty. Red. Lev Mnuchin. Wien 1992 (= Wiener Slawistischer Almanach. Sonderband 32).

Iz junošeskich stichov M. Cvetaevoj. Publikacija S. Poljakovoj. In: Literaturnoe obozrenie 1992, No. 11/12, S. 19–20.

Briefe an Anna Tesková und R. N. Lomonossowa. Herausgegeben von Siegfried Heinrichs. Übersetzt von Irmgard Wille und Johanne Peters. Berlin 1992.

Im Feuer geschrieben. Ein Leben in Briefen. Herausgegeben und übersetzt von Ilma Rakusa. Frankfurt a. M. 1992.

Rainer Maria Rilke und Marina Zwetajewa. Ein Gespräch in Briefen. Hrsg. von Konstantin Asadowski. Aus dem Russischen übersetzt von Angela Martini-Wonde sowie von Felix Philipp Ingold der „Neujahrsbrief". Frankfurt a. M. 1992.

„Chotite ko mne v synov'ja?". Dvadcat' pjat' pisem k Anatoliju Štejgeru. Moskau 1993.

Die Geschichte einer Widmung. Marina Zwetajewa / Ossip Mandelstam. Gedichte und Prosa. Aus dem Russischen übertragen und herausgegeben von R. Dutli. Zürich 1994.

Gruß vom Meer. Gedichte. Aus dem Russischen von F. Ph. Ingold. München 1994.

Sobranie sočinenij v 5-i tomach. Hrsg. von A. Saakjanc und L. Mnuchin. Moskau (in Vorbereitung).

Sobranie sočinenij v 7-i tomach. Moskau 1994 ff. (angekündigt).

3. *Monographien*

Karlinsky, S.: Marina Cvetaeva. Her Life and Art. Berkeley and Los Angeles 1966.

Taubman, J.: Between Letter and Lyric: The Epistolary-Poetic Friendships of Marina Tsvetaeva. Phil. Diss. Yale University 1972.

Kroth, A. M.: Dichotomy and Razminovanie in the Work of Marina Tsvetaeva. Ann Arbor 1977.

Proffer, E.: Cvetaeva – Tsvetaeva. Fotobiografija. A picturial biography. Ann Arbor 1980.

Razumovsky, M.: Marina Zwetajewa. Mythos und Wahrheit. Wien 1981.

Wytrzens, G.: Eine russische dichterische Gestaltung der Sage vom

Hamelner Rattenfänger. Wien 1981 (= Österreichische Akademie der Wissenschaften. Philosophisch-Historische Klasse. Sitzungsberichte. 395. Band).
Marina Cvetaeva. Studien und Materialien. Wien 1981.
France, P.: Poets of modern Russia. Cambridge 1982.
Hingley, R.: Nightingale fever: Russian poets in revolution. London 1982.
Maciejewski, Z.: Proza Maryny Cwietajewej jako program i portret artysty. Warschau 1982.
Feniks. P'esa v 3-ch kartinach i stichach. Podgotovka teksta k publikacii A. Ėfron i A. Saakjanc. In: Sovremennaja dramaturgija 1983, No. 3, S. 183–217.
Poljakova, S.: Zakatnye oni dni: Cvetaeva i Parnok. Ann Arbor 1983.
Bott, M.-L.: Studien zum Werk Marina Cvetaevas. Das Epitaph als Prinzip der Dichtung M. Cvetaevas. Frankfurt a. M. 1984.
Epp, G. K.: Rilke und Rußland. Frankfurt a. M. 1984.
Korjakinová, T., Medvědová, M., Vanečková, G.: Marina Cvetajevová a Praha. Praha 1984.
Karlinsky, S.: Marina Tsvetaeva. The Woman, her World and her Poetry. London, New York 1985.
Saakjanc, A.: Marina Cvetaeva. Stranicy žizni i tvorčestva (1910–1922). Moskau 1986.
Vrkljan, J.: Marina ili o biografiji. Zagreb 1987.
Lossky, V.: Marina Tsvetaeva: Un itinéraire poétique. Paris 1987. Bibliographie S. 382–397.
Feinstein, E.: A captive lion: The life of Marina Tsvetayeva. London 1987.
Eberspächer, B.: Realität und Transzendenz: Marina Cvetaevas poetischer Mythos. München 1987.
Belkina, M.: Skreščenie sudeb. Moskau 1988. (Deutsch: Die letzten Jahre der Marina Cvetaeva. Aus dem Russ. übertragen von Schamma Schahadat und Dorothea Trottenberg. Frankfurt a. M. 1991.)
Švejcer, V.: Byt i bytie Mariny Cvetaevoj. Paris 1988; dass. Moskau 1992.
Erb, E.: Ich blicke mich um – in die Zukunft. Marina Zwetajewas Gedicht-Werkstatt. In: Zwetajewa, M.: Das Haus am Alten Pimen. Eine Auswahl ... (s. o.). Leipzig 1989.
Pavlovskij, A.: Kust rjabiny. O poėzii M. Cvetaevoj. Leningrad 1989.
Zubova, L.: Poėzija Mariny Cvetaevoj. Linguističeskij aspekt. Leningrad 1989.
Taubman, J.: A Life Through Poetry: Marina Tsvetaeva's Lyric Diary. Columbus/Ohio. 1989.
Feinstein, E.: Marina Zwetajewa. Frankfurt a. M. 1990.

El'nickaja, S.: Poėtičeskij mir Cvetaevoj: konflîkt līričeskogo geroja i dejstvitel'nosti. Wien 1990 (= Wiener Slawistischer Almanach. Sonderband 30).

Kudrova, I.: Versty, dali ... Marina Cvetaeva 1922–1939. Moskau 1991.

4. Erinnerungen, Biographisches

Ėrenburg, I.: [Über Marina Zwetajewa]. In: Ljudi, gody, žizn'. Moskau 1961, S. 369–380, auch S. 120, 188, 198, 489.

Paustovskij, K.: Lavrovyj venok. In: Prostor 1965, No. 10, S. 34–35.

Ėfron, A.: Stranicy vospominanij. In: Zvezda 1973, No. 3, S. 154–180.

Zwetajewa, A.: Erinnerungen. Leipzig–Weimar 1979.

Schweizer, V.: Stranicy k biografii Mariny Cvetaevoj. In: Russian Literature 1980, S. 323–356.

Kupčenko, V.: Marina Cvetaeva v Koktebele. In: Kupčenko, V.: Ostrov Koktebel'. Moskau 1981, S. 17–22.

Saakjanc, A.: Vstreča poėtov. In: Voprosy literatury 1982, No. 4, S. 275–280.

Shveitser, V.: Otkrytoe pis'mo Anastasii Cvetaevoj. In: Sintaksis 1982, No. 10, S. 217–238.

Čukovskaja, L.: Predsmertie. In: Vremja i My 1982, No. 66, S. 201–231; Gorizont 1986, No. 8, S. 41–64.

Cvetaeva, M.: „Ja budu žit' ..." In: Ogonek 1982, No. 28, S. 18–20.

Kranina, T.: Tak bylo. In: Oktjabr' 1982, No. 9, S. 195–201.

Saakjanc, A.: Vladimir Majakovskij i Marina Cvetaeva. In: Moskva 1982, No. 10, S. 181–197.

Ėfron, A.: Pis'ma iz ssylki Borisu Pasternaku (1948–1957), Paris 1982. (Deutsch: Briefe an Pasternak. Aus der Verbannung 1948–1957. Mit zwölf Briefen von Boris Pasternak. Aus dem Russischen und mit einem Vorwort von Wolfgang Kasack. Frankfurt a. M. 1986).

Shveitser, V.: Vozvraščenie domoj. In: Sintaksis 1983, No. 11, S. 188–204.

Saakjanc, A.: „Bessonnaja moja duša ..." Novoe o Marine Cvetaevoj. In: Ogonek 1984, No. 20, S. 28–29.

Astapova, T.: Kogda Marina byla junoj. Vospominanija o gimnazičeskich godach Mariny Cvetaevoj. In: Junost' 1984, No. 8, S. 95–98.

Kataeva-Lytkina, N.: Moj put' v ‚Marinin dom'. In: Nauka i žizn' 1984, No. 5, S. 108–110.

Cvetaeva, A.: Vospominanija. Izd. 3-e, dopolnennoe. Moskau 1984.

Cvetaeva, A.: Iz vospominanij. In: Zvezda 1985, No. 2, S. 169–174.

Kudrova, I.: Gor'kij vozduch čužbiny. In: Sever 1986, No. 1, S. 99–107.
Kagan, Ju.: Ivan V. Cvetaev. Žizn'. Dejatel'nost'. Ličnost'. Moskau 1987.
Pavlovskij, A.: Na perekrestke dorog (Liričeskij dnevnik M. Cvetaevoj 1917–1920). In: Neva 1988, No. 7, S. 177–194.
Cvetaeva, V.: Takim ja pomnju otca svoego. In: Sovetskij muzej 1988, No. 5, S. 61–72.
Beljaev, D.: Dokumenty o službe M. I. Cvetaevoj v sovetskich učreždenijach v 1918–1919 gg. In: Sovetskie archivy 1989, No. 1, S. 86–89.
Cvetaeva, M.: Iz dnevnika. In: Literaturnaja učeba 1989, No. 1, S. 116–123.
Ėfron, A. S.: Vospominanija dočeri. Moskau 1989.
Baltsvinnik, M. (Ed.): Cvetaeva: fotobiografia. Ann Arbor 1989.
Losskaja, V.: Marina Cvetaeva v žizni. (Neizdannye vospominanija sovremennikov). New York 1989; Moskau 1992.
Osorgin, M.: Poėt Marina Cvetaeva. In: Literaturnaja gazeta, No. 49 vom 6. Dezember 1989, S. 6.
Razumovsky, M.: Marina Zwetajewa. Eine Biographie. Frankfurt a. M. 1989.
Kataeva-Lytkina, N.: 145 dnej posle Pariža. In: Literaturnoe obozrenie 1990, No. 11, S. 23–29.
Sezeman, D.: Na Bol'ševskoj dače. In: Literaturnaja gazeta vom 21. 11. 1990, S. 14.
Vaksberg, A.: Pravda o „platnom agente". In: Literaturnaja gazeta vom 21. 11. 1990, S. 14.
Posvjaščaetsja Marine Cvetaevoj. Sbornik stichov. Blagotvoritel'nyj vypusk. Moskau 1991.
Chuber, P. und Kunci, D.: „100 000 frankov ot anonima". In: Literaturnaja gazeta vom 13. 2. 1991, S. 5.
Mnuchin, L. und Turčinskij, L.: (Hrsg.) Vospominanija o Marine Cvetaevoj. Moskau 1992 (586 S.).
Pristal'nyj vzgljad: Tvorčestvo Mariny Cvetaevoj. D. Kudrja: Poėt – ėto otvet. O. G. Revzina: Gorizonty Mariny Cvetaevoj. N. G. Dackevič, M. L. Gasparov: Tema doma v poėzii Mariny Cvetaevoj. L. N. Kozlova: Odinokij duch (Marina Cvetaeva i vremja). V. B. Mikuševič: Lebedinaja pesnja novoj duši (Teodiceja Mariny Cvetaevoj). Marina Cvetaeva: Pis'ma R. B. Gulju. Moj otvet Osipu Mandel'štamu. Pis'mo k V. A. A. Saakjanc: Moskovskie zagorody (ijun' 1939–ijun' 1940). In: Zdes' i teper'. 2. 1992, S. 96–256.
Bott, M.-L.: Flaschenpost, in die Zukunft geworfen. Moskau feiert den 100. Geburtstag der Dichterin Marina Zwetajewa. In: Die Zeit, Nr. 45 vom 30. Oktober 1992, S. 78.

5. *Untersuchungen*

Ėrenburg, I.: Poėzija Cvetaevoj. In: Literaturnaja Moskva, Bd. 2. Moskau 1956, S. 709–715.

Tvardovskij, A.: Marina Cvetaeva. Izbrannoe. In: Novyj mir 1962, No. 1, S. 281.

Michajlov, I.: Opyty Mariny Cvetaevoj. In: Zvezda 1967, No. 7. S. 203–211.

Mathauser, Z.: Nanebevzetí Mariny Cvetajevové. In: Mathauser, Z.: Nepopulární studie. Praha 1969, S. 91–95.

Wytrzens, G.: Das Deutsche als Kunstmittel bei Marina Cvetaeva. In: Wiener Slavistisches Jahrbuch 1969, S. 59–70.

Taubman, J.: Marina Tsvetaeva i Boris Pasternak. Toward the History of a Friendship. In: Russian Literature Triquarterly No. 1/2 (1971/72).

Gove, A. F.: Parallelism in the poetry of Marina Tsvetaeva. Slavic Poetics (Festschrift Kiril Taranovsky). The Hague 1973, S. 171–192.

Golicyna, V.: „Vsjakaja sovremennost' v nastojaščem – sosuščestvovanie vremen". Cvetaeva o Puškine. In: Leningradskij gos. péd. inst. im. Gercena. Učenye zapiski, Pskow 1973.

Taubman, J.: Tsvetaeva and Akhmatova: Two Female Voices in a Poetic Quartet. In: Russian Literature Triquarterly No. 9 (1974), S. 355–369.

Gove, F. A.: The Feminine Stereotype and Beyond. Role Conflict and Resolution in the Poetics of Marina Tsvetaeva. In: Slavic Review, vol. 36, No. 2 (June 1977), S. 231–255.

Wytrzens, G.: Zum Wortschatz des „Krysolov" der Marina Cvetaeva. In: Wiener Slawistischer Almanach 1, 1978, S. 109–133; 2, 1978, S. 145–176.

Valgina, N.: Stilističeskaja rol' znakov prepinanija v poėzii Mariny Cvetaevoj. In: Russkaja reč' 1978, No. 6, S. 58–66.

Kroth, A. M.: Androgyny as an exemplary feature of M. Tsvetaevas dichotomous poetic vision. In: Slavic Review 1979, vol. 38, S. 563–582.

El'nickaja, S.: O nekotorych čertach poėtičeskogo mira Mariny Cvetaevoj. In: Wiener Slawistischer Almanach 3, 1979, S. 57–74; 4, 1979, S. 19–40.

Revzina, O.: Nekotorye osobennosti sintaksisa poėtičeskogo jazyka Mariny Cvetaevoj. In: Tartuskij gos. universitet. Učenye zapiski 1979, No. 481, S. 89–106.

Ingold, F.: Marina Cvetaevas Lese- und Verständnishilfen für R. M. Rilke. Unbekannte Marginalien zu „Stichi k Bloku" und „Psicheja". In: Die Welt der Slawen 1979, S. 352–368.

Ėtkind, E.: Put' k Rossii: O sbornike Mariny Cvetaevoj „Remeslo". In: Vremja i My 1979, Bd. 46, S. 116–132.

Orłow-Laskowska, K.: Noc, sen i śmierć w poezji M. Cvetajewowe. In: Studia Rossica Posnaniensia 1980, No. 12, S. 95–106.
Zubova, L.: Semantika chudožestvennogo obraza i zvuka v stichotvorenii Mariny Cvetaevoj iz cikla „Stichi k Bloku". In: Vestnik Leningradskogo gos. universiteta 1980, No. 2, S. 55–61.
Maciejewski, Z.: Iz nabljudenij za žanrovoj strukturoj „biografičeskoj prozy" Mariny Cvetaevoj. In: Rusistický sborník Olomoucko-Lublinskí. 1, Praha 1980, S. 73–82.
Ėfron, A.: Svjatoe remeslo poėta. In: Literaturnoe obozrenie 1981, No. 12, S. 89–103.
Kleberg, L.: „V ožidanii pis'ma": O stichotvorenii Mariny Cvetaevoj „Pis'mo". In: Scando-Slavica 1981, Bd. 27, S. 113–120.
Vokrug Cvetaevoj. In: Vestnik russkogo christianskogo dviženija 1982, No. 137, S. 208–218.
Heldt, B.: Two poems by Marina Tsvetaeva from „Posle Rossii". In: Modern language review 1982, vol. 77, No. 3, S. 679–687.
Lossky, V.: Marina Cvetaeva et Alexandre Blok: La création d'un mythe poétique. In: Revue des études slaves 1982, t. 54, fasc. 4, S. 733–744.
Vanecková, G.: Simvol „rjabina" v poėzii Mariny Cvetaevoj. In: Československá rusistika 1982, No. 5, S. 197–201.
Čerkasova, L.: „Jarkost' iznutri": O vnutrennej forme slova v proze M. Cvetaevoj. In: Russkaja reč' 1982, No. 5, S. 52–55.
Vinokurova, J.: „Jesm' ja, i budu ...". In: Novyj mir 1982, No. 9, S. 245–251.
Kudrova, J.: Liričeskaja proza Mariny Cvetaevoj. In: Zvezda 1982, No. 10, S. 172–183.
Zubova, L.: O semantičeskoj funkcii grammatičeskich archaizmov v poėzii M. Cvetaevoj. In: Voprosy stilistiki. Saratow 1982, vyp. 17, S. 46–60.
Gasparov, M.: „Poėma vozducha" Mariny Cvetaevoj: opyt interpretacii. Tartuskij gos. universitet. Učenye zapiski 1982, vyp. 576 (= Trudy po znakovym sistemam. 15), S. 122–140.
Revzina, O.: Tema derev'ev v poėzii M. Cvetaevoj. In: Tartuskij gos. universitet. Učenye zapiski 1982, vyp. 576, S. 141–148.
Hasty, O. P.: „Your death": The living water of Cvetaevas art. In: Russian literature 1983, vol. 13, No. 1, S. 41–64.
Lossky, V.: Thèmes sociaux dans la poésie de Marina Cvetaeva. In: Revue des études slaves 1983, t. 55, fsc. 1, S. 217–229.
Varina, S.: Osobennosti obrazovanija okkazionalizmov v poėtičeskom tvorčestve M. Cvetaevoj (Na materiale cikla stichotvorenij „Derev'ja"). In: Jubileen sbornik. Kn. 1. Tirnovo 1983, S. 61–67.
Saakjanc, A.: O pravde letopisi i pravde poėta. In: Voprosy literatury 1983, No. 11, S. 208–214.

Revzina, O.: Iz linguističeskoj poėtiki: Deepričastija v poėtičeskom jazyke M. Cvetaevoj. In: Problemy strukturnoj linguistiki 1981. Moskau 1983, S. 220–233.
Zubova, L.: Model' narodno-poėtičeskich appozitivnych sočetanij v poėzii Mariny Cvetaevoj. In: Jazyk žanrov russkogo fol'klora. Petrozavodsk 1983, S. 49–58.
Aleksandrov, V.: Fol'klorno-pesennye motivy v lirike M. Cvetaevoj. In: Russkaja literatura i fol'klornaja tradicija. Volgograd 1983, S. 103–112.
Aronova, L.: Analiz stichotvorenija M. Cvetaevoj „Ras-stojanie: versty, mili ..." (Jazyk i kompozicija). In: Jazyk i kompozicija chudožestvennogo teksta. Moskau 1983, S. 45–51.
Vrkljan, J.: Die Dichterin Marina Zwetajewa. In: L'80. 1983, No. 26, S. 148–155; No. 27, S. 124–134.
Flaker, A.: Pobunjeni eros Marine Cvetajeve. In: Flaker, A.: Ruska avangarda. Zagreb 1984, S. 319–329.
Bogoslovskaja, L.: Rabota Mariny Cvetaevoj s onomastičeskim materialom. In: Russkaja onomastika. Odessa 1984, S. 136–140.
Gilli, D.: Le „notti" fiorentine. In: Realtà Sovietica 1984, No. 7/8, S. 66–71.
Thun, N.: Die reinigende Arbeit der Poesie: Marina Zwetajewas Weg mit Puschkin. In: Thun, N.: Puschkinbilder. Berlin und Weimar 1984, S. 187–214.
Faryno, J.: Zarys poetyki Cwietajewej. In: Poezja 1985, No. 3, S. 46–62.
Golicyna, V.: M. Cvetaeva o Bloke. Stat'ja 1. In: Učenye zapiski Tartuskogo gos. universiteta 1985, vyp. 657, S. 113–125.
Gorbanevskij, M.: „Mne imja – Marina ...": Zametki ob imenach sobstvennych v poėzii Mariny Cvetaevoj. In: Russkaja reč' 1985, No. 4, S. 56–64.
Faryno, J.: Mifologizm i teologizm Cvetaevoj („Magdalina" – „Car'-devica" – „Pereuločki"). Wien 1985 (= Wiener Slawistischer Almanach. Sonderband 18).
Gordon, N.: O Marine Cvetaevoj. In: Voprosy literatury 1988, No. 12, S. 175–187.
Kudrova, J.: „I prochodiš' ty ..." (M. Cvetaeva i Blok). In: Leningradskaja panorama, Leningrad 1988, S. 701–722.
Kudrova, J.: V načale tridcatych. In: Oktjabr' 1988, No. 9, S. 176–188.
Paperny, Z.: Doč'. In: Oktjabr' 1988, No. 9, S. 188–195.
Taris, A.: Lives and myths of Marina Tsvetaeva. In: Slavic revue 1988. Vol. 47, No. 3, S. 518–521.
Razumowsky, M. und Peters, J.: „Deutschland, meine Liebe". Marina Cvetaeva. In: Deutsche und Deutschland in der russischen Lyrik des frühen 20. Jahrhunderts. Herausgegeben von D. Herrmann

und J. Peters. (= Sonderband der „West-östlichen Spiegelungen“, herausgegeben von L. Kopelew) München 1988.
Martelli, E.: L'oceano in versi. In: Rinascita 1989, 14 gennaro. a. 46, No. 1, S. 25–26.
Mustafin, R.: Za peregorodkoj: O poslednich dnjach M. Cvetaevoj. In: Literaturnoe obozrenie 1989, No. 7, S. 82–88.
Gasparov, M.: Slovo meždu melodiej i ritmom (Ob odnoj literaturnoj vstreče M. Cvetaevoj i A. Belogo). In: Russkaja reč' 1989, No. 4, S. 3–10.
Golicyna, V.: Cvetaeva ob Aleksandre Bloke. In: Učenye zapiski Tartuskogo gos. universiteta. No. 857. Tartu 1989, S. 99–113. (= Blokovskij sbornik. Vyp. 9).
Kozlova, L.: Rimskij seminarist i skazočnyj medvedjuška. In: Laterna magica Moskau 1990, S. 121–159.
Bott, M.-L.: „Kein Buch – ein Lied, eine Stimme“. Marina Zwetajewas Lyrik, vertont von Dmitri Schostakowitsch, Alfred Schnittke und Sofja Gubajdulina: Kompositorisches Selbstbildnis und kritisches Zeitporträt. In: Individualität. Heft 28. Dezember 1990, S. 65–86.
Gasparov, M.: „Gastronomičeskij“ pejzaž v poėme Mariny Cvetaevoj „Avtobus“. In: Russkaja reč' 1990, No. 4, S. 20–26.
Ševelenko, I.: Marina Cvetaeva v 1911–1913 godach. Formirovanie avtorskogo samosoznanija. In: Učenye zapiski Tartuskogo gos. universiteta. No. 917. Tartu 1991, S. 50–66. (= Blokovskij sbornik. Vyp. 11).
Marina Cvetaeva: Trudy 1-go meždunarodnogo simpoziuma Lausanne 1982. Bern, Berlin 1991 (Slavica Helvetica 26).
Brodsky, J.: O Marine Cvetaevoj. Poėt i proza. In: Novyj mir 1991, No. 2, S. 151–180. (Deutsch: Der Dichter und die Prosa. In: J. Brodsky. Flucht aus Byzanz. Frankfurt a. M. 1991).
Flaker, A.: Vzbuntovannyj ėros Mariny Cvetaevoj. In: Marina Cvetaeva ... (Slavica Helvetica 26) (s. o.), S. 351–359.
Marina Cvetaeva. Stat'i i teksty. Wiener Slawistischer Almanach. Sonderband 32. Literarische Reihe, hrsg. von Aage A. Hansen-Löve. Wien 1992.
Karlinsky, S.: Dva solnca – soperniki. In: Literaturnoe obozrenie 1992, No. 11/12, S. 31–37. (Aus: K., S.: Marina Tsvetaeva. The Woman, her World and her Poetry. London, New York 1985).
Taubman, J.: Pauza v ženskoj reči. Tire u Ėmili Dikinson i Mariny Cvetaevoj. In: Literaturnoe obozrenie 1992, No. 11/12, S. 37–41.
Malinkovič, I.: Svoja čužaja pesn'. „Krysolov“ Mariny Cvetaevoj. In: Literaturnoe obozrenie 1992, No. 11/12, S. 20–31.

QUELLEN- UND RECHTSNACHWEIS

Russischer Text und Übersetzungen nach: Marina Cvetaeva, Sočinenija v dvuch tomach, „Chudožestvennaja literatura", Moskau 1980

Ich reiß dich aus jeder Erde
Für Wladimir Majakowski
Strophen an den Sohn
Auf Schiefertafeln schrieb ichs
Ich weiß, daß ich sterben werde beim Himmelrot!
Augen
Die Wimpern, die Wimpern
Nicht verschönt haben mich die Jahre
Als Übersiedelnde
Lob der Zeit
Der Vorhang
Die Klinge
Nicht ists bestimmt
Dem Leben
Traum
Ab-stand, weit-ab
Für Majakowski 1–4 und 6, 7
Mein Schreibtisch, mein treuer!
Das dreißigste Jahr des Bundes
Der dreißigste Jahrestag
Übergangen bin ich, gekränkt?
Mein Schreibtisch, mein treuer, hab Dank
Quitt: da ihr mich abfraßt, Nager
Was will er von mir, der Strauch?
Ich aber will vom Strauch
Vereinsamung
Der Garten
Die Bäume
Die Leser der Gazetten
(Die Höhle)

Dein Name: Vogel in der Hand
Andre – dem Auge
Rolands Horn
Poet, aus Fernen führt er her

Sie sind, die übrig sind
Sagt schon, was bleibt mir
Spitzelgeißel, Gott der Schüler
Wir gehen auf keine Reisen
Das Haus

aus: Poesiealbum 81: Marina Zwetajewa: Verlag Neues Leben, Berlin 1974

O Muse der Klage
Jenseits im Gold
Nein, die Trommel, sie schlug

Diese Augen
Einen schuf er aus Stein
Gestern sah er mir ins Auge noch
Morgendämmerung überm Gleis
Der schwarzen Kunst unkundig
Poem der Vorstadt
Der Zug
Hier, wo ein jeder
Für Majakowski 5
Der Drang nach Haus!
Die Adern geöffnet
Die von der „Tscheljuskin"

aus: Marina Zwetajewa, Maßlos in einer Welt nach Maß; Verlag Volk und Welt, Berlin 1980

Versuch einer Eifersucht

aus: Zwei und ein Apfel. Russische Liebesgedichte; Verlag Kultur und Fortschritt, Berlin 1965

Sie nahmen
Klage des Zorns und der Liebe

aus: Sternenflug und Apfelblüte. Russische Lyrik von 1917–1962; Verlag Kultur und Fortschritt, Berlin 1963

Zigeunerhochzeit

aus: Andrej Wosnessenski, Schatten eines Lauts; Aufbau-Verlag, Berlin und Weimar 1976

Der Tag wird kommen
Holunder

aus: Poesiealbum 81: Marina Zwetajewa; Verlag Neues Leben, Berlin 1974

Der Efeuturm
Vater und sein Museum
Das Haus am Alten Pimen
Zwei „Waldkönige"

Fritz Mierau, Marina Zwetajewa

Fritz Mierau, Marina Zwetajewa lesen

INHALT

RECLAM-BIBLIOTHEK

Konstantin Waginow
Bambocciade
Roman

190 Seiten. RBL 1485. 18,– DM
ISBN 3-379-01485-0

In »Bambocciade« (1931), dem letzten Buch, das Waginow zu Lebzeiten hat veröffentlichen können und das nun ebenfalls auf deutsch greifbar ist, werden drei marionettenhafte Kunstfiguren vorgeführt, von denen jede auf ihre eigene, grotesk überspitzte Weise die Welt sich einverleiben will – sei es durch das Sammeln von Kochrezepten, exotischen Gerüchen, bibliophilen Kuriositäten oder das Erlernen von seltenen Sprachen, sei es durch exzessiven Frauenkonsum beziehungsweise durch die Suche nach irgendwelchen ahnungslosen Zeitgenossen, die bereit sein könnten, sich die immer gleiche »wahre Geschichte« oder immer wieder andere »kulinarische Gerichte« auftischen zu lassen. Den Roman als solchen hat Waginow wie ein üppiges Mahl aufbereitet, indem er ihn mit zahllosen eingeschobenen Tagebuchnotizen, literarischen Zitaten, Werbeanzeigen, Anekdoten und Menuvorschlägen anreicherte, woraus sich eine subtile Analogiebildung zwischen Erzählthematik und Textstruktur ergibt.

(Neue Züricher Zeitung)

RECLAM-BIBLIOTHEK

Dmitri Prigow
Der Milizionär und die anderen
Gedichte und Alphabete

Aus dem Russischen nachgedichtet und herausgegeben von Günter Hirt und Sascha Wonders. Mit fünf Graphiken des Autors und einer Installation.
204 Seiten. 6 Abbildungen. RBL 1421. 14,– DM
ISBN 3-379-01421-4

Dmitri A. Prigow, der 1940 in Moskau geboren wurde, hat am Stroganow-Kunstinstitut Bildhauerei studiert. Bis zum Beginn der Perestroika konnte er weder ausstellen noch publizieren; seine poetischen Projekte kursierten nur in Samisdat-Ausgaben. Im Westen wurde er seit Mitte der achtziger Jahre bekannt. »Der Milizionär und die anderen« enthält Gedicht-Zyklen und Text-Serien, die eine chronologische Wanderung durch das Werk erlauben. Dichter und Milizionär, Zwillingsbrüder im Geiste, teilen den Wunsch, Mittelpunkt der Welt und ihr Beherrscher zu sein. Der Schriftsteller – in Prigows Selbstverständnis wäre er also eine Art säkularisierter Schamane, der ins kollektive Unbewußte vorstößt und die verschütteten Mythologeme der (ehemaligen) Sowjet-Gesellschaft ans Licht holt.

Norbert Wehr in: Süddeutsche Zeitung

RECLAM-BIBLIOTHEK

Der Fiedler vom Getto

Jiddische Gedichte aus Polen

Aus dem Jiddischen übertragen und ausgewählt
von Hubert Witt
Mit einem Vorwort von Ber Mark und einem Nachwort
von Hubert Witt
271 Seiten. RBL 1483. 18,– DM
ISBN 3-379-01483-4

Unsere Sammlung jiddischer Dichtung aus Polen, einem Land ihres Ursprungs und hoher Blüte, zugleich ihrer tiefsten Tragik, umfaßt 60 jiddische Dichter: von Jizchok Lejb Perez, dem Stammvater, über all die Umgekommenen bis zu den Überlebenden.

Seit dieses Gedichtbuch vor zwei Jahrzehnten erstmals erschien, gilt für den deutschen Sprachraum noch immer: »Eine Sammlung, die in ihrer Vielfältigkeit einmalig ist. Ein Meer von Glaube, verzweifelter Hoffnung, Klage. Dem unmittelbaren Bekenntnis dieser Sechzig entspricht unmittelbares Ergriffensein des Lesers von heute.«

Otto F. Best (Die Welt)

RECLAM-BIBLIOTHEK

Scholem Alejchem

Stempenju

Ein jüdischer Roman

Aus dem Jiddischen übertragen und herausgegeben von Hubert Witt
159 Seiten. Mit 12 Lithographien von Anatoli Kaplan.
RBL 1482. 16,– DM
ISBN 3-379-01482-6

Scholem Rabinowitsch (1859–1916) wurde unter dem Pseudonym Scholem Alejchem (Friede sei mit Euch!) zum Klassiker der jiddischen Literatur. Sein früher Roman »Stempenju« (1888) erzählt die Geschichte der romantischen Liebe zwischen dem Wandermusikanten und Weiberhelden Stempenju und der schönen blauäugigen Rochel, einer großen und vergeblichen Liebe. Rochel bewundert Stempenju wegen seiner Kunst, deren zauberische Anziehungskräfte sie schaudernd verspürt; fürchtet ihn wegen seiner unverschämten Kühnheit; verachtet ihn wegen seiner Außenseiterrolle; haßt ihn wegen seiner inneren Freiheit, der sie nicht gewachsen ist. Sie flieht in das kleine Glück und die großen Frustrationen ihrer Ehe zurück...

Die »meisterhaft zu nennende Neuübersetzung« (FAZ) eines frühen Werks des Scholem Alejchem

RECLAM-BIBLIOTHEK

Ossip Mandelstam
Hufeisenfinder

Gedichte
russisch – deutsch

223 Seiten. RBL 1488. 18,– DM
ISBN 3-379-01488-5

Wie kaum ein anderer russischer Dichter begriff sich Ossip Mandelstam (1891–1938) als einen Zukünftigen; immer wieder hatte er von der späteren Wirkung seiner Dichtung gesprochen, sie als unzeitgemäß, der Zeit vorauseilend bezeichnet.
Mandelstam führt den Dialog mit den Kulturen der Welt, sein Europäismus ist ein tief verwobener, organischer Teil seiner selbst, und es ist deshalb nur natürlich, daß gerade sein Werk in den letzten Jahren sich immer größere Geltung verschaffte. Der Band enthält Gedichte aus allen zu Lebzeiten Ossip Mandelstams erschienenen oder geplanten Sammlungen. Im Anhang essayistische Prosa und Erinnerungen an den größten russischen Dichter des Jahrhunderts.